MARK TWAIN: Tom Sawyer und Huckleberry Finn

Die Abenteuer des Tom Sawyer und seines Freundes Huck Finn sind unsterblich geworden. Sie haben bis heute schon viele Millionen Leser in aller Welt begeistert und gewinnen in jeder Generation neue Freunde. Was ist es, das diesen beispiellosen Erfolg begründet? Sind es die aufregenden Erlebnisse der beiden Jungen? Ist es der Schauplatz, das Amerika der Pionierzeit, der große Mississippi? Ist es der köstliche und doch so trockene Humor — oder ist es die unvergleichliche Kunst der Darstellung?

Es kommt wohl all dies zusammen. Aber es würde nicht ausreichen ohne die wunderbare Warmherzigkeit, mit der Mark Twain uns die Jungen, bei all ihren Unarten, so liebenswert macht. Die erlebnishungrige, nach Ungebundenheit und Romantik dürstende Seele des echten Jungen — hier ist sie gültig dargestellt. Längst werden diese Bücher der Weltliteratur zugerechnet. Deshalb kann man keinem Jungen etwas Besseres schenken als die unsterblichen Abenteuer von Tom Sawyer und Huck Finn.

MARK TWAIN

Tom Sawyer
und
Huckleberry Finn

MIT BILDERN VON KURT SCHMISCHKE

W. FISCHER-VERLAG · GÖTTINGEN

Übersetzt und bearbeitet von Gisela Eppe

ISBN 3 439 00951 3

© 1971 by W. Fischer-Verlag, Göttingen

Tom Sawyers Abenteuer

INHALT

Tom ist kein Musterknabe

„Tom!"

Keine Antwort.

„Tom!"

Keine Antwort.

„Wo nur der Junge steckt? Du, Tom!"

Keine Antwort.

Die alte Dame zog ihre Brille auf die Nase herunter und sah über die Gläser hinweg im Raum umher; dann schob sie die Brille auf die Stirn und sah unter ihr hindurch. Selten oder nie sah sie d u r c h die Gläser; die Brille war ihr Prunkstück, ihr Herzensstolz, sie war eigentlich nicht für den Gebrauch bestimmt, sondern zur Zierde da. Sie hätte genauso gut durch ein Paar Ofenringe sehen können.

Für einen Augenblick machte sie ein erstauntes Gesicht, und dann sagte sie, nicht heftig, aber laut genug, daß die Möbel es hätten hören können: „Wenn ich dich erwische, werde ich dich . . ."

Sie beendete den Satz nicht, denn jetzt bückte sie sich und stocherte mit dem Besen unter dem Bett herum, was ihren ganzen Atem in Anspruch nahm. Aber nichts als die Katze kam zum Vorschein.

Sie öffnete die Tür, stand still und sah hinaus auf die Tomatenpflanzen und „Stinkkräuter", die den Garten darstellten.

Kein Tom. Sie erhob ihre Stimme und rief: „D-u-u-u, Tom!"

Da hörte sie ein ganz leises Geräusch hinter sich, drehte sich um und konnte gerade noch einen kleinen Jungen bei der Jacke erwischen und so seine Flucht verhindern.

„Na! Ich hätte auch an den Wandschrank denken sollen! Was tust du hier?"

„Nichts!"

„Nichts! Sieh deine Hände an! Und deinen Mund! Was ist das für ein Zeug?"

„Weiß nicht, Tante."

„Nun, aber ich weiß es. Es ist Marmelade, das ist es! Vierzigmal habe ich dir gesagt, daß ich dir das Fell gerben werde, wenn du mir die Marmelade anrührst! Gib mir die Rute!"

Die Rute schwebte in der Luft — die Gefahr war nahe . . .

„O Gott, Tante, sieh nur mal hinter dich!"

Die alte Dame fuhr herum und raffte ihre Röcke, um der vermeintlichen Gefahr zu entgehen. Der Junge nutzte die Gelegenheit, lief sofort weg, kletterte den hohen Lattenzaun hinauf und verschwand.

Seine Tante Polly war für einen Augenblick verdutzt, dann begann sie, ein wenig zu lachen.

„Zum Kuckuck, kann ich es denn niemals lernen? Hat er mir nicht schon immer Streiche gespielt, wenn ich nach ihm gesucht habe? Aber man kann einem alten Hund keine neuen Kunststücke mehr beibringen, wie man so sagt. Zum Kuckuck noch mal, er erfindet immer etwas Neues, und wie soll unsereins wissen, was gerade kommt? Er scheint zu wissen, wie lange er mich plagen kann, bevor ich zornig werde, und er weiß: wenn er mich für einen Augenblick ablenken oder mich zum Lachen bringen kann, ist alles wieder gut, und ich kann ihm nicht böse sein.

Ich tue wirklich nicht meine Pflicht an dem Jungen, der Himmel weiß es. Er steckt voller Teufeleien. Aber schließlich ist er der Junge meiner eigenen verstorbenen Schwester, und irgendwie habe ich nicht das Herz, ihn anzubinden. Jedesmal, wenn ich ihm den Willen lasse, peinigt mich mein Gewissen, und jedesmal, wenn ich ihn prügele, bricht fast mein altes Herz. Heute wird er die Schule schwänzen, und da kann ich nicht anders, als ihn morgen an die Arbeit zu kriegen, um ihn zu bestrafen. Aber ich muß meine Pflicht an ihm tun, sonst werde ich dieses Kind verderben."

Tom schwänzte wirklich die Schule und hatte viel Spaß. Er kam so spät nach Hause, daß er Jim, dem kleinen Negerjungen, kaum noch helfen konnte, das Holz für den nächsten Tag zu sägen. Aber wenigstens kam er noch so rechtzeitig, daß er Jim seine Erlebnisse erzählen konnte, während dieser drei Viertel der Arbeit erledigte. Toms jüngerer Bruder (oder besser Halbbruder), Sid, war schon mit seiner Arbeit fertig, denn er war ein stiller Junge, nicht so abenteuerlich und unruhig.

Während Tom sein Abendbrot aß und Zucker stahl, wenn er gerade Gelegenheit dazu hatte, stellte ihm Tante Polly Fragen. Diese Fragen waren meist nach ihrer Meinung voller Arglist, denn er konnte sich durch seine Antworten leicht selbst verraten. Wie viele einfache Menschen war Tante Polly so eitel, ihre durchsichtigen Einfälle als Wunder an List zu betrachten.

„Tom, es war warm in der Schule, nicht wahr?"

„Hm."

„Mächtig warm, nicht?"

„Ja."

„Hattest du keine Lust, schwimmen zu gehen, Tom?"

Tom erschrak — Argwohn kam in ihm auf. Er suchte in Tante Pollys Gesicht, aber er konnte nichts Verdächtiges darin entdecken. Deshalb sagte er: „N-nein, nun, nicht sehr viel."

Die alte Dame streckte ihre Hand aus, befühlte Toms Hemd und sagte:

„Aber trotzdem ist dir jetzt nicht zu warm." Es schmeichelte ihr, daß sie bemerkt hatte, wie trocken das Hemd war, und daß noch niemand wissen könne, was sie vorhatte.

Trotzdem wußte Tom jetzt schon, woher der Wind wehte. Er kam ihrer nächsten Frage zuvor: „Einige von uns haben die Köpfe unter die Pumpe gehalten — sieh, mein Kopf ist jetzt noch feucht."

Tante Polly war ärgerlich, daß sie diesen wichtigen Beweis übersehen und einen Trumpf aus der Hand gegeben hatte. Dann hatte sie einen neuen Einfall, „Tom, mußtest du nicht deinen Hemdkragen auftrennen, wo ich ihn angenäht hatte, wenn du deinen Kopf unter die Pumpe halten wolltest? Knöpf deine Jacke auf!"

Die Unruhe verschwand aus Toms Gesicht. Er öffnete seine Jacke. Sein Hemdkragen war angenäht.

„Zum Kuckuck! Da hört sich doch alles auf! Ich war sicher, du hättest die Schule geschwänzt und wärest schwimmen gegangen. Aber ich habe mich geirrt, Tom. Ich glaube, du bist diesmal wirklich unschuldig. Zieh deine Jacke gerade, bitte."

Sie war etwas traurig, daß ihr Scharfsinn sie im Stich gelassen hatte, aber auch etwas froh, daß Tom diesmal gehorsam gewesen war.

Aber Sidney sagte: „Nanu, ich hatte geglaubt, du hättest seinen Kragen mit weißem Garn angenäht. Dies ist aber schwarz."

„Ich habe natürlich mit weißem Garn genäht! Tom!"

Aber Tom wartete nicht auf das, was kam. Als er zur Tür hinausflitzte, sagte er: „Warte, Sidney, dafür kriegst du deine Tracht Prügel!"

An einem sicheren Orte untersuchte Tom zwei große Nadeln, die er unter die Aufschläge seiner Jacke gesteckt hatte. In der einen war weißes Garn und in der anderen schwarzes. Er sagte halblaut vor sich hin:

„Wenn Sid nicht gewesen wäre, hätte sie es niemals bemerkt. Verdammt noch mal! Manchmal näht sie es mit weiß, und manchmal näht sie es mit schwarz. Ich wünschte, sie bliebe bei dem einen oder anderen — i c h kann es mir nicht merken. Aber der Sid kriegt todsicher seine Prügel dafür! Ich werd's ihm schon zeigen!"

Zwei Minuten später hatte er all seine Sorgen vergessen. Nicht, daß seine Sorgen für ihn weniger schwer und bitter gewesen wären als die Sorgen eines Mannes für einen Mann, aber ein neues und mächtiges Interesse zog ihn in seinen Bann und nahm ihm seinen Kummer — genau wie ein Mann sein Mißgeschick in der Aufregung über eine neue Entdeckung vergißt.

Toms Entdeckung war eine neue Art, zu pfeifen, die er kürzlich von einem Neger gelernt hatte. Er brannte geradezu darauf, es ungestört zu üben. Dieses Pfeifen bestand aus seltsamen vogelartigen Lauten, einer Art von Trillern, die man hervorbrachte, indem man die Zunge in kurzen Abständen unter den Gaumen preßte. — Der Leser erinnert sich vielleicht, wie es gemacht wird, wenn er jemals ein echter Junge gewesen ist. Durch Eifer und Ausdauer brachte Tom es bald zu einer gewissen Fertigkeit, und als er die Straße hinuntertrottete, war sein Mund mit Harmonie, seine Seele mit Dankbarkeit erfüllt. Er fühlte sich genauso, wie sich ein Astronom fühlen mag, der gerade einen neuen Planeten entdeckt hat.

Die Sommerabende waren lang. Es war noch nicht dunkel. Tom hörte auf zu pfeifen, denn ein Fremder ging vor ihm, ein Junge, etwas größer als er selbst. Ein Neuer, ganz gleich welchen Alters oder Geschlechts, war eine bemerkenswerte Seltenheit in dem kleinen schäbigen Städtchen St. Petersburg. Dieser Junge war gut angezogen — zu gut angezogen für einen Wochentag. Das war einfach erstaunlich. Seine Kappe war sehr hübsch, seine zugeknöpfte Jacke und seine Hosen waren neu und adrett.

Er trug Schuhe, obwohl es doch nur ein gewöhnlicher Freitag war. Er hatte sogar eine Krawatte umgebunden — ein helles Seidenband.

Er gab sich so großstädtisch, daß es Tom den Atem verschlug. Je mehr Tom dieses elegante Wunder anstarrte, desto schäbiger und verschlissener kam er sich selbst vor. Keiner der beiden sprach. Bewegte sich der eine, so bewegte sich auch der andere, aber immer nur seitwärts im Kreis herum; sie ließen sich nicht aus den Augen. Endlich sagte Tom:

„Ich kann dich verdreschen!"

„Ha, möcht' ich mal sehen."

„Ich kann's wirklich."

„Nee, das kannst du nicht!"

„Ja, ich kann's!"

„Ach was!"

„Ja!"

„Nein!"

Eine unbehagliche Pause. Dann fragte Tom: „Wie heißt du?"

„Das geht dich gar nichts an."

„Ich will aber, daß es mich was angeht!"

„Nun, warum tust du's dann nicht?"

„Wenn du noch viel redest, tu' ich's!"

„Viel — viel — viel! Nun?"

„Du kommst dir wohl sehr wichtig vor, nicht wahr? Ich könnte dich mit einer Hand verprügeln, wenn ich nur wollte."

„Nun, warum t u s t du's nicht? Du s a g s t immer nur, daß du es kannst."

„Nun, ich tu's auch, wenn du noch mehr sagst."

„Pah, was für einen großen Mund doch manche Leute haben!"

„Wichtigtuer! Du denkst, du bist ein ganzer Kerl, nicht wahr? Mensch, was für ein dämlicher Hut!"

„Brauchst ja nicht hinzusehen, wenn er dir nicht paßt! Schlag ihn mir doch runter, wenn du's wagst!"

„Doofmann!"

„Selbst einer!"

„Geh nach Hause, du!"

„Wenn du noch mehr Quatsch red'st, schlag' ich einen Stein an deinem Kopf kaputt."

„Pah!"

„Ja, das tu' ich!"

„Und warum tust du's nicht? Warum sagst du immer nur, du wirst es tun? Warum tust du es nicht? Aber du hast ja nur Angst!"

„Ich habe keine Angst!"

„Doch!"

„Nein!"

„Ja!"

Wieder eine Pause, abermals gingen sie umeinander herum. Dann standen sie Schulter an Schulter und schoben sich gegenseitig. Tom sagte:

„Hau ab!"

„Hau du ab!"

„Ich will nicht!"

„Ich will auch nicht!"

Sie sahen einander haßerfüllt an, jeder stellte einen Fuß ein wenig vor. Aber keiner konnte einen Vorteil erringen. Sie schoben sich gegenseitig, bis sie erhitzt und rot waren. Dann, ohne einander aus den Augen zu lassen, traten sie gleichzeitig zurück.

Tom sagte: „Du bist ein Feigling. Ich werde meinen großen Bruder auf dich hetzen, der wird dich mit seinem kleinen Finger umwerfen — ich tu's wirklich."

„Was geht mich dein großer Bruder an? Ich habe einen Bruder, der viel größer ist als deiner — der kann deinen Bruder über diesen Zaun werfen." (Beide Brüder waren erfunden.)

„Lügner!"

„Das bin ich noch längst nicht, auch wenn du es sagst!"

Mit seiner großen Zehe zog Tom einen Strich in den Sand und sagte: „Wenn du es wagst, über diesen Strich zu treten, verdresch ich dich so, daß du nicht mehr aufstehen kannst."

Prompt trat der fremde Junge über die Linie und sagte: „Nun tu's schon, wenn du es immer sagst!"

„Sieh dich vor — fordere mich nicht heraus!"

„Tu's doch!"

„Teufel auch, für zwei Pfennig tu' ich's."

Der fremde Junge zog zwei Kupferstücke aus der Tasche und hielt sie Tom höhnisch unter die Nase. Tom schlug sie ihm aus der Hand. Im nächsten Augenblick rollten beide Jungen am Boden, ineinander verkrallt wie Katzen; sie zerrten sich gegenseitig an den Haaren und Kleidern und schlugen sich auf die Nasen und bedeckten sich mit Staub und Ruhm. Schließlich nahm das Kampfgewühl erkennbare Formen an, und durch den Straßenstaub wurde Tom sichtbar. Er saß rittlings auf dem fremden Jungen und bearbeitete ihn mit seinen Fäusten.

„Sag: Genug!" schrie er.

Der Junge versuchte, sich zu befreien. Er heulte vor Wut.

„Sag: Genug!" — Die Schläge prasselten von neuem.

Schließlich überwand sich der Fremde zu einem erstickten „Genug!"

Tom ließ ihn aufstehen und sagte: „Das wird dir eine Lehre sein! Das nächstemal wirst du dich besser vorsehen, mit wem du anbändelst."

Der Junge lief schluchzend und schnaufend davon und klopfte den Staub von seinen Kleidern. Ab und zu drehte er sich um, schüttelte die Faust und drohte, er werde Tom das nächstemal auflauern. Tom antwortete nur mit einem verächtlichen Schnauben, drehte sich um und wollte weitergehen. Da nahm der fremde Junge einen Stein und warf ihn Tom in den Rücken. Dann jagte er davon wie ein Wiesel.

Tom lief dem Hinterlistigen nach bis zu dessen Haus und erfuhr auf diese Weise, wo er wohnte. Er blieb noch eine Weile draußen am Zaun stehen und forderte den Feind auf, herauszukommen. Aber der Feind schnitt ihm nur Fratzen hinter dem Fenster und lehnte ab.

Schließlich erschien die Mutter des Feindes, nannte Tom ein schlechtes, bösartiges, gewöhnliches Kind und jagte ihn fort. Er ging, aber er vergaß nicht zu sagen, daß er sich erlauben würde, ihren Bengel einmal aufzusuchen.

An diesem Abend kam er ziemlich spät nach Hause. Sehr vorsichtig stieg er durchs Fenster, konnte es aber unglücklicherweise nicht verhindern, daß seine Tante ihn sah. Als sie bemerkte, in welchem Zustand seine Kleider waren, faßte sie den festen Entschluß, Tom dafür zu bestrafen und aus seinem freien Samstag einen harten Arbeitstag zu machen.

Strafarbeit zu verkaufen!

Klar und frisch kam der Samstagmorgen; die ganze Sommerwelt war erfüllt von Leben. Heute hatte ein jeder ein Lied im Herzen, und wem das Herz jung war, dem drängte sich eine Melodie auf die Lippen. Die Menschen schritten beschwingt und leicht dahin, und ihre Gesichter waren fröhlich. Die Akazienbäume standen in voller Blüte und erfüllten die Luft mit Wohlgeruch.

Tom erschien mit einem Eimer voll weißer Farbe und einem langstieligen Pinsel. Er musterte den Zaun, und da verließ ihn aller Frohsinn und machte einer tiefen Traurigkeit Platz. Zehn Meter lang und über zwei Meter hoch war der Zaun! Es war zum Verzweifeln — das Leben war nur noch eine Plage! Seufzend tauchte er den Quast in die Farbe und strich damit über die oberste Planke. Er wiederholte diese Übung zweimal, verglich den getünchten Streifen mit der unübersehbaren Fläche des ungetünchten Zaunes und setzte sich dann entmutigt auf einen Baumstumpf.

Ausgelassen hüpfend, kam jetzt Jim mit einem Blecheimer aus dem Tor und sang den neuesten Schlager „Buffalo-Mädchen". Tom hatte sich immer davor gedrückt, Wasser aus dem

Stadtbrunnen zu holen, aber heute beneidete er Jim um diese Arbeit. Er erinnerte sich, daß es am Brunnen lustig war. Weiße Kinder, Mulatten- und Negerkinder trafen sich dort beim Wasserholen, tauschten Spielsachen und stritten und balgten sich. Tom wußte auch, daß Jim immer eine volle Stunde brauchte, um einen Eimer Wasser zu holen. obwohl doch der Brunnen nur 150 Meter weit entfernt war — und selbst dann mußte immer noch jemand gehen, ihn zu suchen.

Tom sagte: „Du, Jim, wenn du ein bißchen weitertünchst, will ich das Wasser für dich holen."

Jim schüttelte den Kopf und sagte: „Kann nicht, Master Tom. Alte Missis hat mir gesagt, ich soll nur Wasser holen gehen und nicht mit Master Tom sprechen. Sie sagen, sie wissen, daß Master Tom keine Lust hat zum Tünchen, aber i c h sollen Wasser holen gehen."

„Ach, mach dir doch nichts daraus, was sie sagt, Jim. So redet sie immer. Gib mir den Eimer — ich bin gleich wieder da. S i e wird es doch nicht erfahren."

„Oh, ich dürfen nicht, Master Tom. Alte Missis werden Fell über Ohren ziehen!"

„Sie! Sie haut nie jemand — höchstens klopft sie einem mit ihrem Fingerhut auf den Kopf — und wer macht sich schon was daraus? Sie redet dummes Zeug, aber das tut ja niemand weh — na ja, nur wenn sie weint . . . Jim, ich hab' auch was Schönes für dich, guck mal, 'ne weiße Murmel!"

Jim wurde unschlüssig.

„Eine weiße Murmel, Jim! Ist sie nicht wundervoll?"

„Oh, das sein prächtige Murmel, sag' ich dir! Aber Master Tom, ich hab' schreckliche Angst vor alte Missis . . ."

„Übrigens: ich zeige dir auch meine wunde Zehe, wenn du tünchst."

Jim war auch nur ein Mensch, und dieses Angebot war zuviel für ihn. Er stellte seinen Eimer nieder, nahm die weiße Murmel und bückte sich mit höchstem Interesse über die Zehe, während Tom den Verband entfernte. Im nächsten Augenblick jedoch flog Jim die Straße hinunter, den Eimer in der Hand; Tom tünchte wie besessen, und Tante Polly zog sich mit Triumph in den Augen und einem Pantoffel in der Hand von der Veranda zurück.

Aber Toms Eifer hielt nicht an. Er dachte daran, wie schön dieser Tag hätte sein können, und sein Kummer vervielfachte sich. Bald würden seine Kameraden kommen und ihm von ihren Plänen für den Tag erzählen — und natürlich würden sie sich furchtbar lustig über ihn machen, daß er arbeiten mußte. Schon der Gedanke daran brachte ihn in Zorn. Er kramte seine kleinen Schätze aus der Tasche und prüfte sie — kleine Gegenstände, Spielsachen, Murmeln und Blechstücke; genug, um damit bei jemand eine leichte Arbeit einzutauschen, aber nicht genug, um eine halbe Stunde Freiheit zu erkaufen. Er gab den Gedanken auf, die Jungen zu bestechen.

In diesem hoffnungslos dunklen Augenblick kam ihm eine Idee! Eine großartige, wundervolle Idee!

Er nahm seinen Quast wieder in die Hand und machte sich gelassen an die Arbeit. Bald tauchte auch Ben Rogers auf — ausgerechnet der Junge, dessen Spott er am meisten gefürchtet hatte. Ben ging nicht, er hüpfte und sprang ausgelassen — Beweis genug dafür, daß er gute Laune hatte und seine Erwartungen hoch waren. Er aß einen Apfel, und zwischen den einzelnen Bissen stieß er lange, melodische Pfiffe aus, denen ein tiefes Dingdong, Dingdong, Dingdong folgte: er spielte Dampfer.

Als er näher kam, setzte er die Geschwindigkeit herab, steuerte in die Mitte der Straße, lehnte weit über nach Steuerbord, und dann — er war ganz bei der Sache und gab sich alle Mühe — drehte er bei, denn er stellte den großen Dampfer „Big Missouri" vor. Er war Schiff, Kapitän, Maschine, alles zugleich, und so bildete er sich ein, er stehe auf seinem eigenen Sturmdeck. Er gab die Befehle und führte sie selbst aus.

„Stop! Klingeling-ling!"

Der Hauptweg war fast zu Ende, deshalb wandte er sich jetzt langsam dem Seitenweg zu.

„Jetzt achteraus! Klingeling-ling!"

Er legte seine Arme steif an die Seiten.

„Steuerbord achteraus! Klingeling-ling!" Währenddessen beschrieb seine rechte Hand gewaltige Kreise — sie mußte ein vierzig Fuß hohes Rad vorstellen. „Backbord stop! Klingeling-ling! Backbord stop! Halt!"

Tom beachtete den Dampfer nicht und tünchte ruhig weiter.

Einen Augenblick war Ben erstaunt, dann sagte er: „Hihi! Hamse dich reingelegt?"

Keine Antwort. Tom betrachtete seinen letzten Quaststrich mit dem Auge eines Künstlers. Dann strich er noch einmal zart mit dem Pinsel darüber und musterte das Ergebnis kritisch. Ben kam näher. Tom lief bei dem Duft des Apfels das Wasser im Munde zusammen, er ließ sich aber nichts anmerken und hielt sich an die Arbeit.

Ben sagte: „Hallo, alter Junge, hast zu arbeiten, was?"

Tom drehte sich um und sagte: „Nanu, du bist es, Ben! Ich hab' dich gar nicht gesehen."

„Du, ich geh' schwimmen — wirklich! Hast du nicht auch Lust? Oder möchtest du vielleicht lieber arbeiten?"

Tom betrachtete den Jungen nachdenklich und sagte dann: „Was nennst du eigentlich Arbeit?"

„Na, ist das etwa keine Arbeit?"

Tom begann wieder mit seiner Arbeit und antwortete herablassend: „Nun, vielleicht ist es Arbeit, und vielleicht ist es keine. Ich kann nur sagen, daß es genau das richtige ist für Tom Sawyer."

„Ach, sieh mal an, du willst doch nicht behaupten, daß du es gern tust?"

Der Quast strich ohne Unterbrechung über die Bretter.

„Ob ich es gern tue? Nun, ich sehe nicht ein, warum ich es nicht gern tun sollte. Lange nicht jedem Jungen wird die Möglichkeit geboten, einen Zaun zu tünchen."

Das warf natürlich ein völlig neues Licht auf die Sache! Ben hörte auf, an seinem Apfel zu knabbern. Sehr zierlich bewegte Tom seinen Quast hin und her — dann trat er einen Schritt zurück, um seine Arbeit zu betrachten. Er fügte hier und da noch einen Strich hinzu und begutachtete anschließend den Zaun von neuem.

Ben beobachtete jede Bewegung. Die Sache interessierte und fesselte ihn immer mehr. Schließlich sagte er: „Du, Tom, laß mich mal ein bißchen tünchen."

Tom wollte zustimmen; aber dann überlegte er es sich. „Nein, nein, ich schätze, es würde kaum was draus werden, Ben. Weißt du, Tante Polly nimmt es schrecklich genau mit diesem Zaun. Natürlich, wenn es der hintere Zaun wäre, hätte sie bestimmt nichts dagegen, wenn d u ihn streichen würdest, aber so? Ja, sie nimmt es furchtbar genau mit diesem Zaun — er muß wirklich sehr sorgfältig gestrichen werden. Ich schätze, es gibt keinen Jungen unter tausend, vielleicht auch unter zweitausend, der es so machen kann, wie es gemacht werden muß."

„Ist das wirklich so? Och, laß mich doch mal versuchen! Nur ein ganz kleines bißchen — ich würde dich versuchen lassen, wenn ich an deiner Stelle wäre, Tom!"

„Ben, ich tät's gerne, ehrlich; aber Tante Polly — nun, Jim wollte es so gern tun, aber sie wollte es nicht. Sid wollte es tun, aber der durfte es auch nicht. Siehst du denn nicht, wie ich in der Klemme sitze? Wenn du diesen Zaun bearbeitest und es geht etwas schief . . ."

„Ach was, ich werd' mich in acht nehmen. Jetzt laß mich versuchen. Hier, ich geb' dir auch das Gehäuse von meinem Apfel."

„Nun ja, dann . . . Nein, Ben, nicht. Ich habe Angst."

„Ich geb' dir auch den ganzen Apfel!"

Tom gab ihm den Quast scheinbar widerwillig — innerlich aber jubelte er. Und während der frühere Dampfer „Big Missouri" schwitzend in der Sonne arbeitete, setzte sich der pensionierte Künstler im Schatten auf eine Tonne, ließ die Beine baumeln, aß seinen Apfel und sann darüber nach, wie er noch mehr Unschuldige einfangen könnte.

Arbeitskräfte gab es genug; die Jungen kamen, um ihn zu verhöhnen, und blieben, um zu tünchen. Bevor Ben völlig ermüdet war, hatte Tom schon Billy Fisher für die nächste halbe Stunde gewonnen — natürlich nicht ohne dessen Drachen zu verlangen, der noch sehr gut in Ordnung war. Als Billy aufhörte, war Tom schon Besitzer einer toten Ratte; die hatte eine Schnur um den Hals, mit der man sie durch die Luft wirbeln konnte. Johnny Miller hatte sie ihm verkauft.

So ging es weiter, Stunde um Stunde.

Und als der Nachmittag kam, war aus dem morgens noch ausgesprochen armen Jungen ein Tom geworden, der sich fast im Wohlstand baden konnte. Zu dem Drachen und der toten Ratte waren noch folgende Dinge gekommen: zwölf Murmeln, ein kleines Stück von einer Mundharmonika, eine Scherbe aus

blauem Flaschenglas zum Durch-
gucken, eine Kanone, ein Schlüssel, mit dem man nichts auf-
schließen konnte, ein Stückchen
Kreide, ein Zinnsoldat, zwei
Kaulquappen, sechs Knallbon-
bons, ein Kätzchen mit nur
einem Auge, eine Messingtür-
klinke, ein Hundehalsband —
natürlich ohne Hund, ein Mes-
sergriff, vier Stückchen Apfel-
sinenschale und ein brüchiger
alter Fensterrahmen.

Die ganze Zeit über war Tom
glücklich und zufrieden — er
hatte Gesellschaft, und außerdem wurde der Zaun dreimal
völlig übergepinselt. Wäre ihm
die Farbe nicht ausgegangen, so hätte er jeden Jungen des
Städtchens arm gemacht.

Manchmal war das Leben gar nicht so schwer. Tom hatte,
ohne es zu wissen, das große Gesetz menschlichen Handelns
entdeckt — wenn man nämlich einem Menschen eine Sache
schmackhaft machen will, so muß man sie nur als schwer er-
reichbar hinstellen. Wäre er ein großer und berühmter Philo-
soph gewesen — wie zum Beispiel der Verfasser dieses Buches —, so hätte Tom jetzt begriffen, daß Arbeit das ist, was
man tun m u ß, und Spiel das, was man freiwillig tut. Und
damit hätte er auch verstanden, daß man es zum Beispiel
„Arbeit" nennt, künstliche Blumen herzustellen, während es
als Vergnügen gilt, den Mont Blanc zu ersteigen.

Der Junge grübelte noch eine Weile über sein plötzliches
Glück nach, dann ging er nach Hause, um zu berichten.

Tom meldete sich bei Tante Polly, die an dem offenen
Fenster eines Hinterzimmers saß, das Schlafzimmer, Frühstücks-

zimmer, Eßzimmer und Bibliothek in sich vereinigte. Die laue Sommerluft, die Ruhe, der Duft der Blumen und das einschläfernde Summen der Bienen hatten sie über ihrem Strickzeug einschlummern lassen. Ihre einzige Gesellschaft war die Katze, und die lag schlafend in ihrem Schoß. Ihre Brille hatte die Tante zur Sicherheit hoch in die Stirn geschoben. Natürlich hatte sie angenommen, Tom sei längst auf und davon, und so wunderte sie sich jetzt sehr, daß er so unerschrocken zu ihr kam.

Er sagte: „Darf ich jetzt gehen und spielen, Tante?"

„Was, schon? Wieviel hast du getan?"

„Der Zaun ist ganz fertig, Tante."

„Tom, lüg mich nicht an — ich kann es nicht vertragen."

„Ich lüge nicht, Tante; er ist fertig!"

In solchen Fällen glaubte Tante Polly ihm nicht. Sie ging hinaus, um sich die Sache selbst anzusehen; sie war überzeugt, daß nur zwanzig Prozent von Toms Behauptung stimmten. Als sie jedoch sah, daß der ganze Zaun getüncht war, und zwar nicht nur einmal getüncht, sondern zwei- und dreimal, war ihr Erstaunen unbeschreiblich.

„Das hätte ich nie gedacht! Da gibt es nichts, du kannst arbeiten, wenn du willst, Tom." Dann aber schwächte sie ihr Lob ab, indem sie sagte: „Leider muß ich sagen, daß du schreckliche selten wirklich willst. Jetzt kannst du gehen und spielen, aber sieh zu, daß du irgendwann in dieser Woche zurückkommst, sonst gerbe ich dir dein Fell."

Sie war so angetan von seiner Glanzleistung, daß sie ihn mit in die Speisekammer nahm und ihm einen Apfel aussuchte, nicht ohne ihn salbungsvoll darauf hinzuweisen, wieviel besser doch ein durch ehrliche Arbeit erworbener Apfel schmecke als ein gestohlener. Während sie mit einem biblischen Sprüchlein ihre Rede beschloß, ergatterte Tom heimlich einen Pfannkuchen und schlüpfte hinaus.

Er sah gerade noch, wie Sid die Außentreppe hinaufstieg, die zu den hinteren Räumen des oberen Stockwerks führte. In der nächsten Sekunde prasselten Erdklumpen wie ein Hagelsturm auf Sid nieder, und bevor Tante Polly richtig begriffen hatte und Sid zu Hilfe eilen konnte, hatten diesen schon sechs oder sieben Klumpen getroffen. Tom verschwand über den Zaun. Zwar gab es ein Tor, aber für gewöhnlich mußte er so schnell verschwinden, daß er davon keinen Gebrauch machen konnte. Sein Rachedurst war gestillt, nachdem er nun mit Sid abgerechnet hatte, weil der ihn verpetzt hatte.

Bald war Tom außer Sichtweite und damit aus der Gefahrenzone heraus. Jetzt eilte er zum Kirchplatz des Ortes, wo sich verabredungsgemäß zwei „kriegerische" Jungengruppen treffen wollten, um einen Kampf auszutragen. Tom war General der einen Armee, Joe Harper, sein Busenfreund, General der anderen. Natürlich ließen sich diese beiden großen Befehlshaber nicht herab, selbst zu kämpfen — das überließen sie ihren Soldaten —, sondern sie saßen auf einem Hügel und dirigierten die Schlacht durch Befehle, die von Adjutanten überbracht werden mußten.

Nach einem langen heißen Kampf konnte Toms Armee einen großartigen Sieg erringen. Dann wurden die Toten gezählt, die Gefangenen abgeführt und der Tag für die nächste Schlacht bestimmt. Danach setzten sich die Armeen in Bewegung und marschierten heimwärts, und auch Tom lief nach Hause.

Selig sind die Leidtragenden

Als er an dem Hause vorbeikam, in dem Jeff Thatcher wohnte, sah er dort ein Mädchen im Garten — ein hübsches blauäugiges kleines Ding mit blondem Haar, das in zwei lange Zöpfe geflochten war. Sie trug ein weißes Sommerkleid und bestickte Hosen. Es benahm Tom den Atem. Eine gewisse Amy Lawrence verschwand aus seinem Herzen und hinterließ nicht einmal die kleinste Erinnerung. Eben noch war er ein siegreicher Feldherr gewesen, jetzt war er plötzlich der Unterlegene.

Bis jetzt hatte er geglaubt, daß er sie bis zum Wahnsinn liebe, er hatte sie angebetet, doch in diesem Augenblick dachte er kaum noch an sie. Es hatte ihn Monate gekostet, sie zu gewinnen; vor kaum einer Woche hatte sie ihm ihre Liebe gestanden, und er war sieben Tage lang der glücklichste und stolzeste Junge der Welt gewesen. Doch jetzt, in einem einzigen Augenblick, verschwand sie aus seinem Herzen wie eine Wildfremde.

Mit heimlichen Blicken beobachtete er den neuen kleinen Engel, bis er bemerkte, daß auch sie ihn gesehen hatte. Dann tat er so, als hätte er sie nicht bemerkt, und fing an, nach Jungenart „anzugeben", um ihre Bewunderung zu erregen. Er war gerade bei einer besonders gefährlichen turnerischen Übung, als er sah, daß das kleine Mädchen sich dem Haus zuwandte. Sofort beendete er seine Vorstellung und lehnte sich an den Zaun, in der Hoffnung, sie werde noch eine Weile bleiben. Einen Augenblick blieb sie an der Treppe stehen, dann jedoch ging sie auf die Tür zu. Ein schwerer Seufzer entrang sich Toms Brust, als sie ihren Fuß auf die letzte Stufe setzte. Aber sein Gesicht erhellte sich sofort, als sie ihm über den Zaun ein Stiefmütterchen zuwarf.

Was? Eine Blume? Und für ihn?

Der Junge setzte sich in Trab und blieb ungefähr einen Schritt vor der Blume stehen, bedeckte seine Augen mit der Hand und sah die Straße hinunter, als ob er etwas besonders Interessantes entdeckt hätte. Dann hob er einen Strohhalm auf und versuchte, ihn auf der Nase zu balancieren, den Kopf weit zurückgelegt; dabei kam er der Blume immer näher. Schließlich setzte er seinen bloßen Fuß darauf, umkrallte die Blume mit seinen Zehen und hüpfte mit seinem Schatz fort. Er verschwand um die nächste Ecke. Hier befestigte er das Stiefmütterchen im Futter seiner Jacke, ganz nahe an seinem Herzen — oder vielleicht auch an seinem Magen, denn er war in der Anatomie nicht sehr bewandert.

Jetzt ging er zum Zaun zurück und trieb sich vor dem Hause herum bis zur Dämmerung; aber das kleine Mädchen zeigte sich nicht mehr. Tom tröstete sich mit der Hoffnung, daß sie hinter dem Fenster gestanden und seine Bemühungen gesehen habe. Schließlich trabte er widerstrebend nach Hause, seinen Kopf voll von dummen Gedanken und Phantasien. Irgendwann würde er sie schon einmal wiedersehen.

Während des Abendessens war er so guter Stimmung, daß seine Tante staunte. Es schien ihm nichts auszumachen, daß sie ihn ausschimpfte, weil er Sid mit Erdklumpen beworfen hatte. Unmittelbar vor der Nase seiner Tante versuchte er, Zucker zu stehlen, und bezog dafür eine Ohrfeige.

„Sid schlägst du nie, wenn er Zucker nimmt!" sagte er.

„Nun, Sid quält einen auch nicht so wie du. Wenn ich nicht aufpaßte, würdest du den ganzen Tag Zucker stehlen."

Dann ging sie in die Küche, und Sid, seiner Macht bewußt, langte nach der Zuckerdose — und dies mit einer Überheblichkeit, die Tom geradezu unerträglich schien. Die Zuckerdose rutschte Sid jedoch aus der Hand, fiel auf den Fußboden und zerbrach.

Tom war begeistert. Und wenn er begeistert war, konnte er sogar seinen Mund halten und still sein. Er befahl sich selbst, nicht ein Wort zu sagen, sondern still zu sitzen, bis Tante Polly wieder hereinkäme und ihn fragte, wer die Zuckerdose zerbrochen habe. Dann würde er es sagen und — ach, es war ein so wundervolles Gefühl, zu wissen, daß das Muttersöhnchen auch einmal eine Tracht Prügel kriegen würde. Er war so begeistert, daß er kaum an sich halten konnte, als die alte Dame zurückkam und wortlos auf die Scherben starrte. Jetzt kommt's! sagte er sich. Und — im nächsten Augenblick lag er auf dem Boden. Schon hatte sich die strafende Hand wieder erhoben, um zuzuschlagen, als Tom sich rasch zur Seite wandte und losschrie:

„Hör auf, warum schlägst du m i c h ? Sid hat sie kaputtgemacht!"

Erstaunt ließ ihn Tante Polly los, und Tom hoffte, sie werde ihn jetzt mit tröstendem, wohltuendem Mitleid überschütten. Aber er wurde enttäuscht. Als sie wieder zu Atem kam, sagte sie nur:

„Uff! Na ja, du hast es trotzdem verdient für all deine Streiche, von denen ich nichts weiß."

Kaum waren die Worte heraus, da empfand sie Gewissensbisse, und sie hatte das Bedürfnis, etwas Freundliches oder Liebes zu sagen; aber dann wiederum befürchtete sie, Tom könnte es ihr als Abbitte ihres Unrechts auslegen — und das wollte sie nicht zugeben.

Also sagte sie nichts und ging kummervollen Herzens ihrer Arbeit nach.

Tom hockte in einer Ecke und schmollte und übertrieb seine
Leiden maßlos. Er wußte, daß seine Tante innerlich vor ihm
auf den Knien lag, und bei diesem Gedanken besserte sich
seine Laune ein wenig. Er würde mit niemand sprechen, sondern nur still dasitzen. Er wußte, daß sie ihn mit einem ab-
bittenden und tränenverschleierten Blick ansah, aber er bemühte sich, es nicht zu bemerken. Er stellte sich weiter vor, er
wäre jetzt todkrank. Seine Tante beugte sich über ihn und
flehte um ein kleines verzeihendes Wort — er aber würde sein
Gesicht der Wand zukehren und sterben, ohne ihr zu vergeben.
Ah, was würde sie dann empfinden?

Und er sah sich, wie man ihn vom Fluß zurücktrug, tot, mit
nassen Locken, endlich Frieden in seinem armen Herzen. Wie
sie sich über ihn werfen würde und wie ihre Tränen strömen
würden und wie sie Gott anrufen würde, ihr ihren Jungen
zurückzugeben! Und ganz gewiß würde sie ihn niemals mehr

schlagen! Er aber würde daliegen — kalt und weiß und ohne Bewegung, ein armer kleiner Dulder, dessen Leiden endlich zu Ende waren.

Er steigerte sich so sehr in diese dramatischen Träume hinein, daß er immerzu schlucken mußte. Tränen stiegen ihm in die Augen, liefen die Wangen hinab und tropften ihm schließlich von der Nase. Als kurz darauf seine Kusine Mary hereintanzte, voll von Leben und glücklich, nach einem einwöchigen Aufenthalt auf dem Lande wieder zu Hause zu sein, war ihm sein eigener Schmerz so kostbar geworden, daß er es nicht ertragen konnte, sie zu sehen. Still ging er hinaus.

Er hielt sich fern von den anderen Jungen und suchte sich einen einsamen Platz, wo er mit seinen düsteren Gedanken allein sein konnte. Ein langes Floß auf dem Fluß schien ihm geeignet, und er setzte sich auf die äußere Kante und starrte in die Flut.

Er wünschte, er würde sofort ertrinken, ohne etwas davon zu merken. Dann dachte er wieder an seine Blume. Er nahm sie aus seiner Jacke, sie war verwelkt und zerknittert, doch augenblicklich verbesserte der Anblick seine finstere Stimmung. Er fragte sich, ob s i e ihn bemitleiden würde? Würde sie weinen und ihre Arme um seinen Hals legen und ihn trösten? Oder würde sie sich kalt abwenden wie die ganze Welt? Diese Vorstellung versetzte ihn in eine so trübe, aber doch wieder angenehme Stimmung, daß er die ganze Angelegenheit immer von neuem durchdachte. Schließlich sah er sie in einem ganz neuen Licht, sie erschien ihm jetzt ganz richtig. Endlich erhob er sich seufzend und verschwand in der Dunkelheit.

Gegen zehn Uhr erreichte er die einsame Straße, in der die unbekannte Angebetete wohnte; einen Augenblick hielt er an, aber so sehr er auch lauschte — er konnte keinen Laut vernehmen. Nur schwacher Kerzenschein erhellte ein Fenster des zweiten Stocks. War seine Schöne hinter diesem Fenster? Er stieg über den Zaun und tastete sich vorwärts, bis er unter dem erleuchteten Fenster stand. Lange sah er voll Rührung hinauf und legte sich dann darunter auf die Erde, die Blume in den Händen, die er auf der Brust gefaltet hielt. So wollte er sterben — ausgestoßen in dieser kalten Welt, kein Dach über seinem Haupte. Kein liebes Gesicht würde sich mitleidig über ihn beugen, wenn er mit dem Tode rang. Und so würde s i e ihn sehen, wenn sie den jungen Morgen begrüßte, und — oh! würde sie wohl eine kleine Träne über diese arme leblose Hülle vergießen, die einst Tom Sawyer gewesen war?

Plötzlich öffnete sich das Fenster, die mißtönende Stimme eines Dienstmädchens zerriß die heilige Stille, und eine Flut von Wasser ertränkte die Überreste des auf dem Boden liegenden Märtyrers.

Schnaufend sprang unser Held auf. Ein Wurfgeschoß sauste durch die Luft, begleitet von einem gemurmelten Fluch, ein Geräusch splitternden Glases folgte, und eine kleine, unscheinbare Gestalt sprang über den Zaun und war verschwunden.

Nicht lange danach, als Tom, schon entkleidet, beim flackernden Licht einer Talgkerze seine durchnäßten Kleider betrachtete, wachte Sid auf. Falls er jedoch vorgehabt hatte, irgendwelche Anspielungen zu machen, so besann er sich eines Besseren und hielt den Mund, denn Toms Augen versprachen nichts Gutes.

Tom schlief ein ohne die übliche Plage des Betens, was Sid stillschweigend zur Kenntnis nahm.

Die Sonne erhob sich über eine ruhige Welt und schickte segnend ihre Strahlen auf das friedliche kleine Städtchen. Nachdem das Frühstück vorüber war, hielt Tante Polly Familiengottesdienst; er begann mit Gebeten aus der Bibel und schloß mit einem geharnischten Kapitel aus dem Buch Mose. Anschließend raffte Tom sich endlich auf, seine Verse für die Sonntagsschule auswendig zu lernen. Sid hatte sie natürlich schon vor Tagen gelernt. Tom nahm all seine Gedanken zusammen, um sich fünf Verse zu merken, und er hatte sich sowieso schon die kürzesten ausgesucht. Nach einer halben Stunde hatte er eine blasse Vorstellung von dem, was er können mußte, aber auch nicht mehr. Mary nahm sein Buch, um ihm abzuhören, und unter vielen Mühen versuchte er aufzusagen:

„Selig sind die — — die — die . . ."

„Geistig . . ."

„Ja — geistig! Selig sind die geistig — geistig . . ."

„Armen . . ."

„Armen! Also: Selig sind die geistig Armen, denn sie — sie . . ."

„Ihrer . . ."

„Denn ihrer. Selig sind die geistig Armen, denn ihrer ist das Himmelreich. Selig sind die Leidtragenden, denn sie — sie . . ."

„Sol . . ."

„Denn sie sol . . ."

„Sollen!"

„Oh, sollen! Denn sie sollen — denn sie sollen — sie sollen w a s ? Warum sagst du es mir nicht, Mary? Warum bist du so gemein und ärgerst mich?"

„O Tom, du dummer Junge, ich will dich doch nicht ärgern! Aber du mußt die Verse noch einmal lernen. Laß dich nicht entmutigen, Tom, du wirst es schon schaffen. Ich gebe dir auch etwas sehr Hübsches, wenn du es tust."

„Natürlich, aber was gibst du mir, Mary? Was ist es?"

„Nein, nein, Tom, noch sage ich es dir nicht. Aber du weißt, wenn ich sage, es ist hübsch, dann i s t es hübsch."

Also versuchte es Tom noch einmal, und Marys versprochenes Geschenk war für ihn ein solcher Ansporn, daß er einen durchschlagenden Erfolg erzielte. Mary gab ihm ein nagelneues Messer, das mindestens zwölf Cent gekostet hatte.

Bald mußte er sich für die Sonntagsschule umziehen. Mary gab ihm eine Waschschüssel mit Wasser und ein Stück Seife, und er ging hinaus und setzte draußen die Schüssel auf eine Bank, krempelte seine Ärmel hoch, schüttete das Wasser auf die Erde und ging dann in die Küche. Dort, hinter der Tür, begann er, sein Gesicht mit einem Handtuch zu bearbeiten.

Mary beobachtete ihn und sagte: „Daß du dich nicht schämst, Tom! Du mußt nicht so ungezogen sein. Das Wasser wird dir nicht weh tun!"

Tom war sehr verlegen. Die Waschschüssel wurde nochmals gefüllt, er betrachtete sie und redete sich selbst Mut zu. Dann holte er tief Atem und begann, sich nochmals zu waschen. Als er nach einer Weile in die Küche kam, beide Augen geschlossen und mit den Händen nach dem Handtuch tastend, war sein Gesicht ganz naß. Mary war allerdings noch immer nicht zufrieden. Sie begann jetzt selbst, ihn zu bearbeiten, und als sie mit ihm fertig war, glänzte er förmlich vor Sauberkeit. Sein Haar war sorgfältig gebürstet, und seine kurzen Locken waren mit mathematischer Genauigkeit gelegt. (Er haßte Locken und versuchte heimlich, sie glattzubürsten; denn er hielt Locken für unmännlich.)

Dann holte Mary seinen Anzug, den er seit zwei Jahren nur in der Sonntagsschule anziehen durfte — er wurde einfach der

„andere Anzug" genannt. Und somit kennen wir auch seine gesamte Garderobe. Mary knöpfte seine Jacke bis zum Kinn zu, legte den großen Hemdkragen über seine Schultern, bürstete ihn und setzte ihm schließlich seinen bunten Strohhut auf den Kopf. Jetzt sah er zwar ordentlich und sauber aus, aber man sah es ihm an, daß er sich ausgesprochen unwohl fühlte. Er haßte Kleider, die nicht zerschlissen waren, und er haßte Sauberkeit. Er hoffte, Mary werde seine Schuhe vergessen, aber er wurde enttäuscht. Sie putzte sie sorgfältig mit Talg, wie es üblich war, und brachte sie ihm.

Sein Geduldsfaden riß, und er behauptete, er müsse immer gerade das tun, was er nicht wolle. Aber Mary sagte ruhig: „Bitte, Tom — bitte!"

Widerwillig zog er die Schuhe an. Bald war auch Mary fertig, und so begaben sich die drei Kinder zur Sonntagsschule — einem Ort, den Tom von ganzem Herzen haßte; Sid und Mary dagegen besuchten sie sehr gern.

An der Kirchentür blieb Tom einen Schritt hinter den anderen zurück und sprach einen sonntäglich gekleideten Jungen an: „Sag, Billy, haste einen gelben Zettel?"

„Ja."

„Was willste dafür haben?"

„Was willste geben?"

„Ein halbes Bonbon und 'nen Angelhaken."

„Laß sehen."

Tom zeigte seine Sachen vor. Sie waren zufriedenstellend, und die Güter wechselten ihren Besitzer. Dann tauschte Tom zwei weiße Glasmurmeln gegen drei rote Zettel und noch ein paar andere Dinge aus seinen Taschen gegen zwei blaue. Er kaufte Zettel von verschiedenen Farben. Jetzt betrat er die Kirche gemeinsam mit einem ganzen Schwarm sauberer Kinder, wartete noch zehn oder fünfzehn Minuten an der Tür und schob sich bis zu seinem Platz vor und fing mit dem ersten Jungen, der ihm dumm kam, zu streiten an. Der Lehrer, ein grauhaariger älterer Mann, brachte sie auseinander; doch kaum hatte er den Kindern den Rücken gedreht, als Tom auch schon einen anderen Jungen an den Haaren zog. Als der Junge sich umdrehte, schien Tom in sein Buch vertieft.

In der ganzen Sonntagsschulklasse gab es nur eine Sorte Jungen — sie waren alle unruhig, geräuschvoll und faul. Wenn sie ihre Verse aufsagen sollten, wußte keiner sie genau. Immerhin. sie kamen irgendwie durch, und jeder bekam eine Belohnung — kleine blaue Zettel mit Bibelsprüchen darauf. Jeder blaue Zettel war eine Belohnung für zwei gelernte Verse. Zehn blaue Zettel waren so viel wert wie ein roter, zehn rote Zettel so viel wie ein gelber, und für zehn gelbe Zettel bekam der Schüler vom Superintendenten eine wenig ansehnliche Bibel überreicht.

Mary hatte auf diese Weise schon zwei Bibeln erhalten — es war der Lohn für die harte Arbeit zweier Jahre —, und ein Junge deutscher Abstammung hatte sogar schon vier oder fünf gewonnen. Tom hatte sich nie viel um diese Preise gekümmert — aber schon oft hatte er sich vorgestellt, wie es wohl wäre, wenn i h m die Bibel überreicht würde.

Der Superintendent stand auf der Kanzel, mit einem geschlossenen Gesangbuch in der Hand, den Zeigefinger zwischen die Blätter geschoben, und gebot Aufmerksamkeit. Er war ein abgemagerter kleiner Mann von fünfunddreißig Jahren, mit einem rötlichen Spitzbart und kurzem rotem Haar. Er trug einen steifen hochstehenden Kragen, dessen obere Enden beinahe seine Ohren berührten und dessen scharfe Ecken beinahe in seine Mundwinkel stießen. Dies zwang ihn, immer ganz geradeaus zu schauen, und wenn er einmal nach der Seite blicken wollte, mußte er den Körper wenden. Sein Kinn lag auf einer weit auseinandergebreiteten Krawatte, die so groß und lang war wie eine Banknote.

Er begann wie üblich: „Nun, Kinder, ich wünsche, daß ihr alle gerade und hübsch dasitzt und mir für einen Augenblick eure Aufmerksamkeit schenkt. So ist es schön. So sollten es alle braven kleinen Jungen und Mädchen tun. Aber ich sehe dort ein kleines Mädchen, das aus dem Fenster schaut — ich fürchte, sie denkt, ich bin irgendwo da draußen, vielleicht in einem der Bäume, um eine Ansprache an die kleinen Vögelchen zu halten." (Beifälliges Gekicher.)

In diesem Sinne ging die Ansprache weiter.

Ein gut Teil des Geflüsters, das gerade jetzt in der Klasse herrschte, war auf ein mehr oder weniger seltenes Ereignis zurückzuführen: es waren Gäste eingetreten — Rechtsanwalt Thatcher, begleitet von einem sehr schwachen und alten Mann, dann ein netter, wohlbeleibter älterer Herr mit eisgrauem Haar und eine vornehme Dame, die zweifellos seine Frau war. Die Dame führte ein Kind an der Hand.

Bis zu diesem Augenblick war Tom unruhig, mürrisch und von Gewissensbissen geplagt gewesen — er konnte den liebenden Blick seiner früheren Freundin, Amy Lawrence, nicht ertragen. Aber als er diesen kleinen Neuankömmling sah, hob sich seine Stimmung sofort, und sein Herz füllte sich mit eitel Freude. Und im nächsten Moment „gab er an", wie er nur konnte, er zog die Kinder an den Haaren, schnitt Grimassen, er kniff die Jungen — mit einem Wort: er tat alles, um die Aufmerksamkeit der Kleinen auf sich zu ziehen.

Den Besuchern wurden die höchsten Ehrenplätze zugeteilt, und sobald Herr Walter seine Rede beendet hatte, machte er die Gäste mit den Schülern bekannt. Der ältere Herr war der Landrichter. Er kam aus Constantinopel, das zwölf Meilen entfernt lag —, er war also weit gereist und hatte die Welt gesehen. Er war ein bedeutender Mann und die erhabenste Persönlichkeit, die diese Kinder je gesehen hatten.

Und der andere war der große Richter Thatcher, der Bruder des Rechtsanwalts von St. Petersburg. Sofort trat Jeff Thatcher vor und tat sehr vertraut mit dem großen Mann. Er wurde von der ganzen Schule beneidet.

Jetzt fehlte nur noch eins, um das Glück von Herrn Walter vollkommen zu machen, und das war die Gelegenheit, einem Jungen oder Mädchen eine Bibel zu verleihen. Einige Schüler hatten zwar ein paar gelbe Zettel, aber bei niemand reichten sie hin — er hatte die Besten schon gefragt.

Gerade in diesem Augenblick, als er alle Hoffnungen schon begraben hatte, kam Tom Sawyer nach vorne mit neun gelben, neun roten und zehn blauen Zetteln und verlangte eine Bibel. Das war wie ein Blitz aus heiterem Himmel!

Gerade von diesem Jungen hätte Herr Walter es nicht erwartet, daß er den Anforderungen für eine Bibel jemals genügen werde. Aber er konnte nichts dagegen machen — Tom hatte die Zettel, und sie waren wirklich echt. Und so durfte sich Tom zu Richter Thatcher und den anderen Gästen setzen, und die große Neuigkeit wurde verkündet.

Das war die erstaunlichste Überraschung des Jahrzehnts, und die anderen Jungen waren grün vor Neid. Zu spät kam ihnen die Erleuchtung, daß sie selbst es gewesen waren, die zu Toms Ruhm beigetragen hatten, indem sie ihm ihre Zettel verkauft hatten.

Der Preis wurde Tom mit soviel Feierlichkeit überreicht, wie es der Superintendent unter diesen Umständen nur für richtig

hielt. Amy Lawrence war stolz und glücklich, und sie versuchte, Toms Blick auf sich zu ziehen. Aber er wollte einfach nicht zu ihr hinsehen. Zunächst war sie erstaunt, dann ein bißchen beunruhigt; danach kam Argwohn in ihr auf. Sie beobachtete Tom jetzt ganz aufmerksam, und da sagte ihr ein verstohlener Blick, den sie erhaschte, plötzlich alles.

Ihr brach das Herz, sie war eifersüchtig, ärgerlich und böse, und dann weinte sie und haßte die ganze Welt.

Tom wurde dem Richter vorgestellt, aber seine Zunge war wie angenagelt, sein Atem kam stoßweise, und sein Herz klopfte — zum Teil wegen der großen Persönlichkeit dieses Mannes, vor allem jedoch, weil er i h r Vater war. Der Richter legte seine Hand auf Toms Kopf, nannte ihn einen wackeren kleinen Mann und fragte nach seinem Namen.

Der Junge stotterte, bekam einen Hustenanfall und brachte schließlich heraus:

„Tom. — O nein, nicht Tom — ich wollte sagen — ich — heiße — Thomas."

„Aber du hast doch auch noch einen Nachnamen, Thomas", sagte Herr Walter, „und sage S i r. Vergiß nicht deine Manieren."

„Thomas Sawyer, Sir."

„Na ja, das ist schon recht so. Zweitausend Verse ist eine große Menge, eine ganz große Menge. Und es wird dir nie leid tun, daß du die Mühe gehabt hast, sie zu lernen; denn Wissen ist mehr wert als irgend etwas anderes in der Welt. Eines Tages wirst du ein großer und guter Mann sein, Thomas, und dann wirst du zurückschauen und sagen: ‚All das verdanke ich nur den kostbaren Sonntagsschulstunden — all das verdanke ich nur meinen lieben Lehrern, die mich lehrten zu lernen. Ich verdanke alles dem guten Superintendenten, der mich behütete, mich anspornte und mir schließlich eine wundervolle Bibel gab. Das wirst du sagen, Thomas. Würde es dir jetzt etwas ausmachen, mir und dieser Dame hier einige von den Versen aufzusagen, die du gelernt hast? Gewiß kennst du die Namen der zwölf

Apostel. Möchtest du uns nicht sagen, wie die ersten beiden hießen?"

Tom hantierte an einem Knopfloch herum und sah aus wie ein Schaf. Dann wurde er rot und schlug die Augen nieder. Herrn Walters Herz sank. Zu sich selbst sagte er: Ist es nicht möglich, daß der Junge die einfachste Frage beantworten kann? Warum fragte der Richter auch nur? Er fühlte sich jedoch verpflichtet zu sagen:

„Antworte dem Herrn, Thomas, und fürchte dich nicht."

Tom hüllte sich in Schweigen.

„Aber mir wirst du es sagen", mischte sich die Dame ein. „Die Namen der ersten beiden Apostel waren . . ."

„David und Goliath!"

Laßt uns das Ende dieser Szene mit dem Mäntelchen der Barmherzigkeit zudecken.

Die Schule ist eine Plage!

Den Montagmorgen fand Tom scheußlich. Er fand ihn immer scheußlich, denn es begann eine neue Woche endloser Leiden in der Schule. Am Montag wünschte er meistens, es gäbe keine Feiertage, denn sie machten die Schularbeiten und die Schule überhaupt nur noch abscheulicher.

Tom dachte nach und wünschte sich plötzlich, er wäre krank, denn dann hätte er die Schule schwänzen können. Das wäre wirklich eine Möglichkeit! Er tastete seinen Körper ab. Leider aber fand er keine Krankheit und begann seine Untersuchung von neuem. Diesmal glaubte er Leibschmerzen feststellen zu können, und mit großen Erwartungen versuchte er, sie zu verstärken. Leider nützte es nichts, sie wurden immer schwächer und hörten schließlich ganz auf.

Plötzlich aber entdeckte er etwas! Einer seiner oberen Zähne war locker. Das war günstig, und er wollte gerade anfangen zu stöhnen, als ihm einfiel, daß ihm seine Tante, wenn sie es hörte, den Zahn erbarmungslos ziehen würde, und das tat bestimmt weh. So überlegte er, daß es besser wäre, sich den Zahn als letzte Reserve aufzuheben und vorläufig weiterzusuchen. Aber es war vergeblich.

Dann erinnerte er sich, daß der Doktor einmal von einer Krankheit erzählt hatte, an der der Patient mindestens drei Wochen lang hatte leiden müssen, schließlich hatte er sogar einen Finger an dieser Krankheit verloren. Begierig zog der Junge seinen Fuß unter der Bettdecke hervor und untersuchte seine Zehe. Aber jetzt fiel ihm nicht mehr ein, wie sich diese Krankheit geäußert hatte. Ganz gleich — die Möglichkeiten, die sich ihm durch seine verletzte Zehe boten, mußte er ausnützen. Mit bemerkenswerter Anstrengung fing er an zu stöhnen.

Aber Sid schlief ruhig weiter.

Tom stöhnte lauter und bildete sich nun wirklich ein, Schmerzen in der Zehe zu haben.

Sid hörte nichts.

Tom keuchte vor Anstrengung. Er machte eine Pause, sammelte alle Kraft und stieß dann eine Anzahl sehr vernehmbarer Seufzer aus.

Sid schnarchte weiter.

Tom war wütend. Er rief: „Sid, Sid!" und schüttelte ihn.

3*

Das wirkte, und Tom begann wieder zu stöhnen. Sid gähnte, streckte sich, richtete sich dann mit einem Schnaufen auf seinen Ellbogen auf und starrte Tom an. Der stöhnte. Da sagte Sid:

„Tom! Hör mal, Tom! (Keine Antwort.) He, Tom! Tom! Was ist los, Tom?" Und er schüttelte ihn und sah ihm ängstlich ins Gesicht.

Tom ächzte: „Oh, laß mich, Sid. Schüttele mich doch nicht so!"

„Warum, was ist los, Tom? Ich muß die Tante rufen."

„Nein, es ist nichts. Es wird schon vorübergehen. Ruf niemand!"

„Aber ich muß! Stöhn doch nicht so, Tom, es ist schrecklich!"

„Ich vergebe dir alles, Sid, (Stöhnen) alles, was du mir jemals angetan hast. Wenn ich sterbe . . ."

„Oh, Tom, du wirst doch nicht sterben? Nicht, Tom — oh, nicht. Vielleicht . . ."

„Ich vergebe allen, Sid. (Stöhnen.) Sag es ihnen, Sid. Und, Sid, gib den Fensterrahmen und die einäugige Katze dem Mädchen, das neulich in die Stadt gekommen ist, und sag ihr . . ."

Aber Sid war schon in seine Kleider gefahren und die Treppe hinuntergeflogen.

Tom litt nun wirklich, seine Phantasie arbeitete heftig, und sein Stöhnen klang ganz echt.

Sid rief: „Tante Polly, komm schnell, Tom liegt im Sterben!"

„Im Sterben?"

„Ja. Komm schnell!"

„Unsinn. Ich glaube kein Wort."

Aber trotzdem flog sie die Treppe hinauf, Sid und Mary folgten ihr auf dem Fuße. Ihr Gesicht war sehr weiß, und ihre Lippen zitterten. Als sie an Toms Bett stand, keuchte sie: „Tom! Was ist los mit dir?"

„Oh, Tante, ich bin . . ."

„Was ist los mit dir, was ist los mit dir, Kind?"

„Oh, Tante, meine wunde Zehe stirbt ab!"

Die alte Dame sank in einen Stuhl und lachte ein bißchen und weinte ein bißchen, schließlich tat sie beides zusammen Dann erholte sie sich wieder und sagte:

„Du hast mir einen schönen Schrecken eingejagt, Tom. Jetzt höre mit dem Unsinn auf und klettere aus dem Bett."

Das Stöhnen hörte auf, und der Schmerz verschwand aus der Zehe. Der Junge fühlte sich erkannt und sagte:

„Wirklich, Tante Polly, er schien abzusterben, und es hat so weh getan, daß mir meine Zahnschmerzen gar nichts mehr ausgemacht haben."

„So, so, deine Zahnschmerzen. Was ist los mit deinem Zahn?"

„Er ist locker und tut schrecklich weh."

„Nun, nun, fang mir nicht wieder mit dem Stöhnen an! Mach den Mund auf! Ja — dein Zahn ist locker, aber gewiß wirst du nicht davon sterben. Mary, hole mir einen seidenen Faden und etwas glühende Kohle aus der Küche."

„O bitte, Tantchen, zieh ihn nicht aus, es tut auch gar nicht mehr weh! Bitte nicht! Ich will heute auch nicht mehr die Schule schwänzen."

„Ach, so ist das! Du hast diesen Zirkus also nur veranstaltet, damit du die Schule schwänzen und fischen gehen konntest? Tom, Tom, ich habe dich so lieb, und du versuchst immer wieder, mein altes Herz mit diesen Unarten zu brechen."

Jetzt waren die zahnärztlichen Instrumente bereit. Mit einer Schlinge befestigte die alte Dame das eine Ende des Fadens an Toms Zahn, und das andere Ende knüpfte sie an den Bettpfosten. Dann ergriff sie mit einer Zange die glühende Kohle und fuhr dem Jungen damit beinahe ins Gesicht — da baumelte der Zahn am Bettpfosten.

Nach dem Frühstück, als Tom zur Schule ging, beneideten ihn alle Jungen, die er traf, denn die Lücke in der oberen Zahnreihe ermöglichte es ihm, auf eine neue und bewundernswerte Weise zu spucken. Eine ganze Anzahl interessierter Jungen

versammelte sich um ihn. Ein Junge, der sich kürzlich in den Finger geschnitten hatte und bis jetzt Mittelpunkt der Neider und Bewunderer gewesen war, fand sich plötzlich ohne Anhänger und seines Ruhmes beraubt.

Bald darauf traf Tom den jugendlichen Ausgestoßenen des Städtchens, Huckleberry Finn, den Sohn eines Trunkenboldes. Huckleberry war bei allen Müttern in der Stadt gefürchtet und gehaßt, denn sie fanden ihn gewöhnlich, schlecht und unbeaufsichtigt. Alle Kinder bewunderten ihn sehr und wünschten, sie könnten sein wie er. Auch Tom fand ihn großartig und spielte mit ihm, wann immer sich Gelegenheit dazu bot.

Huckleberry kam und ging, wann er wollte. Bei schönem Wetter schlief er draußen und bei schlechtem in verlassenen Hundehütten. Er ging weder zur Schule noch in die Kirche, niemand war sein Herr, und er brauchte niemand zu gehorchen. Im Frühling war er immer der erste, der barfuß ging, und im

Herbst der letzte, der Schuhe anzog, und er konnte wundervoll fluchen. Kurz, er besaß alles, was das Leben eines Jungen lebenswert machen konnte.

Tom rief den romantischen Außenseiter an: „He, Huckleberry!"

„He!"

„Was hast du da?"

„'ne tote Katze."

„Laß mich mal sehen, Huck. Mann, ist die steif! Wo hast du sie her?"

„Von 'nem Jungen gekauft."

„Was hast du ihm dafür gegeben?"

„'nen blauen Zettel und 'ne Schweinsblase vom Schlachter."

„Woher hattest du den blauen Zettel?"

„Vor zwei Wochen von Ben Rogers für 'n Faßreifen gekauft."

„Sag, Huck — was kann man mit toten Katzen eigentlich anfangen?"

„Was? Warzen wegkriegen!"

„Nein, wirklich? Wie macht man das denn?"

„Nun, du nimmst deine Katze und gehst damit auf den Friedhof, so um Mitternacht herum, zu einer Zeit, wenn irgendeiner
gerade beerdigt worden ist. Wenn es nun Mitternacht ist,
kommt ein Teufel, vielleicht auch zwei oder drei, aber du kannst
sie nicht sehen, du hörst nur was von ihrem Sausen des Windes,
und wenn sie den Toten dann wegholen, wirfst du deine Katze
in die Luft und sagst:

> Teufel folge der Leiche,
> Katze folge dem Teufel,
> Warzen folgt der Katze,
> und ich bin euch los!

Dadurch wirst du jede Warze los."

„Hört sich nicht schlecht an. Hast du's mal versucht, Huck?"

„Nee, aber die alte Mutter Hopkins hat es mir gesagt."

„Nun, dann wird es wohl stimmen. Sie sagen nämlich alle,
sie wär' 'ne Hexe."

„Sie sagen! Ich weiß, daß sie eine ist. Sie hat Vater
verhext. Vater sagt es ja selbst. Eines Tages kam er zu ihr und
sah, daß sie ihn behexen wollte. Er nahm aber einen Stein,
und wenn sie ihm nicht entwischt wäre, hätte er sie getroffen.
Nun, in derselben Nacht fiel er von einem Schuppen herunter
und brach sich den Arm."

„Das ist ja schrecklich! Aber woher wußte er, daß sie ihn
behexen wollte?"

„Du lieber Gott, Vater versteht sich gut auf so was. Er sagt,
wenn sie einen immerzu ansehen, verhexen sie einen. Besonders, wenn sie dazu murmeln."

„Sag, Huck, wann wirst du das mit der Katze versuchen?"

„Heute nacht. Ich schätze, die Teufel kommen heute, um den
alten Williams zu holen."

„Aber der ist doch schon am Sonnabend beerdigt worden.
Haben sie ihn nicht schon am Sonnabend geholt?"

„Wie du redest! Es war doch die Nacht von Sonnabend auf Sonntag! Und ich glaube nicht, daß sie sonntags arbeiten!"

„Daran habe ich gar nicht gedacht. Kann ich mit dir gehen?"

„Natürlich, wenn du keine Angst hast."

„Angst! Nicht gut möglich. Machst du miau?"

„Ja — und du mußt als Antwort ebenfalls miau machen, wenn es möglich ist. Das letztemal hast du mich immerzu miauen lassen, bis der alte Hays anfing, Steine nach mir zu schmeißen, und sagte: ‚Verdammte Katze!' Deshalb hab' ich ihm einen Stein durchs Fenster geschmissen — sag das aber bloß nicht!"

„Nein. Aber in der Nacht konnte ich wirklich nicht miauen, denn meine Tante bewachte mich. Aber heute mache ich bestimmt miau. Sag mal, was ist denn das?"

„Nur 'n Holzbock."

„Wo hast du ihn her?"

„Aus dem Wald."

„Was willst du dafür haben?"

„Ich will ihn nicht verkaufen."

„Gut. Ist ja auch 'n mächtig kleiner Holzbock."

„Jeder kann 'nen Holzbock schlechtmachen, der ihm nicht gehört. Auf jeden Fall bin ich damit zufrieden. Er ist gut genug für mich."

„Huck, ich gebe dir meinen Zahn dafür."

„Laß sehen!"

Tom holte ein Stückchen Papier aus der Tasche und wickelte es sorgfältig auf. Habgierig betrachtete Huckleberry den Zahn. Die Versuchung war groß. Schließlich fragte er: „Ist er echt?"

Tom zog seine Lippe in die Höhe und zeigte die Lücke.

„Gut", sagte Huckleberry, „ist gemacht."

Tom legte den Holzbock in die Schachtel, die kürzlich noch als Gefängnis für einen Käfer gedient hatte, und die Jungen trennten sich, jeder mit dem Gefühl, reicher zu sein als vorher.

Als Tom das alleinstehende kleine Schulhaus erreicht hatte, ging er eilig hinein. Er hängte seine Mütze an einen Nagel und

warf sich mit geschäftiger Eile auf seine Bank. Der Lehrer, der hoch auf dem Katheder in seinem Sessel thronte, hatte, eingelullt von dem eintönigen Murmeln der Kinder, vor sich hingedöst. Diese Störung aber weckte ihn.

„Thomas Sawyer!"

Tom wußte, daß es Ärger gab, wenn jemand seinen Vornamen nicht abkürzte.

„Sir!"

„Komm hierher! Nun, Bürschchen, warum bist du wieder zu spät gekommen?"

Tom wollte gerade eine Notlüge gebrauchen, als er zwei lange blonde Zöpfe sah, die einen Rücken herunterhingen, den er als Liebender sofort erkannte. In dieser Bank war der einzige freie Platz im ganzen Schulraum — auf der Seite der Mädchen! Er sagte sofort:

„Ich habe mich aufgehalten, weil ich mit Huckleberry Finn gesprochen habe!"

Der Puls des Lehrers stand still, und er starrte Tom hilflos an. Das Gemurmel der Kinder hörte auf. Die Schüler fragten sich, ob Tom verrückt geworden sei. Dann sagte der Lehrer:

„Was — tatest du?"

„Ich habe mit Huckleberry Finn gesprochen."

„Thomas Sawyer, das ist das erstaunlichste Bekenntnis, das ich je gehört habe. Zieh deine Jacke aus!"

Der Arm des Lehrers arbeitete, bis er müde wurde. Dann wurden die Schläge schwächer. Jetzt folgte der Befehl:

„Geh nun und setze dich zu den M ä d c h e n ! Und laß dir dies eine Warnung sein."

Tom setzte sich auf die Bank, und das Mädchen warf den Kopf in den Nacken und rückte ein Stück von ihm ab. Die anderen stießen sich an und flüsterten, aber Tom saß ganz still, die Arme auf das lange, niedrige Pult gestützt, und schien vertieft in sein Buch.

Nach und nach setzte das eintönige Murmeln wieder ein, und alles war wie zuvor. Bald fing der Junge an, dem Mädchen heimlich Blicke zuzuwerfen. Sie bemerkte es, zog ein Mäulchen und drehte ihm wieder den Rücken zu. Als sie sich einmal umwandte, lag ein Pfirsich vor ihr.

Sie schob ihn fort, und Tom legte ihn abermals behutsam auf ihren Platz. Sie schob ihn zwar wieder fort, diesmal aber weniger schroff. Geduldig legte Tom ihn wieder zurück. Sie ließ ihn liegen. Tom kritzelte auf seine Schiefertafel: „Bitte nimm ihn — ich habe noch welche." Sie las die Worte, sagte aber nichts.

Nun fing der Junge an, etwas auf seine Tafel zu zeichnen. Er verdeckte jedoch seine Arbeit mit der linken Hand. Zuerst tat sie, als bemerkte sie nichts, dann wurde sie doch neugierig und machte ihm kaum wahrnehmbare Zeichen. Der Junge arbeitete weiter und schien nichts zu merken. Das Mädchen machte einen Versuch, es zu sehen, aber der Junge tat so, als hätte er es nicht bemerkt. Schließlich gab sie nach und flüsterte zögernd:

„Ich möchte es sehen."

Tom enthüllte ein Stück von einer schrecklichen Zeichnung. Sie stellte ein Haus mit zwei Giebeln dar, mit einem Korkenzieher von Rauch, der sich aus dem Schornstein wand. Ihre Neugier wuchs, und sie vergaß über der Zeichnung alles andere. Als sie sie lange genug betrachtet hatte, flüsterte sie: „Das ist hübsch — zeichne mal einen Mann!"

Der Künstler zeichnete einen Mann, der über das Haus hätte hinwegsteigen können. Aber das Mädchen war nicht überkritisch; sie war mit dem Ungetüm zufrieden und flüsterte:

„Was für ein schöner Mann — und nun zeichne mich, wie ich den Weg entlangkomme."

Tom zeichnete ein Stundenglas mit einem Vollmondgesicht und langen Armen und Beinen und bewaffnete die weit gespreizten Finger mit einem übergroßen Fächer.

Das Mädchen sagte: „Wie hübsch es ist — ich wollte, ich könnte zeichnen."

„Es ist doch sehr leicht", flüsterte Tom, „ich werde es dir zeigen."

„Oh, wirklich? Wann?"

„Heute nachmittag. Gehst du zum Essen nach Hause?"

„Ich bleibe hier, wenn du willst."

„Gut, abgemacht. Wie heißt du?"

„Becky Thatcher. Und du? Oh, ich weiß schon: Thomas Sawyer."

„So nennen sie mich nur, wenn sie mich prügeln. Tom heiße ich, wenn ich brav bin. Sag Tom zu mir, willst du?"

„Ja."

Wieder begann Tom, etwas auf die Tafel zu kritzeln, versteckte die Worte aber vor dem Mädchen. Diesmal war sie nicht schüchtern, sondern bat ihn, ihr das Geschriebene zu zeigen.

Tom sagte: „Oh, es ist nichts."

„Doch."

„Nein. Du willst es ja auch gar nicht sehen."

„Doch, wirklich! Bitte laß es mich sehen!"

„Du wirst es verraten."

„Nein, wirklich nicht, ganz bestimmt nicht."

Sie legte ihre Hand auf seine, und es folgte ein kleines Handgemenge. Endlich ließ Tom, wenn auch nur widerstrebend, langsam seine Hand heruntergleiten, bis die Worte zum Vorschein kamen: „Ich liebe dich."

„Och, du Böser!" Und sie versetzte ihm einen leichten Klaps auf die Hand, wurde aber jedenfalls rot und sah angenehm überrascht aus. Gerade in diesem Augenblick fühlte der Junge einen langsamen, verhängnisvollen Griff an seinem Ohr, der ihn nach oben zog. So wurde er unter dem Hohngelächter der ganzen Klasse durch das Zimmer gezogen und auf seinen alten Platz gesetzt. Einige schreckliche Minuten lang stand der Lehrer über ihn gebeugt, dann endlich schritt er langsam, ohne ein Wort zu sagen, seinem Thron zu. Obwohl es in Toms Ohren klingelte, jubelte sein Herz.

Als sich die Klasse wieder beruhigt hatte, machte Tom einen ernstlichen Versuch, aufmerksam zu sein, aber der Tumult in seinem Innern war zu groß.

In der Lesestunde wurde es noch ärger mit ihm. Und in der Erdkundestunde verwandelte er Seen in Berge, Berge in Flüsse und Flüsse in Erdteile, bis alles nur noch ein Durcheinander war. Bei der Rechtschreibung konnte er nicht einmal die einfachsten Wörter buchstabieren und mußte deshalb die Medaille, die er für besondere Leistungen in diesem Fach erhalten und monatelang mit größtem Stolz getragen hatte, abgeben.

Tom ist verliebt

Je mehr Tom versuchte, seine Gedanken auf das Buch zu konzentrieren, desto weiter weg wanderten sie. Schließlich gab er es unter Seufzen und Gähnen auf. Es schien ihm, als ob der Mittag niemals kommen wollte. Die Luft stand fast still. Kein Windchen wehte. Es war der schläfrigste aller schläfrigen Tage.

Tom sehnte sich von Herzen nach Freiheit. Er wollte irgend etwas Ungewöhnliches tun, um die Zeit totzuschlagen. Seine Hand fuhr in die Tasche, und sein Gesicht leuchtete plötzlich auf. Heimlich holte er die Käferschachtel heraus. Er befreite den Holzbock und setzte ihn auf das lange flache Pult. Dankbar wollte sich das Tierchen gerade davonmachen, als Tom es mit einer Nadel zwang, eine andere Richtung einzuschlagen.

Neben Tom saß sein bester Freund, der bis jetzt unter der Langeweile ebenso gelitten hatte wie Tom; jetzt war er sofort mit Leib und Seele an dem neuen Unterhaltungsspiel beteiligt. Dieser Freund hieß Joe Harper. Die beiden Jungen waren die ganze Woche über Verbündete und Freunde, aber an Sonnabenden die erbittertsten Gegner. Joe zog eine Nadel aus seinem Rockaufschlag und begann, Tom bei den Übungen mit dem Gefangenen zu unterstützen. Sofort wurde er lebhafter.

Bald machte Tom ihn jedoch darauf aufmerksam, daß sie sich gegenseitig störten und um den vollen Genuß des Spiels brächten. Deshalb legte er Joes Schiefertafel auf das Pult und zog einen Strich über die Mitte der Tafel.

„So", sagte er, „solange er auf deiner Seite ist, kannst du mit ihm spielen, und ich lasse dich zufrieden; wenn du ihn aber krabbeln läßt und er kommt auf meine Seite, mußt du ihn in Ruhe lassen."

„Einverstanden! Fang an; laß ihn laufen."

Der Holzbock riß Tom aus und überquerte die Grenze.

Joe jagte ihn eine Weile hin und her, schließlich entkam er aber und kroch wiederum über die Grenze. Dies geschah jetzt oft. Während der eine den Holzbock mit größtem Interesse plagte, sah der andere mit der gleichen Anteilnahme zu. Die beiden Köpfe waren über die Tafel gebeugt, und in ihrer Umgebung gab es nun nichts anderes mehr für sie. Schließlich schien das Glück zu Joes Gunsten zu entscheiden. Der Holzbock lief einmal in diese, dann in jene Richtung und wurde ebenso aufgeregt und ängstlich wie die Jungen. Und immer, wenn Tom glaubte, der Käfer werde auf seine Seite krabbeln, als es ihm schon in den Fingern juckte, mit dem Spiel anzufangen, drehte Joe den Holzbock sehr geschickt mit seiner Nadel um. Schließlich konnte Tom es nicht länger aushalten. Die Versuchung war zu groß, und er langte mit der Nadel hinüber.

Sofort wurde Joe ärgerlich. Er sagte: „Tom, laß ihn zufrieden!"

„Hör zu, Joe Harper, wem gehört dieser Holzbock?"

„Interessiert mich nicht — er ist auf meiner Seite, und du darfst ihn nicht berühren."

„Und ich tu's doch! Es ist mein Holzbock, und ich kann damit tun und lassen, was ich will!"

Ein schwerer Schlag traf Toms Rücken, dann den von Joe, und für die nächsten beiden Minuten flog der Staub aus ihren beiden Jacken, zur Freude der ganzen Klasse. Sie waren zu vertieft in ihr Spiel gewesen, als daß sie plötzlich die Stille hätten bemerken können, als der Lehrer auf Zehenspitzen durch den Raum geschlichen war. Eine ganze Weile hatte er der Vorstellung zugesehen und erst dann seinen Beitrag zu dem Vergnügen gegeben.

Als am Nachmittag die Schule aus war, flog Tom auf Becky Thatcher zu und flüsterte ihr ins Ohr:

„Setz deine Mütze auf und tu so, als ob du nach Hause gingest; laß die anderen Mädchen an der Ecke weitergehen und komm durch die Wiese zurück. Ich gehe den anderen Weg und komme dir entgegen."

So machte sich der Junge mit einer Gruppe von Schülern davon, und das Mädchen mit ihren Freundinnen. Nach einer Weile trafen sich die beiden am Ende der Wiese. Als sie wieder bei der Schule ankamen, war niemand mehr da. Sie setzten sich zusammen auf eine Bank, jeder mit einer Schiefertafel vor sich. Tom gab Becky den Bleistift und hielt ihre Hand und führte sie. Als das Interesse an dieser Kunst ein wenig nachließ, begannen die beiden, sich zu unterhalten. Tom schwamm in Seligkeit. Er fragte:

„Magst du Ratten?"

„Nein! Ich hasse sie!"

„Ich meine tote Ratten, die man an einem Faden um seinen Kopf kreisen lassen kann."

„Nein, ich mag sie trotzdem nicht. Was i c h mag, ist Kaugummi."

„O ja, ich auch. Ich wollte, ich hätte jetzt ein Stück."

„Ja? Ich habe etwas. Ich lasse dich ein bißchen kauen, aber danach mußt du es mir wiedergeben."

Tom war einverstanden, und sie kauten abwechselnd und ließen dabei zufrieden ihre Beine baumeln.

„Bist du schon mal im Zirkus gewesen?" fragte Tom.

„Ja, und Vater will mich noch mal mitnehmen, wenn ich brav bin."

„Ich bin schon vier- oder fünfmal im Zirkus gewesen. Da ist auch immer was los. Ich möchte mal Clown in einem Zirkus werden, wenn ich groß bin."

„Wirklich? Das wird aber hübsch. Ich finde Clowns so niedlich mit ihrem getupften Anzug."

„Ja, und sie verdienen eine Masse Geld — die meisten einen Dollar am Tag, sagt Ben Rogers. Sag, Becky, bist du jemals verlobt gewesen?"

„Was ist das?"

„Nun, verlobt — und danach heiratet man."

„Nein."

„Möchtest du es gern?"

„Ich glaube schon. Ich weiß nicht. Wie ist es denn eigentlich?"

„Ich weiß auch nicht genau. Du mußt nur einem Jungen sagen, daß du niemals einen anderen nehmen wirst, aber wirklich niemals, und dann küßt ihr euch, und das ist alles. Jeder kann es tun."

„Küssen? Warum küßt man sich?"

„Nun, das ist, weißt du, um — nun, man tut es nun mal so."

„Jeder?"

„Natürlich, alle, die sich liebhaben. Erinnerst du dich, was ich auf die Tafel geschrieben habe?"

„Ich will es nicht sagen."

„Soll ich es sagen?"

„J-ja, aber lieber ein anderes Mal."

„Nein, jetzt!"

„Nein, nicht jetzt — morgen!"

„O nein, jetzt. Bitte Becky — ich werde es flüstern, ich werde es ganz leise flüstern."

Becky zögerte. Tom nahm ihr Schweigen für Zustimmung, legte den Arm um sie und flüsterte die Worte sehr sanft, seinen Mund nahe an ihrem Ohr. Dann fügte er hinzu:

„Nun flüstere es mir genauso ins Ohr."

Sie zögerte eine Weile, dann sagte sie:

„Dreh dein Gesicht herum, so daß du nichts sehen kannst, dann will ich es dir sagen. Aber du darfst es niemals jemand sagen, nicht wahr, Tom?"

„Ich werde es nicht sagen. Aber jetzt sag es mir, Becky."

Er drehte sein Gesicht zur Seite. Schüchtern wandte sie sich zu ihm, bis ihr Atem seine Locken streifte, und flüsterte: „Ich-liebe-dich!"

Dann sprang sie auf und rannte um die Tische und Bänke, und Tom sprang hinter ihr her. Schließlich suchte sie Zuflucht in einer Ecke und hielt schützend ihre kleine weiße Schürze vor das Gesicht.

Tom legte den Arm um ihren Hals und bettelte: „Jetzt ist alles in Ordnung, Becky — bis auf den Kuß. Fürchte dich doch nicht davor, es ist doch überhaupt nichts dabei. Bitte, Becky!"

Er versuchte, die Schürze von ihrem Gesicht fortzuziehen. Nach und nach gab sie den Widerstand auf, und ihre Hände fielen herab; ihr Gesicht, glühend vom Kampf, kam hoch, und sie ließ es geschehen. Tom küßte ihre roten Lippen und sagte:

„Jetzt ist alles erledigt, Becky. Und von nun an darfst du nur noch mich lieben und niemals jemand anders heiraten als mich. Willst du?"

„Ja, ich werde immer nur dich lieben, Tom, und nur dich heiraten — aber du darfst auch niemals jemand anders heiraten als mich."

„Natürlich nicht, das gehört doch dazu! Und jedesmal, wenn du zur Schule oder nach Hause gehst, mußt du mit mir gehen, wenn es niemand sieht. Und bei Festen wählst du mich, und ich wähle dich, denn so wird es gemacht, wenn man verlobt ist."

„Es ist so hübsch. Ich habe nie vorher davon gehört."

„Oh, es ist wundervoll! Ich und Amy Lawrence . . ."

Die großen Augen des Mädchens zeigten Tom, daß er einen Fehler gemacht hatte, und verwirrt stockte er.

„Oh, Tom, dann bin ich also nicht die erste, mit der du verlobt bist!" Das Kind begann zu weinen.

„Oh, weine nicht, Becky. Ich mag sie doch gar nicht mehr."

„Das tust du doch, Tom, und du weißt es."

Tom versuchte, den Arm um ihren Hals zu legen, aber sie stieß ihn fort und drehte ihr Gesicht zur Wand. Tom versuchte es noch einmal mit besänftigenden Worten, aber er wurde abermals zurückgestoßen. Da wurde sein Stolz wach. Er stand auf und ging hinaus. Da stand er nun draußen, blickte unglücklich und unruhig nach der Tür und hoffte, sie werde herauskommen und nach ihm suchen. Aber sie tat es nicht.

Er fühlte sich elend und war sich seiner vermeintlichen Schuld bewußt. Es kostete ihn große Überwindung, wieder hineinzugehen. Sie stand noch immer in der Ecke und schluchzte. Das Gesicht hatte sie zur Wand gedreht. Tom war gerührt. Er ging zu ihr und stand eine Weile still vor ihr. Er wußte nicht, wie er beginnen sollte. Dann sagte er zögernd:

„Becky, ich — ich liebe wirklich nur dich."

Keine Antwort — nur Schluchzen.

„Becky", sagte er noch einmal bittend, „Becky, willst du nicht ein einziges Wort sagen?"

Verstärktes Schluchzen.

Da nahm Tom seinen kostbarsten Besitz, den Messingknopf eines Schürhakens, aus der Tasche und hielt ihn so, daß sie ihn sehen konnte. Dabei sagte er:

„Bitte, Becky, willst du ihn denn nicht haben?"

Sie schleuderte ihn auf den Boden.

4*

Da ging Tom aus dem Schulhause und wanderte weit fort über die Hügel. An diesem Tage würde er nicht mehr zur Schule zurückkehren.

Bald wurde Becky unruhig. Sie lief zur Tür; er war nirgends zu sehen. Sie flog ums Haus zum Spielplatz; auch hier war er nicht. Da rief sie:

„Tom! Komm zurück, Tom!"

Sie lauschte, aber es kam keine Antwort. Stille und Einsamkeit waren Beckys einzige Gesellschaft. Sie setzte sich hin und fing an zu weinen.

Gerade jetzt kamen die anderen Schüler zum Nachmittagsunterricht, und sie verbarg ihren Kummer und ihre Sorgen. Sie mußte nun die Leiden eines langen, langweiligen und bitteren Nachmittags auf sich nehmen, und es gab niemand unter all den Fremden, mit dem sie ihre Sorgen hätte teilen können.

Tom lief, sich immer wieder umblickend, durch die Gassen, bis er von den zurückkehrenden Schulkindern nicht mehr gesehen werden konnte, und fiel dann in einen schlafmützigen, schlendernden Gang. Zwei- oder dreimal sprang er über einen kleinen Bach, denn es herrschte ein alter Aberglaube unter den Jungen, der besagte, daß man durch Überschreiten von Wasser jeden Verfolger abschütteln könne.

Eine halbe Stunde später war er hinter dem Wohnhaus der Witwe Douglas auf dem Cardiff-Hügel verschwunden, das Schulhaus unten im Tal war kaum noch zu sehen. Er betrat einen dichten Wald, strolchte eine Weile darin umher und setzte sich schließlich unter einer riesigen Eiche ins Moos.

Hier saß er lange, die Ellbogen auf die Knie und das Kinn in die Hände gestützt. Was hatte er diesem Mädchen nur getan? Nichts! Er hatte nur das Beste gewollt, und sie hatte ihn wie einen Hund behandelt — wirklich, wie einen Hund. Aber eines Tages würde es ihr schon leid tun — vielleicht war es dann zu spät. Ach, wenn er nur schnell sterben könnte!

Aber ein Jungenherz kann nicht lange bedrückt sein. Schon bald kehrten sich Toms Gedanken wieder den Dingen seiner Umwelt zu. Was dann, wenn er nun fortgehen und auf geheimnisvolle Weise verschwinden würde? Fortgehen — sehr weit fort, in fremde Länder jenseits der Meere? Was würde sie dann sagen? Sein Vorhaben, ein Clown zu werden, fiel ihm wieder ein, diesmal jedoch erfüllte ihn dieser Gedanke mit Abscheu; denn Dummheiten und Späße und getupfte Gewänder waren eine Zumutung für ihn, dessen Gedanken sich gerade in den Gefilden der Romantik befanden.

Nein, er wollte Soldat werden und nach vielen Jahren als berühmter Mann zurückkehren. Halt — noch besser war es, zu den Indianern zu gehen, Büffel mit ihnen zu jagen und mit ihnen gemeinsam in den Bergen und in den unendlichen Weiten des Wilden Westens auf den Kriegspfad zu gehen. Und eines Tages würde er als großer Häuptling, mit Federn geschmückt und furchterregend bemalt, zurückkommen; und dann würde er an einem schläfrigen Sommermorgen mit einem Kriegsschrei, der durch Mark und Bein ging, in die Sonntagsschule hineinplatzen. Seine Kameraden sollten vor Neid grün werden. Aber nein — es gab noch etwas Aufregenderes als das. Er würde ein Seeräuber werden! Das war es!

J e t z t lag seine Zukunft strahlend und in unvorstellbarem Glanz vor ihm. Sein Name würde um die Welt gehen, und alle Leute sollten vor ihm zittern! Wie glorreich würde er mit seinem langen, niedrigen schwarzen Renner, dem „Geisterschiff", das tosende Meer durchpflügen, die grausige Flagge am Mast! Und plötzlich, auf der Höhe seines Ruhmes, würde er wieder in dem alten Städtchen erscheinen und in die Kirche treten, mit wettergebräuntem Gesicht, angetan mit schwarzer Samthose und Wams, großen Stiefeln, roter Schärpe, den Gürtel gespickt mit Reiterpistolen, den blutbefleckten Säbel an der Seite. Und dann würde er voller Entzücken hören, wie die Leute flüsterten: „Es ist Tom Sawyer, der Pirat! Der schwarze Räuber der spanischen Meere!"

Jawohl, so war es richtig! Alles war jetzt entschieden, seine Laufbahn stand fest. Er würde von daheim fortlaufen. Schon morgen wollte er es tun.

- In diesem Augenblick hörte er den schwachen Ton einer Spielzeugtrompete. Sofort warf er die Jacke ab, verwandelte die Hosenträger in einen Gürtel, durchstöberte das Gebüsch hinter einem Baumstamm und entdeckte dort Pfeil und Bogen, ein Schwert aus Holz und eine Blechtrompete. Im nächsten Augenblick ergriff er diese Dinge und stürzte los, barfuß und mit flatterndem Hemd. Ein wenig später blieb er unter einer großen Ulme stehen, stieß in die Trompete und schlich dann, sich vorsichtig umsehend, auf Zehenspitzen weiter. Seinen Begleitern, die allerdings nur in seiner Einbildung vorhanden waren, flüsterte er vorsichtig zu: „Haltet an, wackere Männer! Versteckt euch, bis ich blase!"

Jetzt tauchte Joe Harper auf, ebenso luftig gekleidet und vollendet bewaffnet wie Tom.

Tom rief: „Halt! Wer wagt es, ohne meine Erlaubnis Sherwood zu betreten?"

„Guy von Guisborne braucht keines Menschen Erlaubnis. Wer bist du, daß — daß . . ."

„. . . du es wagst, so zu sprechen", vollendete Tom, denn die beiden Jungen sprachen Sätze nach, die sie in einem bestimmten Buch gelesen hatten.

„Wer bist du, daß du es wagst, so zu sprechen?"

„Ich bin es, Robin Hood, und dein erbärmliches Geripp wird es bald erfahren."

„Wie, so bist du also jener berühmte Geächtete? Freudig will ich mit dir um die Herrschaft dieses schönen Waldes streiten. Aufgepaßt!"

Sie packten ihre hölzernen Schwerter und begannen einen scharfen Kampf, dabei führten sie immer sorgfältig „zwei

Streiche oben und zwei Streiche unten" aus, bis Tom sagte:
„Schneller! Lebendiger!"

Und so kämpften sie „lebendiger" und keuchten und schwitzten bei der Arbeit. Schließlich schrie Tom:

„Fallen! So fall doch endlich! Warum fällst du nicht?"

„Ich werde nicht fallen. Warum fällst d u nicht? D u wirst doch geschlagen."

„Aber ich kann doch nicht fallen. Das ist doch dann nicht so, wie es im Buch geschrieben steht. Das Buch sagt: ,Und mit einem mächtigen Hieb in den Rücken schlug er den armen Guy von Guisborne zu Boden.' Du bist es also, der sich umdrehen und den ich mit einem Schlag in den Rücken sterben lassen muß."

Joe sah das ein, und so drehte er sich herum, erhielt seinen Schlag und fiel.

„So", sagte Joe, als er wieder hochkam, „jetzt mußt du es auch zulassen, daß ich dich töte. Sonst ist's nicht fair."

„Aber das kann ich nicht tun, es steht doch nicht im Buch."

„Ist doch egal — nun mach schon!"

„Hör mal, Joe, du könntest doch der Bruder Tuck oder Much der Müllerssohn sein und mich mit einem Stock durchprügeln; aber nein, ich kann ja der Sheriff von Nottingham sein und du der Robin Hood."

Joe war zufrieden, und der Mord wurde ausgeführt. Dann wurde Tom wieder Robin Hood, er starb an seinen unheilbaren Wunden und wurde bald darauf von Joe, der jetzt eine ganze Schar von weinenden Gesetzlosen verkörperte, fortgezerrt. Joe gab ihm seinen Bogen in die zitternden Hände, und Tom sagte mit schwacher Stimme: „Wo dieser Pfeil niederfallen wird, dort begrabt den armen Robin Hood unter den Bäumen."

Dann schwirrte der Pfeil durch die Luft, Tom fiel zurück und wäre gestorben, wenn er nicht in eine Brennessel gefallen wäre, die ihn, etwas zu lebhaft für einen Sterbenden, wieder aufspringen ließ.

Die beiden Jungen zogen sich wieder an, versteckten ihre Waffen und machten sich auf den Heimweg, verdrießlich darüber, daß es keine Geächteten mehr gab. Sie fragten sich, was die moderne Zivilisation wohl tun könne, um diesen Verlust auszugleichen, und stimmten darin überein, daß sie lieber ein Jahr lang Geächtete in Sherwood wären als auf Lebenszeit Präsident der Vereinigten Staaten.

Ein unheimliches Erlebnis

Wie üblich wurden Tom und Sid um halb zehn zu Bett geschickt. Sie sprachen ihr Gebet, und bald war Sid eingeschlafen. Tom lag wach und wartete mit Ungeduld. Ihm schien es, als würde es schon Morgen, als er endlich die Uhr schlagen hörte. Erst zehn! Er bemühte sich wachzubleiben, aber nach einer Weile schlief er doch ein; es schlug elf, er hörte es nicht.

In seine verworrenen Träume mischte sich Katzengeschrei, ein Fenster wurde geöffnet und eine zornige Stimme rief: „Verdammtes Katzenvolk!" Das Splittern einer Flasche, die am Holzschuppen der Tante zerbarst, weckte Tom schließlich ganz auf. Er fuhr aus dem Bett, und innerhalb einer Minute war er angezogen und kletterte aus dem Fenster.

Auf allen vieren kroch er über das Dach, miaute ein paarmal vorsichtig, sprang auf das Dach des Holzschuppens und von dort auf die Erde. Huckleberry Finn erwartete ihn mit seiner toten Katze. Die Jungen setzten sich in Trab und verschwanden in der Dunkelheit. Eine halbe Stunde später wateten sie durch das hohe Gras des Friedhofes.

Ein schwacher Wind strich durch die Bäume, und Tom fürchtete, es seien die Geister der Toten, die sich über die

Störung beklagten. Die Jungen sprachen selten und dann nur im Flüsterton, denn die nächtliche Stille bedrückte sie. Sie erreichten den frischen Erdhügel, den sie gesucht hatten, und verbargen sich im Schutze dreier Ulmen, die nur einen Schritt vom Grabe entfernt standen.

Schweigend warteten sie. Nur der Schrei einer Eule unterbrach die Grabesstille. Das Schweigen wurde bedrückend. Tom fühlte, daß er etwas sagen mußte. Deshalb flüsterte er ganz leise:

„Hucky, glaubst du, daß die toten Leute es gern haben, wenn wir hier sind?"

Huckleberry erwiderte: „Möcht' ich auch gern wissen. Ist alles so feierlich, nicht?"

„Hm."

Wieder schwiegen sie. Dann flüsterte Tom: „Sag, Hucky — glaubst du, daß Roß Williams uns reden hört?"

„Natürlich! Sein Geist bestimmt."

Tom, nach einer Weile: „Ich wollte, ich hätte H e r r Williams gesagt. Aber ich habe es nicht böse gemeint. Jeder nennt ihn Roß."

„Man kann gar nicht vorsichtig genug sein, wenn man von toten Leuten spricht, Tom."

Das war ein Dämpfer, und die Unterhaltung erstarb wieder.

Plötzlich ergriff Tom den Arm seines Freundes und zischelte: „Pst!"

„Was gibt's, Tom?" Und mit klopfenden Herzen rückten sie näher aneinander.

„Pst! Da war's wieder! Haste's nicht gehört?"

„Ich . . ."

„Jetzt! Jetzt kannst du's doch hören."

„O Gott, Tom, sie kommen! Sie kommen! Was sollen wir tun?"

„Weiß ich nicht. Glaubst du, sie werden uns sehen?"

„O Tom, sie können im Dunkeln sehen, genau wie Katzen. Ich wollte, ich wäre nicht gekommen."

„Ach sei doch nicht so bange. Ich glaube nicht, daß sie uns suchen. Wir tun doch nichts Böses. Wenn wir ganz still sitzen, bemerken sie uns vielleicht gar nicht."

„Ich versuch' ja stillzusitzen, Tom, aber — mein Gott! — ich bebe nur so."

„Hör mal!"

Die Jungen steckten die Köpfe zusammen und wagten kaum zu atmen. Vom anderen Ende des Friedhofs hörten sie gedämpfte Stimmen.

„Was ist das?" wisperte Tom.

„Es sind die Geister. O Tom, es ist schrecklich!"

Ein paar undeutliche Gestalten näherten sich in der Dunkelheit; eine davon trug eine altmodische Blechlaterne, deren Licht unzählige kleine Pünktchen auf den Boden warf.

Huckleberry flüsterte zitternd: „Es sind die Geister, ich weiß es genau. Drei sogar! O Gott, Tom, wir sind verloren! Kannst du beten?"

„Ich will's versuchen. Aber sei doch nicht so bange, sie tun uns bestimmt nichts. Müde bin ich, geh' zur Ruh', schließe . . ."

„Pst!"

„Was?"

„Das sind ja Menschen! Einer von ihnen ganz bestimmt. Ich kenne doch Muff Potters Stimme!"

„Nee — bist du ganz sicher?"

„Ja, bestimmt! Beweg dich nicht und mach kein Geräusch. D e r kann uns bestimmt nicht bemerken — betrunken wie üblich, der alte Esel!"

„Ja, ja, ich halt' mich schon ruhig. Jetzt wissen sie nicht, wohin. Können's wohl nicht finden. Jetzt kommen sie wieder. Jetzt ist's heiß. Jetzt wieder kalt. Heiß! Glühend heiß!! Jetzt haben sie's. Du, Huck, ich kenne noch eine Stimme; es ist die Stimme vom Indianer-Joe."

„Oh, verdammt, ausgerechnet dieses Halbblut! Lieber wär' mir gewesen, es wären Geister. Was können sie bloß vorhaben?"

Das Geflüster der Jungen erstarb, denn die drei Männer waren am Grabe angekommen und standen nicht weit vom Versteck der beiden entfernt.

„Hier ist es", sagte die dritte Stimme, und der Mann hob die Laterne hoch, so daß die Jungen das Gesicht des jungen Dr. Robinson erkennen konnten.

Potter und der Indianer-Joe schoben einen Handkarren, auf dem ein Seil und zwei Schaufeln lagen. Sie fingen an, das Grab zu öffnen. Der Doktor stellte die Laterne an das Kopfende des Grabes, und dann setzte er sich, den Rücken an eine der Ulmen gelehnt, auf den Boden. Er war so nahe, daß die Jungen ihn hätten berühren können.

„Beeilt euch, Männer!" sagte er mit gedämpfter Stimme. „Der Mond kann jeden Moment wieder herauskommen."

Sie murmelten eine Antwort und schaufelten weiter. Eine Zeitlang körte man nichts als das Knirschen der Schaufeln. Schließlich schlug der eine Spaten auf den Sarg. Es gab einen dumpfen, hölzernen Laut, und schon in der nächsten Minute hatten die beiden Männer den Sarg nach oben befördert. Mit ihren Schaufeln brachen sie den Deckel auf, hoben die Leiche heraus und warfen sie achtlos auf die Erde. Der Mond trat hinter den Wolken hervor und beleuchtete das bleiche Gesicht. Die Männer legten den Toten auf den Handkarren, bedeckten ihn mit einem Tuch und banden ihn mit dem Seil fest. Potter zog ein großes Messer hervor, schnitt das herunterhängende Stück der Schnur ab und sagte dann:

„Endlich sind wir mit dieser verwünschten Sache fertig. Und Sie, Knochensäger, müssen schon noch mal 'nen Fünfer herausrücken, oder die Fuhre bleibt hier."

„So ist's richtig!" sagte Indianer-Joe.

„Nanu, was soll denn das?" fragte der Doktor erstaunt. „Ihr habt eure Bezahlung im voraus verlangt, und ich habe euch auch bezahlt."

„Ja, und Sie haben noch mehr getan als das", sagte Indianer-Joe; dabei näherte er sich dem Doktor, der inzwischen aufge-

standen war. „Vor fünf Jahren haben Sie mich mal aus Ihres
Vaters Küche gejagt, als ich Sie darum bat, mir etwas zu essen
zu geben. Damals sagten Sie, ich taugte nicht viel; und ich
schwor, ich würde es Ihnen eines Tages heimzahlen, und wäre
es in hundert Jahren, wenn mich Ihr Vater einsperrte wegen
Landstreicherei. Haben Sie etwa geglaubt, ich würde das vergessen? Nicht umsonst habe ich Indianerblut in mir. Und
jetzt sind Sie in meiner Hand, und ich rechne mit Ihnen ab,
verstehen Sie!"

Drohend stand er vor dem Doktor und schüttelte die Faust
vor dessen Gesicht. Da holte der Doktor plötzlich aus und
schlug den Raufbold zu Boden.

Potter ließ sein Messer fallen und rief: „He, Sie, was fällt
Ihnen ein, meinen Kumpel zu schlagen!"

Im nächsten Augenblick stürzte er sich auf den Doktor, und
die beiden rangen verbittert miteinander. Sie zerstampften das
Gras und wühlten den Boden mit ihren Absätzen auf. Jetzt
sprang Indianer-Joe wieder auf die Füße, seine Augen flamm-
ten vor Haß. Er griff nach Potters Messer. Wie eine Katze
schlich er nun gebückt um die beiden Kämpfenden herum und
suchte nach einer passenden Gelegenheit.

Plötzlich riß der Doktor sich los, packte das schwere Brett
von Williams' Grab und schlug Potter damit zu Boden. Im
selben Augenblick sah das Halbblut seine Chance. Er stieß dem
jungen Mann das Messer bis zum Heft in die Brust. Der Ge-
troffene taumelte und fiel halbwegs auf Potter, und sein Blut
floß über den bewußtlos unter ihm Liegenden. In diesem Augenblick schoben sich ein paar Wolken vor den Mond und
hüllten das furchtbare Schauspiel in Dunkelheit. Die beiden
Jungen flohen entsetzt davon.

Als der Mond wieder hervorkam, beugte sich Indianer-Joe
über die beiden Körper und betrachtete sie. Der Doktor
murmelte etwas Unverständliches, seufzte noch einmal tief und
war still. Der Mischling aber brummte: „D a s wäre erledigt —
verdammt nochmal."

Dann raubte er den Leichnam aus, legte das verhängnisvolle Messer in Potters geöffnete rechte Hand und setzte sich auf den Sarg. Drei, vier, fünf Minuten verstrichen, da begann Potter sich zu regen und fing an zu stöhnen. Seine Hand schloß sich um das Messer; er hob es hoch, starrte es an und ließ es schaudernd fallen. Dann setzte er sich auf, schob den Toten von sich fort und schaute verwirrt um sich. Sein Blick begegnete dem Joes.

„Mein Gott, was ist passiert, Joe?" fragte er.

„Hm, 'ne krumme Sache", antwortete Joe, ohne sich zu rühren. „Warum hast du's eigentlich getan?"

„Ich? Ich hab's doch nicht getan!"

„Hör nur zu, Bürschchen! Das Gequatsche hilft dir jetzt nichts mehr!"

Potter zitterte und wurde weiß. „Ich dachte, ich wäre wieder nüchtern. Ist ja auch gar kein Grund gewesen, heute abend zu trinken. Jetzt brummt mir der Schädel noch mehr als vorher.

Ich bin noch ganz beduselt; kann mich kaum noch an was erinnern. Sag, Joe — aber ehrlich, alter Freund —, hab' ich das wirklich getan? Joe, ich hab's doch nicht gewollt — auf Ehr' und Seligkeit nicht, Joe. Sag mir, wie es war, Joe. Oh, es ist schrecklich — und er war so jung und hatte eine so vielversprechende Laufbahn vor sich!"

„Nun, ihr seid euch in die Haare geraten, und er gab dir eins mit dem Brett von Williams' Grab über den Kopf, und du fielst lang hin. Dann kamst du wieder hoch, ganz schwankend und taumelnd, hast dir das Messer geschnappt und ihm in den Bauch gestoßen, gerade als er dir wieder einen tollen Schlag versetzte — und seitdem hast du dagelegen wie'n Klotz und dich nicht gerührt."

„Mein Gott, ich hab' nicht gewußt, was ich tat. Wenn ich doch nur jetzt sterben könnte! Das habe ich nur dem Schnaps zu verdanken und der Aufregung, glaube ich. In meinem ganzen Leben hab' ich noch keine Waffe gebraucht, Joe. Geschlagen hab' ich mich schon, aber nie mit 'ner Waffe. Joe, sag es nicht! Schwör, daß du's nicht sagen wirst, Joe, alter Freund. Ich hab' dich doch auch immer gemocht und bin für dich geradegestanden. Erinnerst du dich nicht? Du wirst es nicht sagen, nicht wahr, Joe?" Und der arme Kerl fiel vor dem kaltblütigen Mörder auf die Knie und hob flehend die Hände.

„Ja, du bist immer gerade und ehrlich zu mir gewesen, Muff Potter, und natürlich werde ich's nicht sagen. Zufrieden?"

„Oh, Joe, du bist ein Engel! Dafür werde ich dich segnen, solange ich lebe." Und Potter begann zu weinen.

„Komm, jetzt ist's genug. Zum Heulen haben wir jetzt keine Zeit. Hau jetzt ab, ich gehe den anderen Weg. Verschwinde und hinterlaß keine Spuren."

Potter entfernte sich langsam, fing aber bald an zu laufen. Der Mischling sah ihm nach. Er murmelte:

„Wenn der so durchgedreht ist vom Schlag über den Kopf und besäuselt vom Schnaps, wie es den Anschein hat, dann denkt er nicht mehr an das Messer, bis es zu spät ist. Fürchtet sich ja auch, allein hierher auf den Friedhof zurückzukommen, der Angsthase."

Zwei oder drei Minuten später betrachtete nur noch der Mond den ermordeten Mann, den in eine Decke gehüllten Leichnam und das offene Grab. Wieder herrschte lautlose Stille.

Die beiden Jungen, sprachlos vor Entsetzen, flohen inzwischen dem Dorfe zu. Von Zeit zu Zeit sahen sie sich angstvoll um, als ob sie fürchteten, verfolgt zu werden. In jedem Baumstumpf, der vor ihnen auftauchte, erblickten sie einen Mann, einen Feind, und als sie an einigen außerhalb der Stadt gelegenen Hütten vorbeirannten, verlieh ihnen das Gebell der erwachenden Hunde Flügel.

Die Zeugen schweigen

„Wenn wir nur noch die alte Gerberei erreichen, bevor wir zusammenbrechen!" keuchte Tom nach Atem ringend. „Ich halt's nicht mehr lange aus."

Huckleberrys einzige Antwort war ein Keuchen. Die Jungen holten das Letzte aus sich heraus, um das ersehnte Ziel zu erreichen. Langsam, aber sicher näherten sie sich der Gerberei, und endlich stolperten sie Schulter an Schulter durch die offene Tür. Dankbar und erschöpft ließen sie sich in den schützenden Schatten fallen. Nach und nach klopften ihre Herzen ruhiger, und Tom flüsterte:

„Huckleberry, was hältst du von der Sache?"

„Wenn Dr. Robinson stirbt, wird der Joe wohl dran glauben müssen."

„Glaubst du?"

„Ich weiß es genau."

Nach einer Weile fragte Tom: „Wer soll's sagen? Wir?"

„Bist du verrückt? Angenommen, es kommt anders und Indianer-Joe baumelt nicht? Eines Tages wird er dann auch uns kaltmachen, so sicher, wie wir hier liegen."

„Genau dasselbe habe ich auch gedacht, Huck."

„Wenn es unbedingt jemand erzählen soll, laß es doch Muff Potter tun, wenn er so dumm ist. Besoffen genug dazu ist er ja meistens."

Tom sagte nichts und dachte weiter nach. Schließlich sagte er: „Huck, Muff Potter w e i ß es nicht! Wie kann er es dann anzeigen?"

„Wieso weiß er es nicht?"

„Er hatte doch gerade den Schlag gekriegt, als Indianer-Joe es tat. Glaubst du, er hätte etwas gesehen? Glaubst du, er wüßte irgendwas?"

„Donnerwetter, du hast recht, Tom!"

„Und außerdem — vielleicht ist der auch hinüber von dem Schlag."

„Nee, ist unwahrscheinlich. Der war doch voll, das konnte man sehen; und außerdem ist er doch immer so. Na, wenn Vater voll ist, könnte man ihm mit 'nem Kirchturm eins über den Kopf geben, und er würde sich nicht rühren. Er sagt das selbst. Und natürlich ist es mit Muff Potter genauso. Aber einen völlig Nüchternen hätte so'n Schlag vielleicht um die Ecke gebracht."

Nach einer gedankenvollen Pause fragte Tom: „Huck, kannst du auch bestimmt den Mund halten?"

„Tom, wir m ü s s e n den Mund halten. Du weißt es doch. Dieser Indianerteufel wird uns ersäufen wie die Katzen, wenn wir was sagen und sie ihn nicht hängen. Hör zu, Tom, wir wollen uns gegenseitig schwören — ja das müssen wir tun — schwören, daß wir den Mund halten."

„Einverstanden! Das ist wohl das beste. Laß uns die Hand heben und schwören, daß wir . . ."

„Nee, nee, das genügt nicht für so 'ne wichtige Sache. Das genügt für so alltägliche Sachen — zum Beispiel bei Mädchen, denn die verpetzen dich eines Tages sowieso, wenn sie gerade Lust dazu haben. Nein, wir wollen es aufschreiben. Mit Blut."

Natürlich war dieser Vorschlag Tom aus der Seele gesprochen. Er war düster, unheimlich und schrecklich und paßte so gut zu den Ereignissen dieses Tages. Er hob eine saubere Kiefern-Schindel vom Boden auf, holte ein abgebrochenes Stück Rotstift aus der Tasche, setzte sich so, daß der Mond seine Arbeit beschien, und kritzelte mühsam mehrere Zeilen. Bei jedem Abstrich, den er machte, drückte er die Zunge krampfhaft gegen seine Zähne, bei jedem Aufstrich verminderte er diesen Druck. Er schrieb:

Huckleberry war voller Bewunderung über Toms Schreibkunst und über die Erhabenheit seiner Sprache. Sofort zog er eine Stecknadel aus seinem Rockaufschlag und wollte sich damit in die Haut stechen, als Tom sagte:

„Halt, so geht das nicht, Huck! 'ne Stecknadel ist doch Messing. Vielleicht ist Grünspan dran."

„Was ist denn Grünspan?"

„Gift! Das ist es. Schluck mal 'n bißchen, du wirst's schon merken."

Tom wickelte den Faden von einer seiner Nähnadeln. Dann stachen die beiden Jungen sich in den Daumen und quetschten einen Tropfen Blut heraus. Allmählich, nach mehrmaligem Drücken, gelang es Tom, seine Anfangsbuchstaben zu malen, indem er den kleinen Finger als Feder benutzte. Dann zeigte er Huckleberry, wie man ein H und ein F macht, und damit war der Schwur vollständig. Sie begruben die Schindel nahe der Mauer mit viel Zeremonien und düsteren Zaubersprüchen. Dann trennten sie sich nachdenklich.

Kurz vor Mittag ging die schreckliche Neuigkeit wie ein Lauffeuer durch die ganze Ortschaft. Sie traf alle wie ein elektrischer Schlag. Die Nachricht flog von Haus zu Haus und von Mund zu Mund. Der Lehrer gab den Kindern für den Nachmittag frei; die Eltern hätten ihn nicht für normal gehalten, wenn er es nicht getan hätte.

Ein blutiges Messer war neben dem ermordeten Mann gefunden worden, und irgend jemand hatte es als Muff Potters Messer erkannt — so erzählte man sich. Man sagte auch, ein Bürger, der sich auf dem Heimweg verspätet hätte, habe gesehen, wie Potter sich im Bach gewaschen und dann heimlich davongestohlen habe. Dies war verdächtig, besonders das Waschen, das durchaus nicht zu Potters Gewohnheiten gehörte. Die ganze Ortschaft sei schon nach dem „Mörder" (sie nannten ihn schon so, obgleich sie keine Beweise hatten) durchsucht worden — erzählte man sich —, aber man habe ihn nicht finden können. Reiter hatten die Straßen nach allen Richtungen hin abgesucht, und der Sheriff war überzeugt, man würde ihn vor Einbruch der Nacht finden.

Die ganze Stadt strömte zum Friedhof. Tom schloß sich dem Zuge an; tausendmal lieber hätte er einen anderen Weg eingeschlagen, aber der Friedhof zog ihn unwiderstehlich an. An dem schrecklichen Ort angekommen, schlüpfte er durch die Menge und sah das gräßliche Bild. Jahre schienen ihm vergangen zu sein, seit er es zuletzt gesehen hatte. Jemand kniff ihn in den Arm. Er fuhr herum, und er schaute in das Gesicht Huckleberrys. Sofort sahen beide in eine andere Richtung, voller Angst, jemand könne den heimlichen Blick bemerkt haben, den sie sich zugeworfen hatten. Aber die Umstehenden unterhielten sich miteinander und waren in den schrecklichen Anblick vertieft.

„Armer Bursche!" „Armer junger Kerl!" „Das sollte jedem Grabräuber eine Lehre sein!" „Muff Potter wird baumeln, wenn sie ihn erwischen!" So und ähnlich lauteten die Bemerkungen, und der Pfarrer sagte: „Gott hat gerichtet; seine Hand hat ihn bestraft."

Tom spürte plötzlich ein Zittern an seinem ganzen Körper; sein Blick war auf das unbewegliche Gesicht Indianer-Joes gefallen. In diesem Augenblick wurde die Menge unruhig. Ein paar Stimmen riefen: „Er ist es! Er kommt selbst!"

„Wer? Wer?" fragten zwanzig Stimmen.

„Muff Potter!"

„Oho, er bleibt stehen! Seht, er dreht sich um. Laßt ihn nicht entwischen!"

Die Leute, die in den Ästen der Bäume über Toms Kopf saßen, erklärten, er versuche gar nicht fortzulaufen — er sehe nur unschlüssig und verwirrt aus.

„Das ist wirklich eine unverschämte Frechheit!" sagte ein Zuschauer. „Kommt hierher, um sich seine Arbeit in Ruhe anzusehen — hat wohl nicht erwartet, Gesellschaft zu finden."

Die Menge teilte sich und ließ den Sheriff durch, der Potter am Arme führte. Das Gesicht des armen Burschen war ganz verstört, und in seinen Augen flackerte die Furcht. Als er vor dem Ermordeten stand, schüttelte er sich, als ob er fröre, schlug die Hände vor das Gesicht und brach in Tränen aus.

„Ich hab's nicht getan, Freunde", schluchzte er, „auf Ehre und Gewissen, ich hab's nicht getan."

„Wer hat dich denn angeklagt?" rief eine Stimme.

Das schlug ein. Potter hob das Gesicht und sah um sich, mitleiderregende Hoffnungslosigkeit in den Augen. Er erblickte Indianer-Joe und rief aus:

„Oh, Joe, du hast mir versprochen, du würdest nie . . ."

„Ist das dein Messer?" fragte der Sheriff und hielt ihm die Waffe unter die Nase.

Potter wäre gefallen, wenn ihn nicht jemand aufgefangen und ihm geholfen hätte, sich hinzusetzen. Er sagte:

„Ich wußte es ja, daß ich es holen ..." Er schauderte und machte mit zitternder Hand eine hoffnungslose Gebärde. Dann brachte er mühsam hervor: „Sag's ihnen, Joe, sag's ihnen — es hat doch keinen Zweck mehr."

Und nun hörten Huckleberry und Tom mit offenem Munde zu, wie der herzlose Mischling seine verlogene Geschichte erzählte. Sie erwarteten, daß jeden Augenblick Gottes Blitze aus heiterem Himmel herabkämen, um dies Haupt zu spalten, und wunderten sich, daß diese Blitze so lange auf sich warten ließen. Und als er geendet hatte und immer noch lebte, verließ sie der Mut. Sie hatten kein Verlangen mehr, ihren Eid zu brechen und das Leben des armen betrogenen Gefangenen zu retten, denn ohne Zweifel hatte dieser Bösewicht sich dem Teufel verschrieben, und es schien sehr unvorsichtig, sich mit solchen Mächten einzulassen.

„Warum bist du nicht fortgelaufen? Weshalb bist du noch einmal hergekommen?" fragte einer.

„Ich konnte nicht anders — ich konnte wirklich nicht anders", stöhnte Potter. „Ich wollte fortlaufen — aber ich mußte unbedingt hierher zurückkommen." Und wieder schluchzte er.

Indianer-Joe wiederholte seine Aussagen einige Minuten später beim Verhör unter Eid. Als die Blitze ihn auch dieses Mal nicht zerschmetterten, waren die Jungen davon überzeugt, daß er seine Seele dem Teufel verkauft hatte. Für sie war er jetzt der fürchterlichste Mann, den sie je gesehen hatten, und sie konnten ihre Augen einfach nicht von seinem Gesicht abwenden.

Im stillen beschlossen sie, ihm des Nachts einmal nachzuschleichen, wenn sich eine Gelegenheit dazu bot, in der Hoffnung, Joes gefürchteten Meister einmal zu erspähen.

Das fürchterliche Geheimnis und sein nagendes Gewissen ließen Tom nahezu eine Woche lang nicht gut schlafen. Beim Frühstück sagte Sid eines Morgens:

„Tom, du schlägst um dich und redest so viel im Schlaf, daß ich beinahe die halbe Nacht wach liege."

Tom wurde blaß und senkte die Augen.

„Das ist ein schlechtes Zeichen", sagte Tante Polly in ernsthaftem Ton, „was hast du auf dem Herzen, Tom?"

„Nichts. Tatsächlich nichts!" Aber des Jungen Hand zitterte, und er verschüttete seinen Kaffee.

„Und du quatschst so'n Unsinn", sagte Sid. „Heute nacht hast du immerzu gesagt: ‚Es ist Blut, es ist Blut, jawohl!' Und dann hast du gesagt: ‚Quält mich doch nicht so — ich sag's ja!' — Was sagen? Was willst du denn sagen?"

Das Zimmer drehte sich um Tom. Es war nicht auszudenken, was passiert wäre, wenn ihm nicht Tante Polly, ohne es zu wissen, zu Hilfe gekommen wäre. Sie sagte:

„Ach so! Es ist dieser schreckliche Mord. Ich selbst träume beinahe jede Nacht davon. Manchmal träume ich sogar, daß ich es bin, die es getan hat."

Mary sagte, ihr erginge es beinahe genauso. Das schien Sid zufriedenzustellen. Tom verschwand, so schnell er konnte. Danach klagte er beinahe eine Woche lang über Zahnschmerzen und band sich jede Nacht ein Tuch um den Mund. Er wußte nicht, daß Sid manchmal wach lag, ihm die Binde vom Mund nahm und, auf seine Ellbogen gestützt, eine Weile Toms Reden lauschte, und danach die Binde wieder über seinen Mund streifte.

Mit der Zeit verschwand Toms Angst, die Zahnschmerzen wurden ihm lästig, und er gab sein Täuschungsmanöver auf. Falls Sid wirklich herausbekommen hatte, was es mit Toms unzusammenhängendem Gemurmel des Nachts auf sich hatte, so behielt er es für sich.

Die Inselpiraten

Einer der Gründe, die Tom von seinem geheimen Kummer ablenkten, war, daß er etwas Neues, außerordentlich Bedeutendes entdeckt hatte, was ihn stark beschäftigte. Becky Thatcher war seit einiger Zeit nicht mehr zur Schule gekommen. Einige Tage kämpfte Tom mit seinem Stolz und versuchte, einfach darauf zu pfeifen. Aber vergebens. Er ertappte sich dabei, wie er abends um ihres Vaters Haus herumstrich und sich sehr elend fühlte. Sie war krank. Wenn sie nun sterben müßte! Dieser Gedanke machte ihn ganz verzweifelt. Sein Interesse für Krieg und Seeräuberei war verschwunden. Die Freude am Leben war vorbei — nur Öde war geblieben.

Tante Polly war sehr beunruhigt, und sie begann, allerlei Heilmittelchen an ihm zu versuchen. Sie gehörte zu den Leuten, die vernarrt waren in Patentmedizinen und neumodische Heilmethoden; sie stellte unentwegt Versuche an auf diesem Gebiet. Wenn etwas Neues dieser Art auf den Markt kam, konnte sie es kaum abwarten, es auszuprobieren; aber nicht an sich selbst, denn sie war niemals leidend, sondern an jedem, der ihr gerade in die Quere kam. Sie war ständige Bezieherin der Zeitschrift „Gesundheit", und der geschraubte,

feierlich vorgetragene Unsinn, den dieses Blatt verbreitete, war genau das richtige für sie. Niemals fiel es ihr auf, daß diese Zeitung in der neuesten Nummer alle Behauptungen, die sie in der letzten Ausgabe aufgestellt hatte, wieder über den Haufen warf.

Die Wasserkur war augenblicklich das neueste. Jeden Morgen wurde Tom bei Tagesanbruch aus dem Bett geholt, in den Holzschuppen gezerrt und beinahe ertränkt in einer Flut kalten Wassers. Leider half das alles nichts, der Junge wurde immer trübsinniger, blasser und niedergeschlagener. Sie versuchte es mit Bädern, Sitzbädern, Schauerbädern. Alles vergeblich!

Bald war Tom gegen jede Medizin unempfindlich geworden. Diese Tatsache erfüllte das Herz der alten Dame mit Schrecken. Seine Unempfindlichkeit mußte gebrochen werden, koste es, was es wolle. Gerade zu dieser Zeit hatte sie zum ersten

Mal von dem neuen „Schmerztöter" gehört. Sofort bestellte sie mehrere Flaschen davon. Sie kostete das Mittel und war zufrieden und dankbar: es war geradezu Feuer in flüssiger Form. Sie ließ die Wasserkur und die anderen Heilmethoden fallen und klammerte sich ganz und gar an „Schmerztöter".

Sie verabreichte Tom einen Teelöffel voll und wartete mit größter Spannung auf die Wirkung. Plötzlich waren alle Sorgen und Nöte vorbei, und ihre Seele hatte wieder Ruhe, denn die „Unempfindlichkeit" war gebrochen. Der Junge hätte keine lebhaftere und herzlichere Anteilnahme an den Tag legen können, selbst wenn er auf glühenden Kohlen gesessen hätte.

„Schmerztöter" schmeckte so scheußlich, daß Tom verschiedene Pläne ausheckte, wie er sich davon befreien könnte. Schließlich schien es ihm das beste, einfach zu behaupten, er möge „Schmerztöter" sehr gern. Er bettelte so oft um einen Teelöffel voll, bis er seiner Tante lästig wurde und sie sagte, er solle sich seine Medizin selbst nehmen. Hätte es sich um Sid gehandelt, so wäre sie nicht argwöhnisch geworden, da es aber Tom war, beobachtete sie, ohne daß er es bemerkte, die Flasche. Sie stellte fest, daß sich die Medizin wirklich verminderte, aber es kam ihr nicht in den Sinn, daß der Junge damit die Krankheit eines Risses im Boden des Eßzimmers heilte.

Eines Tages, als Tom dem Riß gerade seine Dosis Medizin verabreichte, kam die gelbe Katze seiner Tante daher, schnurrte, beäugte gierig den Teelöffel und bettelte, einmal probieren zu dürfen.

Tom sagte: „Bettele nicht darum, wenn du's nicht brauchst, Peter."

Peter gab zu verstehen, daß er es brauche.

„Bist du auch ganz sicher?"

Peter war ganz sicher.

„Schön, du hast drum gefragt, also sollst du's auch haben, und ich finde wirklich nichts Gemeines dabei. Wenn du aber herausfindest, daß es dir nicht schmeckt, darfst du niemand anders einen Vorwurf machen als nur dir selbst."

Peter war einverstanden, und Tom öffnete ihm das Maul und goß den „Schmerztöter" hinein. Peter sprang ein paar Meter hoch in die Luft, stieß einen Kriegsschrei aus, raste wie toll im Zimmer herum, prallte gegen die Möbel und stieß die Blumentöpfe um. Danach stellte er sich auf die Hinterbeine und stolzierte verzückt umher, warf den Kopf zurück und verkündete mit schriller Stimme sein Glück. Tante Polly trat gerade ins Zimmer, als er einige doppelte Purzelbäume schlug, ein mächtiges Hurra ausstieß und dann durch das offene Fenster segelte, wobei er die letzten Blumentöpfe mitriß. Die alte Dame stand starr vor Erstaunen und schaute über ihre Brille hinweg ins Zimmer; Tom wälzte sich am Boden und platzte beinahe vor Lachen.

„Tom, was, zum Kuckuck, ist mit der Katze los?"

„Weiß ich doch nicht, Tante", keuchte der Junge.

„Ich habe nie etwas Ähnliches gesehen. Was hatte Peter nur?"

„Weiß ich wirklich nicht, Tante Polly; Katzen benehmen sich immer so, wenn sie sich glücklich fühlen."

„Meinst du wirklich?" Etwas in ihrem Ton machte Tom aufmerksam.

„Ja. Das heißt, ich glaube es."

„Wirklich?"

„Ja."

Die alte Dame bückte sich, und Tom sah ihr mit Interesse und Furcht zu. Zu spät bemerkte er, daß der Griff des verräterischen Teelöffels gerade noch unter dem Bettvorhang hervorsah. Tante Polly hob den Löffel auf und hielt ihn hoch. Tom zuckte zusammen und schlug die Augen nieder. Tante Polly zog ihn mit dem üblichen Griff am Ohr in die Höhe und schlug ihm kräftig mit ihrem Fingerhut auf den Kopf.

„Warum, mein Bürschchen, hast du die arglose Katze so schlecht behandelt?"

„Ich hab' es doch nur aus Mitleid getan — Peter hat doch keine Tante."

„Hat keine Tante! — Unsinn. Was hat denn das damit zu tun?"

„'ne ganze Masse. Denn wenn er eine hätte, hätte sie ihm die Eingeweide mit dem Zeugs da geröstet — und bestimmt hätte sie nicht danach gefragt, ob er ein Mensch wäre oder eine Katze!"

Tante Polly fühlte plötzlich lebhafte Reue. Das rückte die Sache natürlich in ein anderes Licht; denn was Grausamkeit gegen eine Katze war, konnte auch Grausamkeit gegen einen Jungen sein. Sie wurde weich, und es tat ihr leid. Ihre Augen wurden ein wenig feucht, sie legte ihre Hand an Toms Kopf und sagte sanft:

„Ich hab' es doch nur gut gemeint, Tom. Und, Tom, du mußt doch zugeben, daß es dir wirklich gut getan hat."

Tom sah ihr ernsthaft und doch mit einem schelmischen Augenzwinkern ins Gesicht.

„Ich weiß, daß du es nur gut gemeint hast, Tantchen, aber ich doch auch mit Peter! I h m hat es bestimmt gut getan. Ich habe ihn noch nie so glücklich gesehen seit . . ."

„Oh, verschwinde, Tom, bevor du mich wieder ärgerst. Und wenn es dir dies Mal gelingt, ein braver Junge zu sein, brauchst du auch keine Medizin mehr zu nehmen."

Tom erreichte die Schule viel zu früh. Es fiel auf, daß dies in letzter Zeit häufiger passierte. Er lungerte dann am Tor des Schulhofes herum, anstatt mit seinen Kameraden zu spielen. Er sei krank, entschuldigte er sich, und er sah auch so aus.

Er versuchte, sich den Anschein zu geben, als schaue er überallhin — in Wirklichkeit behielt er aber nur die Straße im Auge. Bald entdeckte er Jeff Thatcher, und sein Gesicht hellte sich auf, gleich danach jedoch wandte er sich kummervoll wieder ab. Als Jeff näher kam, machte sich Tom gleich an ihn heran und versuchte, etwas über Becky zu erfahren. Aber der gedankenlose Bursche ging nicht darauf ein. Tom wartete und wartete, sein Herz tat jedesmal einen Satz, wenn ein hüpfendes Röckchen zu sehen war; und er haßte die Besitzerin, sobald er

entdeckte, daß es nicht die richtige war. Schließlich tauchten
überhaupt keine Röcke mehr
auf, und hoffnungslos verfiel
Tom wieder in seine verdrieß-
liche Stimmung.

Er betrat das leere Schulge-
bäude und setzte sich mit Dul-
dermiene auf seinen Platz.
Plötzlich bemerkte er doch noch
ein verspätetes Röckchen, und
wiederum tat sein Herz einen
gewaltigen Hupfer. Im nächsten
Augenblick war er draußen und
benahm sich wie ein Indianer;
er schrie, lachte, jagte die Jun-

gen, sprang über den Zaun und riskierte dabei Kopf und Kragen, er machte einen Kopfstand — kurz, er tat all die Dinge, die
ihm gerade einfielen. Dabei beobachtete er mit heimlichem Blick,
ob Becky Thatcher seine gewagten Kunststücke auch bemerkte.
Sie aber schien nichts von allem zu sehen und drehte sich nicht
einmal um. Konnte es wirklich möglich sein, daß sie ihn überhaupt noch nicht gesehen hatte?

Er rannte in ihre unmittelbare Nähe, lief mit Kriegsgeheul
um den Schulhof, ergriff die Mütze eines Jungen, schleuderte
sie auf das Dach des Schulhauses, durchbrach eine Gruppe von
Jungen und purzelte, Becky beinahe umwerfend, vor ihre Füße.

Sie aber rümpfte ihre Nase, wandte sich ab und sagte: „Es
gibt Leute, die sich immer wichtig tun müssen. Angeber!"

Toms Wangen brannten. Er erhob sich und stahl sich davon,
beschämt und gedemütigt.

Tom hatte sich nun entschlossen. Er war trübsinnig und
verzweifelt. Er war verlassen, hatte niemand mehr auf dieser
Welt — wie er meinte. Niemand liebte ihn. Wenn sie merkten,

wohin sie alle ihn getrieben hatten, würde es ihnen leid tun. Er hatte versucht, seinen Weg zu gehen, aber das hatte man ja nicht zugelassen; sie wollten ihn ja doch nur loswerden, und warum sollte er da nicht gehen? Sollten sie ihn nur für die Folgen verantwortlich machen — warum sollten sie auch nicht! Hatte ein Ausgestoßener das Recht, zu klagen? Ja, sie hatten ihn schließlich dazu getrieben: er würde ein Verbrecherleben führen! Es gab keine andere Wahl.

Mittlerweile war er weit in die Wiesen hinausgegangen, und die Schulglocke, die zum Unterricht rief, war nur noch schwach zu hören. Er begann zu schluchzen, als er daran dachte, daß er nie, nie wieder diesen vertrauten Ton hören würde. Es war sehr schwer, aber wohl nicht zu ändern. Man hatte ihn in die kalte Welt hinausgejagt, und er mußte sich wohl ergeben. Aber er verzieh ihnen. Jetzt strömten seine Tränen unaufhaltsam.

In diesem Augenblick sah er seinen Busenfreund Joe Harper, der mit zusammengebissenen Zähnen einherschritt und ganz offensichtlich einen großen und düsteren Plan im Herzen trug. Ohne Frage hatten sich hier „zwei Seelen und ein Gedanke" gefunden. Tom wischte sich die Augen mit seinem Ärmel und teilte Joe unter Schluchzen seinen Entschluß mit: dem Mangel an Liebe und Verständnis zu Hause zu entfliehen und durch die weite Welt zu streifen und niemals zurückzukehren. Er schloß seinen Bericht mit der Hoffnung, Joe möge ihn nicht vergessen.

Es stellte sich jedoch heraus, daß Joe ihn gerade um genau dasselbe hatte bitten wollen und ihm zu diesem Zwecke nachgespürt hatte. Seine Mutter hatte ihn geschlagen, weil er Sahne getrunken haben sollte, die er nie gesehen, geschweige denn getrunken hatte. Es war also klar, daß sie seiner müde war und ihn gern loswerden wollte; er hoffte, sie würde glücklich werden und es niemals bereuen, daß sie ihren armen Jungen in die unbarmherzige Welt hinausgeschickt hatte, wo er leiden und sterben würde. Während die beiden Jungen kummervoll nebeneinander hergingen, schworen sie sich, einander immer zu helfen, Brüder zu sein und sich nie zu trennen, bis der Tod sie von ihrem Leid erlösen würde. Dann fingen sie an, Pläne zu schmieden.

Joe wäre gern ein Einsiedler geworden, der sich in einer abgelegenen Höhle von Brotkrusten und Wasser ernährte und eines Tages vor Kummer und Kälte sterben würde. Nachdem er jedoch Tom angehört hatte, mußte er zugeben, daß die Vorteile eines Verbrecherlebens wirklich überragend wären, und so beschloß er, ebenfalls Pirat zu werden.

Drei Meilen unterhalb St. Petersburgs, an einer Stelle, wo der Mississippi etwas über eine Meile breit war, erstreckte sich eine lange, schmale, bewaldete Insel, an deren Ende eine flache Sandbank lag. Die Insel war nicht bewohnt, sie lag weit draußen, näher am anderen Ufer, das auf gleicher Höhe mit einem dichten, einsamen Walde bewachsen war. Sie wählten also die Jackson-Insel — es war wirklich ein ausgezeichneter Treffpunkt. Wer jedoch die Opfer ihrer Seeräuberei sein sollten, darüber machten sie sich überhaupt keine Gedanken.

Dann spürten sie Huckleberry Finn auf, und dieser schloß sich ihnen an, denn ihm war jede Laufbahn recht. Schließlich trennten sie sich, nachdem sie beschlossen hatten, sich um Mitternacht an einer einsamen Stelle des Flußufers, etwa zwei Meilen von der Stadt entfernt, wiederzutreffen. An dieser Stelle lag ein schmales Holzfloß, das sie erbeuten wollten. Jeder sollte Angelhaken und -leinen mitbringen und so viele Vorräte, wie er auf die dunkelste und geheimnisvollste Art und Weise stehlen konnte — denn schließlich waren sie ja Geächtete. Und noch ehe der Nachmittag vorbei war, genossen sie schon die süße Vorfreude ihres zukünftigen Ruhmes, denn sie hatten verbreitet, daß die Stadt bald „etwas zu hören" bekommen werde.

Gegen Mitternacht erschien Tom mit einem gekochten Schinken und einigen anderen Kleinigkeiten. Er blieb im dichten Gehölz auf einer kleinen Klippe stehen und überblickte den vereinbarten Platz. Die Sterne funkelten, und es war sehr still.

Der mächtige Strom sah ruhig aus wie ein großes Meer. Tom lauschte einen Augenblick, aber kein Laut unterbrach die Stille. Dann ließ er einen leisen, aber deutlichen Pfiff ertönen. Er wurde unterhalb der Klippe beantwortet. Tom pfiff noch zweimal, und auch diese Signale wurden in der gleichen Art beantwortet. Dann sagte jemand mit gedämpfter Stimme:

„Wer kommt?"

„Tom Sawyer, der Schwarze Rächer der spanischen Gewässer. Nennt eure Namen!"

„Huck Finn, der Rothändige, und Joe Harper, der Schrecken der Meere." Tom hatte die Jungen mit diesen Titeln aus seinen Lieblingsbüchern versehen.

„Gut! Gebt die Parole!"

Gleichzeitig flüsterten zwei heisere Stimmen das schreckliche Wort in die schwüle Nacht:

„Blut!"

Dann ließ Tom seinen Schinken die Klippe hinabrollen und purzelte selbst hinterher, wobei er sich Haut und Kleider gehörig aufriß. Unterhalb der Klippe gab es am Ufer einen ebenen, bequemen Weg, aber diesem fehlten die von einem Piraten so sehr geschätzten Vorzüge der Gefahr.

Der „Schrecken der Meere" hatte eine Speckseite mitgebracht und war von der Last völlig erschöpft, als er am Treffpunkt ankam. Huck Finn, der „Mann mit der roten Hand", hatte einen kleinen Kessel und eine Anzahl halbgetrockneter Tabakblätter gestohlen, außerdem brachte er einige Maiskolben mit, aus denen er Pfeifen machen wollte. Aber keiner der Piraten, außer ihm, rauchte und kaute Tabak.

Der „Schwarze Rächer der spanischen Gewässer" bemerkte, daß es keinen Zweck habe, ohne Feuer loszufahren. Das war ein guter Gedanke; denn Streichhölzer waren in jenen Tagen noch kaum bekannt. Sie entdeckten ein Feuer, das auf einem großen Floß etwa hundert Meter stromauf schwelte. Dorthin schlichen sie nun und nahmen jeder ein glühendes Stück Holz. Sie machten ein aufregendes Abenteuer aus der Sache, ab und zu sagten sie „pst!", blieben plötzlich stehen und legten den Finger auf die Lippen. Dann schlichen sie weiter und faßten mit der Hand vorsorglich um nicht vorhandene Dolchgriffe; im Flüsterton sagten sie den Befehl durch, daß, wenn „der Feind" sich rühre, es ihm „zu geben" sei, denn „ein Toter kann nichts mehr verraten".

Bald danach stießen sie mit dem Floß vom Ufer ab. Tom war der Kapitän, Huck stand am hinteren Ruder und Joe am vorderen. Tom hielt sich in der Mitte des Schiffes. Er blickte finster drein, verschränkte die Arme und gab seine Befehle mit gedämpfter, strenger Stimme. Bald zeigten einige flimmernde Lichter an, wo das friedlich schlafende Städtchen lag. „Der Schwarze Rächer der spanischen Meere" stand noch immer mit verschränkten Armen da und schaute zum letztenmal zurück auf die Stätte seines früheren Glückes und der späteren Leiden und wünschte nur, daß „sie" ihn jetzt sehen könnte.

Gegen zwei Uhr morgens lief das Floß auf eine Sandbank auf, die ein Stück oberhalb der Insel lag. Sie wateten hin und her, bis sie ihre Fracht an Land gebracht hatten. Zu der Ausrüstung des Floßes gehörte auch ein altes Segel, das sie in Zeltform über einige niedrige Büsche breiteten, um ihren Proviant darunter zu bergen. Sie selbst natürlich würden bei gutem Wetter draußen schlafen, wie es sich für Piraten gehörte.

Dann machten sie ein Feuer und bereiteten ihr Abendbrot. Sie brieten etwas Speck und aßen dazu die Hälfte des mitgebrachten Maisbrotes. Es war ein Heidenspaß, auf diese ungezwungene Art in dem unberührten Walde einer weder erforschten noch bewohnten Insel zu Abend zu essen, und sie beschlossen, nie mehr in die zivilisierte Welt zurückzukehren. Das flackernde Feuer beleuchtete ihre Gesichter und warf einen rötlichen Schein auf die Baumstämme, die wie Säulen eines Waldtempels aussahen, und auf das schimmernde Blätterwerk.

Als die letzte knusprige Scheibe Speck verzehrt und das Maisbrot bis auf einen kleinen Rest, der für den nächsten Tag reichen sollte, verschwunden war, streckten sich die Jungen

voller Behagen im Grase aus. Sie hätten einen kühleren Platz
finden können, aber sie wollten sich einen so romantischen
Anblick, wie ihn das flackernde Lagerfeuer bot, nicht entgehen
lassen.

„Ist es nicht wunderbar hier?" fragte Joe.

„Einfach Klasse!" antwortete Tom. „Was würden die anderen
Jungen wohl sagen, wenn sie uns jetzt sehen könnten?"

„Sagen? Sie würden grün vor Neid, wenn ... He, Hucky!"

„Kann sein", sagte Huckleberry, „auf jeden Fall fühle i c h
mich wohl. Mehr will ich gar nicht. Meistens kriege ich nie
genug zu essen — und hier kommt bestimmt keiner her, der
immerzu an einem herumnörgelt und mäkelt."

„Das ist genau das richtige Leben für mich", sagte Tom.
„Morgens braucht man nicht aufzustehen und in die Schule zu
gehen, man braucht sich nicht zu waschen und all diese ver-
rückten Dinge zu tun, die man nicht mag. Weißt du, Joe, so'n
Pirat braucht nichts zu tun, wenn er an Land ist, aber ein Einsiedler muß ziemlich viel beten und so'n Kram, und er hat nie
Abwechslung, weil er immerzu allein ist."

90

„Ja, ja, das stimmt schon", erwiderte Joe, „aber ich hatte noch nicht viel darüber nachgedacht. Jetzt bin ich natürlich viel lieber Pirat."

„Weißt du", begann Tom wieder, „die Leute machen sich heutzutage nicht so viel aus Einsiedlern wie in früheren Zeiten. Ein Pirat aber wird immer geachtet. Und ein Einsiedler muß auf dem härtesten Boden schlafen, den er finden kann, er muß in Sack und Asche gehen und . . ."

„Wieso in Asche?" wollte Huck wissen.

„Weiß nicht. Aber sie müssen es eben. Einsiedler machen es immer so. Du müßtest das auch tun, wenn du ein Einsiedler wärst."

„Will verdammt sein, wenn ich's täte."

„Was würd'st denn du tun?"

Huck, die „Rote Hand", gab keine Antwort, denn er war anderweitig beschäftigt. Er höhlte einen Maiskolben aus, steckte einen hohlen Stengel hinein und stopfte den Pfeifenkopf mit Tabak. Dann hielt er ein glimmendes Holzstückchen daran und paffte genießerisch eine Wolke weißen Rauches in die Luft —

es war für ihn der Höhepunkt schwelgerischer Behaglichkeit. Die anderen Piraten beneideten ihn um dieses Laster und beschlossen insgeheim, es sich bald ebenfalls anzueignen. Schließlich sagte Huck:

„Und was machen Piraten?"

„Hm — nun, sie erobern Schiffe und verbrennen sie dann, rauben das Geld und vergraben es an schrecklichen Stellen ihrer Insel, wo es Geister gibt, die es bewachen. Und sie töten alle auf dem Schiff."

„Aber die Frauen bringen sie doch auf ihre Insel, nicht wahr?" fragte Joe. „Sie töten doch die Frauen nicht?"

„Nein", räumte Tom ein, „die Frauen töten sie nicht, dazu sind sie zu edel. Und die Frauen sind immer sehr schön."

Allmählich erstarb die Unterhaltung, und der Schlaf senkte sich auf die Augen der kleinen Abenteurer. Die Pfeife entfiel den Fingern der „Roten Hand", und Huck schlief den Schlaf des Gerechten.

Der „Schrecken der Meere" und der „Rächer der spanischen Gewässer" allerdings konnten nicht so leicht einschlafen. Im Liegen sagten sie leise ihre Gebete, denn es war ja niemand da, der ihnen befahl, kniend und laut zu beten. Eigentlich hatten sie vorgehabt, überhaupt nicht zu beten, aber dann wagten sie es doch nicht. Sie fürchteten nämlich, es könne plötzlich ein Blitz vom Himmel fahren und sie treffen.

Langsam schlummerten sie ein — waren aber sofort wieder hellwach, denn ihr Gewissen ließ sie nicht schlafen. Insgeheim fühlten sie, daß es unrecht gewesen war, einfach fortzulaufen. Dann fiel ihnen das gestohlene Fleisch ein, und jetzt begann erst die eigentliche Qual. Sie versuchten, sich zu beruhigen, indem sie sich an die Süßigkeiten und Äpfel erinnerten, die sie oft gemaust hatten, aber ihr Gewissen ließ sich durch solch fadenscheinige Entschuldigungen nicht beruhigen. Schließlich war an der Tatsache nicht zu rütteln, daß das Fortnehmen von Süßigkeiten „Stibitzen", das Fortnehmen so wertvoller Sachen wie Schinken und Speck jedoch ganz einfach Stehlen war — und die Bibel verbot das!

Deshalb gelobten sie innerlich, ihre Seeräuberei nie wieder mit dem Verbrechen des Diebstahls zu beschmutzen. Ihr Gewissen war befriedigt, und bald schliefen die beiden eigenartigen Piraten friedlich ein.

Heimkehr aus dem Jenseits

Als Tom am Morgen erwachte, wußte er zuerst nicht, wo er war. Er setzte sich auf, rieb seine Augen und blickte umher. Aber dann erinnerte er sich. Es war kühl und es dämmerte, und ein köstlicher Hauch von Ruhe und Frieden lag über dem schweigenden Walde. Kein Blatt bewegte sich, und kein Laut störte die andächtige Stille der Natur. Tautropfen hingen wie Perlen an Blättern und Gräsern. Eine weiße Schicht Asche bedeckte das Feuer, und ein dünner blauer Rauchfaden stieg steil in die Luft. Joe und Huck schliefen noch.

Von weither hörte man einen Vogel rufen; ein zweiter antwortete, und bald darauf hämmerte ein Specht. Plötzlich erschien von irgendwoher ein Ameisenzug. Eine der Ameisen schleppte sich tapfer mit einer toten Spinne ab, die mindestens fünfmal so groß war wie sie selbst, trotzdem brachte sie es fertig, ihre Beute auf einen Baumstumpf zu zerren. Ein braungetupftes Marienkäferchen erkletterte die schwindelnde Höhe eines Grashalmes, und Tom beugte sich zu dem Käferchen herunter und sang ein Marienkäferlied.

Nach einer Weile weckte Tom die anderen Piraten, und bald darauf eilten sie mit einem Freudengeheul dem flachen Wasser bei der Sandbank zu. Dort warfen sie ihre Kleider ab, und schon jagten sie sich gegenseitig und purzelten im Wasser übereinander. Sie verspürten keine Sehnsucht nach dem kleinen schlafenden Städtchen, das jenseits des majestätischen Stromes lag. Die Strömung hatte ihr Floß entführt, aber das beunruhigte sie nicht im geringsten, war doch so die letzte Brücke zwischen ihnen und der Zivilisation abgebrochen.

Wunderbar erfrischt kehrten sie zu ihrem Lager zurück, glücklich und heißhungrig. Bald loderte das Lagerfeuer wieder mit hellen Flammen. Huck fand ganz nahebei eine Quelle klaren kalten Wassers, und die Jungen formten Becher aus großen Eichen- und Nußbaumblättern. Sie fanden, daß Wasser, schmackhaft gemacht durch den Waldeszauber um sie her, ein sehr guter Ersatz für Kaffee war. Während Joe den Schinken für das Frühstück in Scheiben schnitt, liefen Tom und Huck zum Ufer, warfen ihre Angelleine aus und machten fast augenblicklich Beute. Noch bevor Joe Zeit hatte, ungeduldig zu werden, waren sie mit einem schönen Barschvorrat zurück, der für eine ganze Familie ausgereicht hätte. Sie brieten nun Fische und Schinken und waren über das Ergebnis ihrer Kochkunst sehr erstaunt, denn kein Fisch hatte ihnen je so köstlich geschmeckt. Sie wußten nicht, daß ein Süßwasserfisch um so schmackhafter ist, je schneller er gebraten wird; auch fiel ihnen nicht ein, daß das Schlafen und Spielen im Freien, das Baden und der Hunger eine wundervolle Würze waren.

Nach dem Frühstück legten sie sich in den Schatten, und Huck qualmte sein Pfeifchen. Danach machten sie sich bereit für eine Entdeckungsreise. Munter strolchten sie durch die Wälder, sprangen über verfaulte Baumstämme, pirschten durch dichtes Gestrüpp und vorbei an den Königen des Waldes, die von der Krone bis zur Wurzel mit rankenden Weinreben, Zeichen ihrer Würde, behangen waren.

Es gab viele Dinge, die sie entzückten, aber nichts, was sie sonderlich erstaunt hätte. Sie entdeckten, daß die Insel etwa drei Meilen lang und eine Viertelmeile breit war und daß das nächste Flußufer nur knapp zweihundert Meter von der Insel entfernt lag. Etwa stündlich schwammen sie im Strom, und als sie endlich zum Lager zurückkamen, war es schon Nachmittag. Sie waren zu hungrig, als daß sie sich noch mit Fischen hätten aufhalten wollen. Deshalb gingen sie recht üppig mit dem kalten Schinken um. Dann warfen sie sich wieder in den Schatten und unterhielten sich miteinander. Bald jedoch erstarb die Unterhaltung, denn die Stille und Feierlichkeit, die über dem Wald lag, legte sich auf die Gemüter der Jungen. Sie dachten nach. Eine unbestimmte Sehnsucht beschlich sie, die bald undeutlich Gestalt annahm — es war aufkeimendes Heimweh. Sogar Finn, der „Mann mit der Roten Hand", träumte von seinen Treppenstufen und von leeren Schweineställen. Jeder jedoch schämte sich seiner Schwäche, und keiner war so mutig, seine Gedanken auszusprechen.

Schon seit einiger Zeit vernahmen die Jungen in der Ferne einen eigentümlichen Ton. Jetzt wurde er deutlicher und machte sie aufmerksam. Sie erschraken, sahen einander an und lauschten. Ein langes Schweigen folgte, bedeutungsschwer und tief; dann klang ein dunkles Wummern aus der Ferne zu ihnen herüber.

„Was ist das nur?" rief Joe mit unterdrückter Stimme.

„Möcht' ich auch wissen", flüsterte Tom.

„Kann kein Donner sein", sagte Huck mit ehrfürchtiger Stimme, „denn Donner . . ."

„Horcht!" zischte Tom. „Still — nicht reden!"

Sie warteten eine Zeitlang, die sie eine Ewigkeit dünkte. Dann dröhnte dasselbe Wummern laut durch das friedliche Schweigen.

„Kommt, wir sehen nach, was es ist."

Sie sprangen auf und liefen dem Ufer zu, das der Stadt gegenüberlag. Sie teilten das Gebüsch und lugten über das Wasser. Ein kleines, mit Dampf betriebenes Fährboot trieb mit der Strömung auf dem Wasser, ungefähr eine Meile vom Städtchen entfernt. Auf dem breiten Deck wimmelte es von

Menschen. In der Nähe der Fähre waren viele kleine Boote, die ebenfalls mit der Strömung trieben, aber die Jungen konnten nicht erkennen, was die Männer in ihnen taten. In diesem Augenblick schoß plötzlich ein dicker Strahl weißen Rauches aus der Seite der Fähre hervor, und während er sich ausbreitete und sich als eine träge Wolke langsam emporhob, hörten die Lauscher wieder den gleichen summenden Laut.

„Jetzt weiß ich's!" rief Tom aus. „Jemand ist ertrunken!"

„So ist es!" sagte Huck. „Vorigen Sommer haben sie's genauso gemacht, als Bill Turner ertrunken war. Sie schießen mit einer Kanone über das Wasser, und dann kommt er an die Oberfläche. Ja, und sie nehmen große Laibe Brot mit und tun Quecksilber hinein und werfen sie ins Wasser, und an der Stelle, wo der Ertrunkene liegt, halten die Brote an."

„Ja, davon habe ich gehört", sagte Joe. „Ich frag' mich nur, wieso die Brote das tun."

„Oh, das liegt nicht nur am Brot", sagte Tom. „Ich schätze, das liegt an dem Zauberspruch, den sie sagen, bevor sie es schwimmen lassen."

„Aber sie sagen doch gar keinen Zauberspruch", sagte Huck. „Ich bin doch schon selbst mal dabeigewesen, und sie haben's nicht getan."

„Nanu, das ist aber seltsam", meinte Tom. „Aber vielleicht sagen sie ihn nur zu sich selbst. Natürlich tun sie's. Jeder weiß das doch."

Die beiden Jungen gaben zu, daß Tom recht hatte. Ein unwissender Brotlaib, der keine Anweisung durch einen Zauberspruch erhalten habe, könne unmöglich für so klug gehalten werden — vor allem, wenn man ihm einen so schwerwiegenden Auftrag erteile.

Sie beobachteten und lauschten weiter. Plötzlich durchzuckte Tom ein einleuchtender Gedanke, und er rief:

„Mensch, ich weiß, wer ertrunken ist — w i r !"

Und sofort fühlten sie sich als Helden. Das war ein großartiger Triumph — sie wurden vermißt, sie wurden betrauert, es gab ihretwegen gebrochene Herzen, und Tränen flossen um ihretwillen. Unfreundlichkeiten, die man sich diesen armen, verlorenen Knaben gegenüber hatte zuschulden kommen lassen, tauchten anklagend in der Erinnerung auf, nutzlose Reue und Gewissensbisse peinigten die Angehörigen. Und das schönste von allem war, daß die Verlorenen das Gesprächsthema der ganzen Stadt bildeten und alle Jungen sie beneideten. Es war wunderbar. Es lohnte sich wirklich, Pirat zu sein.

Als die Dämmerung hereinbrach, nahm das Fährboot seine gewohnte Tätigkeit wieder auf, und auch die Boote verschwanden bald. Die Piraten kehrten zum Lager zurück. Ihre plötzliche Berühmtheit und die gewaltige Unruhe, die sie hervorgerufen hatten, erfüllten sie mit wahrem Stolz. Sie fingen Fische, brieten sie und aßen zu Abend. Dann überlegten sie, was wohl das

Städtchen von ihnen dachte und sprach, und die Vorstellung, die sie von dem allgemeinen Kummer hatten, der ihretwegen herrschte, war mehr als zufriedenstellend — von ihrer Warte aus gesehen.

Aber als sich die Schatten der Nacht auf sie senkten, schlief ihre Unterhaltung langsam ein. Sie starrten ins Feuer, und jeder hing seinen eigenen Gedanken nach. Die Aufregung war jetzt verflogen, und Tom und Joe konnten sich beim besten Willen nicht vorstellen, daß zu Hause gewisse Personen ihren Streich so lustig wie sie empfinden würden. Zweifel erfüllten sie, und sie fühlten sich beunruhigt und unglücklich; unbewußt entschlüpfte ihnen ein Seufzer nach dem anderen. Nach einer Weile wagte Joe schüchtern und vorsichtig einen „Fühler" vorzustrecken: wie wohl die anderen über eine Rückkehr zur Zivilisation dächten — natürlich nicht sofort, aber . . .

Tom schmetterte ihn voll Hohn nieder. Huck, der bis jetzt noch unbeteiligt gewesen war, unterstützte Tom, und der wankelmütige Joe hatte es plötzlich sehr eilig, sich herauszureden. Er verstand das in einer so geschickten Art und Weise, daß kaum ein Makel an ihm hängenblieb, der ihn zum heimwehkranken Hasenfuß gestempelt hätte. Die Meuterei war für den Augenblick erfolgreich niedergeschlagen.

Als die Nacht anbrach, nickte Huck ein und begann bald zu schnarchen. Als nächster folgte Joe seinem Beispiel. Tom lag für eine Zeit bewegungslos auf seine Ellbogen gestützt und beobachtete die beiden aufmerksam. Schließlich erhob er sich vorsichtig auf die Knie und rutschte beim Licht des Lagerfeuers suchend im Grase umher. Er hob einige große gewölbte Stücke der dünnen weißen Ahornrinde auf, untersuchte sie und wählte schließlich zwei davon aus, die ihm am geeignetsten schienen. Dann kniete er am Feuer nieder und schrieb mit seinem Rotstiftstummel mühevoll etwas auf jedes dieser Stücke.

Eins davon rollte er auf und schob es in seine Jackentasche, das andere legte er in Joes Hut, zusammen mit gewissen Schuljungen-Kostbarkeiten von fast unschätzbarem Wert —

unter anderem ein Stück Kreide, ein Gummiball, drei Angelhaken und eine Murmel jener Art, die die Jungen als „garan-
tiert echt Kristall" untereinander tauschten.

Dann schlich Tom auf Zehenspitzen vorsichtig davon. Als er
glaubte, außer Hörweite zu sein, setzte er sich in Trab und
lief auf die Sandbank zu.

Ein paar Minuten später befand sich Tom in dem seichten
Wasser der Sandbank und watete auf das gegenüberliegende
Illinois-Ufer zu. Bevor ihm das Wasser bis zur Brust ging, hatte
er schon die Hälfte des Weges zurückgelegt. Die Strömung
erlaubte es ihm jetzt nicht mehr, zu waten, und zuversichtlich
machte er sich daran, die letzten hundert Meter schwimmend
zurückzulegen. Er kämpfte gegen die Strömung an, wurde aber
schneller stromabwärts getrieben, als er erwartet hatte. Schließlich erreichte er jedoch das Ufer und ließ sich treiben, bis er
eine niedrige Stelle gefunden hatte. Dort kletterte er an Land.

Er betastete seine Jackentasche und stellte beruhigt fest, daß
das Rindenstück noch da war. Dann schlug er sich in triefenden

Kleidern am Ufer entlang in die Wälder. Kurz vor zehn Uhr erreichte er eine Lichtung, dem Städtchen gerade gegenüber, und sah sich immer wieder ängstlich um, kroch das Ufer hinab, schlüpfte ins Wasser, schwamm drei oder vier Meter und kletterte schließlich in das kleine Boot, das am Heck der Fähre festgemacht war und als Jolle diente. Er legte sich unter die Ruderbänke und wartete mit Herzklopfen.

Bald schlug die scheppernde Glocke an, und eine Stimme gab den Befehl zum Ablegen. Zwei Minuten später war die Fähre unterwegs. Tom war glücklich über seinen Erfolg, denn er wußte, daß es die letzte Fahrt des Bootes an diesem Abend war. Nach endlos langen zwölf oder fünfzehn Minuten standen die Räder still. Tom schlüpfte über Bord und schwamm noch etwa fünfzig Meter stromabwärts, aus der Gefahrenzone heraus, in der er möglicherweise Spaziergängern hätte begegnen können.

Er hastete durch verlassene Nebenstraßen und sah bald das Haus seiner Tante. Er stieg über den Zaun, schlich sich ans Haus heran und spähte durch das Fenster ins Wohnzimmer, in dem Licht brannte. Dort saßen Tante Polly, Sid, Mary und Joe Harpers Mutter zusammen und sprachen. Sie saßen in der Nähe des Bettes. Das Bett stand zwischen ihnen und der Tür.

Tom ging zur Tür und begann sachte, die Klinke herunterzudrücken. Mit einem leisen Quietschen ging die Tür einen Spalt auf. Behutsam schob er sie weiter auf; bei jedem Knarren zuckte er zusammen. Endlich war der Spalt so groß, daß Tom glaubte auf den Knien hindurchschlüpfen zu können. So steckte er seinen Kopf durch die Tür und machte sich zaghaft an das gefährliche Unternehmen.

„Warum flackert die Kerze nur so?" fragte Tante Polly. Tom beeilte sich. „Nanu, die Tür ist ja offen, glaube ich. Ja natürlich, sie ist offen! Wie seltsam! Geh und schließe sie, Sid."

Tom verschwand gerade rechtzeitig unter dem Bett. Dort lag er und ließ sein klopfendes Herz einen Augenblick zur Ruhe kommen, dann kroch er ans andere Ende des Bettes. Von hier aus konnte er fast die Füße seiner Tante berühren.

„Ja, was ich sagen wollte", sagte Tante Polly, „er war nicht schlecht sozusagen — nur immer zu Dummheiten aufgelegt. Leichtsinnig und unbesonnen, wißt ihr. Er war so jung und unerfahren, wie eben nur ein kleiner Junge sein kann. Er tat niemand etwas Böses, und er war der gutherzigste Junge auf Gottes Erdboden . . ." Sie begann zu weinen.

„Genauso war mein Joe — immer voll von Teufeleien und zu jeder Schandtat bereit, aber niemand war selbstloser und gütiger als er. Gott steh' mir bei, wenn ich daran denke, daß ich ihn verprügelt habe, weil er angeblich Sahne getrunken hat, die ich doch selbst fortgeschüttet hatte, weil sie sauer war, danach . . . O Gott, und ich soll ihn in dieser Welt nie mehr wiedersehen, nie , nie — o mein armer verstoßener Junge!" Und Frau Harper schluchzte, als ob ihr das Herz brechen wollte.

„Ich hoffe, Tom hat's dort, wo er jetzt ist, besser", sagte Sid, „wenn er aber in manchen Dingen besser gewesen wäre . . ."

„S i d !" Tom fühlte den durchbohrenden, funkelnden Blick der Tante, obwohl er ihn nicht sehen konnte. „Nicht ein Wort gegen meinen Tom, jetzt, da er nicht mehr ist! Gott wird ihn beschützen, kümmere d u dich nur nicht darum, Sid! — Oh,

Frau Harper, ich weiß nicht, wie ich seinen Tod überleben soll! Ich liebte ihn so sehr, obwohl er mich alte Frau manchmal zu Tode gequält hat."

„Der Herr hat's gegeben, der Herr hat's genommen — der Name des Herrn sei gelobt! Aber es ist schwer, so schwer!"

Tom verhielt sich die ganze Zeit über sehr still. Aus verschiedenen Bruchstücken der Unterhaltung entnahm er, daß man zuerst vermutet hatte, die Jungen seien beim Baden ertrunken. Dann jedoch hatte man das kleine Floß vermißt, und gewisse Jungen hatten von der Bemerkung der Vermißten erzählt, die Stadt solle bald „etwas hören". Die ganz Schlauen hatten sich die Sache schließlich so zusammengereimt: Die Knaben waren mit dem Floß davongefahren und würden bald in der nächsten Stadt unterhalb von St. Petersburg wieder auftauchen. Gegen Mittag des nächsten Tages jedoch war das Floß etwa fünf oder sechs Meilen unterhalb des Städtchens am Ufer gefunden worden. Damit war die Hoffnung geschwunden.

Sie mußten ertrunken sein, denn sonst hätte sie der Hunger gewiß nach Hause getrieben. Man nahm an, die Suche nach den Leichen müsse deshalb erfolglos geblieben sein, weil die Jungen in der Mitte des Stromes ertrunken wären. Heute war Mittwoch. Sollte es nicht gelingen, die Leichen bis Sonntag aufzufinden, müßte man wohl alle Hoffnung aufgeben; der Trauergottesdienst sollte dann am Sonntagmorgen abgehalten werden.

Tom schauderte.

Dann sagte Frau Harper schluchzend gute Nacht und wollte gehen. Doch einem plötzlichen Bedürfnis folgend, flogen die beiden schwergeprüften Frauen einander in die Arme und weinten sich herzhaft aus. Dann trennten sie sich. Als Tante Polly Sid und Mary gute Nacht sagte, war sie viel zärtlicher als sonst. Sid schnüffelte ein wenig, Mary aber schluchzte aus Herzensgrund.

Dann kniete Tante Polly nieder und betete so rührend für Tom, so flehend und mit solch unendlicher Liebe in ihren

Worten und in ihrer alten zitternden Stimme, daß Tom in Tränen schwamm, noch bevor sie geendet hatte.

Nachdem sie zu Bett gegangen war, mußte er sich noch sehr lange still verhalten, denn von Zeit zu Zeit stieß sie verzweifelte Stoßseufzer aus und warf sich unruhig von einer Seite auf die andere. Aber schließlich lag sie ruhig und stöhnte nur manchmal im Schlaf.

Vorsichtig kroch der Junge unter dem Bett hervor, beschattete die Kerze mit der Hand und sah die alte Dame an. Sein Herz war voller Mitleid für sie. Er nahm das Stück Rinde aus der Tasche und stellte es neben die Kerze.

Da fiel ihm plötzlich etwas ein, und er zögerte. Dann leuchtete sein Gesicht auf; er hatte die Lösung gefunden. Hastig schob er die Rinde in seine Tasche zurück. Dann beugte er sich über die Tante, küßte die blassen Lippen und stahl sich heimlich davon.

In dem kleinen Städtchen herrschte an diesem ruhigen Sonnabendnachmittag nicht gerade Heiterkeit. Die Harpers und Tante Pollys Familie legten unter vielen Tränen Trauerkleidung an. Eine ungewöhnliche Stille lag über dem Ort, in dem es doch auch sonst schon still zuging. Etwas zerstreut gingen die Bewohner ihren Geschäften nach, sie sprachen wenig und seufzten desto mehr. Der freie Sonnabend schien den Kindern eine Last zu sein; sie hatten keine rechte Freude am Spiel und gaben es schließlich ganz auf.

Am Nachmittag ging Becky Thatcher auf dem verlassenen Schulhof umher und fühlte sich sehr elend. Aber auch hier fand sie keinen Trost; sie sprach zu sich selbst:

„Oh, wenn ich doch nur den Messingknopf wiederhätte! Aber mir ist nichts geblieben, was mich an ihn erinnert." Und sie schluchzte ein wenig.

Plötzlich blieb sie stehen und sagte: „Genau hier war es. Oh, wenn es noch einmal so wäre wie damals — um nichts in der

Welt würde ich das noch einmal sagen. Aber jetzt ist er tot, und ich werde ihn nie, nie wiedersehen."

Dieser Gedanke brach ihr fast das Herz, und langsam ging sie fort, während ihr die Tränen die Wangen hinabrollten. Eine Gruppe von Jungen und Mädchen — Spielkameraden von Tom und Joe — kam vorbei. Sie blieben stehen, sahen über den Zaun und sprachen in ehrfürchtigem Ton von Tom, wie er dies und jenes gemacht habe, als sie ihn zuletzt gesehen hätten, und wie Joe dies und das gesagt habe.

Jeder Sprecher beschrieb genau die Stelle, wo die Vermißten zuletzt gestanden hatten, und fügte dann noch hinzu: „Und ich stand hier — genau wie jetzt. Angenommen, du bist jetzt er — ich stand ganz nahe vor ihm, und er lächelte, genauso wie du jetzt, und plötzlich überkam mich etwas, wie . . . Schrecklich, weißt du. Natürlich wußte ich damals nicht, was es bedeutete, aber jetzt weiß ich es."

Dann entstand ein Streit darüber, wer die Jungen zuletzt lebend gesehen hatte. Viele beanspruchten diese hohe Ehre für sich und brachten Beweise dar. Und als schließlich endgültig entschieden war, wer sie wirklich zuletzt gesehen und die letzten Worte mit ihnen gewechselt hatte, wurden die Glücklichen gewissermaßen als etwas Besonderes eingestuft, und alle anderen gafften sie an und beneideten sie.

Ein armer Bursche, der wirklich keine Größe war und nicht viel zu bieten hatte, sagte mit offensichtlichem Stolz: „Jaja, Tom Sawyer hat mich mal verprügelt!"

Aber die meisten Jungen konnten das von sich sagen, und so sank die Auszeichnung doch sehr im Wert; dieser Anspruch auf Ruhm war ein Fehlschlag. Die Gruppe bummelte davon, und noch lange hörte man sie mit ehrfurchtsvollen Stimmen über die verlorenen Helden sprechen.

Als am nächsten Morgen die Sonntagsschule beendet war, begann die Trauerglocke zu läuten. Es war ein sehr ruhiger Sonntag, und der klagende Ton der Glocke schien sich der nachdenklichen Stille, die über der Natur lag, anpassen zu wollen.

Nach und nach versammelten sich die Bürger, blieben einen Augenblick in der Vorhalle stehen und besprachen flüsternd das traurige Ereignis. In der Kirche erstarb selbst das Flüstern; nur das Rauschen der Röcke unterbrach die Stille, als sich die Frauen auf ihre Plätze setzten. Niemand konnte sich erinnern, die kleine Kirche je so voll gesehen zu haben.

Schließlich entstand eine erwartungsvolle Pause. Dann betrat Tante Polly die Kirche, gefolgt von Sid und Mary und der Familie Harper, alle in tiefes Schwarz gekleidet. Die ganze Gemeinde und der alte Pfarrer erhoben sich ehrfurchtsvoll und setzten sich erst wieder, als die Trauernden in der vordersten Reihe Platz genommen hatten. Wieder herrschte Schweigen, das nur ab und zu von leisem Schluchzen unterbrochen wurde.

Der Pfarrer faltete die Hände und betete. Ein ergreifendes Lied wurde gesungen, und dann folgte der Bibeltext: „Ich bin die Auferstehung und das Leben."

Die Predigt begann, und der Geistliche entwarf ein glänzendes Bild von den Tugenden, dem gewinnenden Wesen und den vielversprechenden Anlagen der toten Jungen. Jeder Anwesende fühlte einen Stich im Herzen bei dem Gedanken, die armen Burschen vorher immer verkannt und nur Fehler und Mängel an ihnen gesehen zu haben. Nun berichtete der Pfarrer aus dem Leben der Verstorbenen, viele kleine Zwischenfälle, die erst recht ihre großzügige, zurückhaltende Art veranschaulichten. Die Leute konnten jetzt ganz klar erkennen, wie schön und edel jene Vorkommnisse gewesen waren, und sie erinnerten sich voller Gram an eine Zeit, da sie die Jungen für eben diese Taten mit Freuden verprügelt hätten.

Die Gemeinde wurde von dieser feierlichen Schilderung immer mehr ergriffen. Schließlich konnte niemand mehr an sich halten, und alle schluchzten herzzerreißend und stimmten in das Weinen der Trauernden mit ein. Sogar der Geistliche auf der Kanzel weinte.

Da raschelte es auf der Galerie — aber niemand hörte es. Einen Augenblick später quietschte die Kirchentür. Der Pfarrer

nahm das Taschentuch von seinen überströmenden Augen und
erstarrte:

Ein Augenpaar nach dem anderen folgte seinem Blick, wie
auf Befehl erhob sich die ganze Gemeinde und starrte die drei
Jungen an, die den Gang heraufmarschiert kamen. Tom ging
voran, ihm folgte Joe, und zuletzt kam Huck, der, ein Bündel
von herabhängenden Lumpen, blöde hinter den anderen her-
schlich. Sie hatten sich in der unbenutzten Galerie versteckt gehalten und ihre eigene Begräbnisrede angehört!

Tante Polly, Mary und die Harpers stürzten sich auf die
Wiedergefundenen, erstickten sie fast mit ihren Küssen und
dankten dem Himmel. Währenddessen stand der arme Huck
betreten dabei und fühlte sich offensichtlich unbehaglich, da er
nicht genau wußte, was er tun oder wo er sich vor so vielen
staunenden Augen verstecken sollte. Er wurde unschlüssig und
wollte sich gerade davonmachen, als Tom ihn am Arm packte
und sagte:

„Tante Polly, das ist wirklich nicht recht! Irgend jemand muß doch auch froh sein, daß Huck hier ist!"

„Aber ja, mein Junge. Ich freue mich, ihn zu sehen, den armen, mutterlosen Jungen!"

Aber die liebevolle Aufmerksamkeit, mit der Tante Polly ihn jetzt überschüttete, war das einzige, was ihm noch gefehlt hatte, um ihn noch verlegener und betretener zu machen als vorher.

Plötzlich donnerte der Pfarrer in den Lärm hinein:

„Lasset uns Gott preisen, von dem aller Segen kommt. — Singt! Und legt eure Herzen in den Gesang!"

Und so geschah es. Das Lied erscholl wie Trompetenklang, und während es die Jungen erbeben ließ, sah Tom Sawyer, der Pirat, auf die neidischen Kinder um ihn her und bekannte vor sich selbst, daß dies der stolzeste Augenblick seines Lebens war.

Als die genarrte Gemeinde hinausströmte, war sie fast bereit, noch einmal zum besten gehalten zu werden, nur um diesen Gesang noch einmal zu hören.

An diesem Tage erhielt Tom mehr Püffe und Küsse — je nach Tante Pollys verschiedenen Stimmungen — als sonst in einem ganzen Jahr; und er wußte kaum, ob nun Tante Pollys Püffe oder ihre Küsse ihre Dankbarkeit gegen Gott und ihre Liebe zu ihm am überzeugendsten ausdrückten.

Auf dem Wege zur Schule hatte Tom kurz darauf einmal das Glück, Becky Thatcher zu treffen. Seine Laune war jeweils verantwortlich für sein Benehmen. Ohne einen Augenblick zu zögern, lief er zu ihr und sagte:

„Ich bin neulich wirklich gemein zu dir gewesen, Becky, und es tut mir leid. Ich will auch nie, nie wieder häßlich zu dir sein, solange ich lebe. Bitte, sei wieder gut, willst du?"

Das Mädchen blieb stehen und sah ihm zornig ins Gesicht.

„Ich wäre Herrn Thomas Sawyer wirklich sehr dankbar, wenn er mich in Ruhe ließe. Ich will nie wieder mit ihm sprechen."

Sie warf den Kopf in den Nacken und ging weiter. Tom war so erstaunt, daß er nicht einmal die Geistesgegenwart hatte zu sagen: „Pah, macht mir nichts, Fräulein Naseweis!" Er war wütend. Er strolchte in den Schulhof und wünschte, sie wäre ein Junge, den er dafür durchprügeln könnte.

Der Lehrer, Herr Dobbins, war ein Mann in den mittleren Jahren, sein Ehrgeiz war nie befriedigt worden. Von jeher war es sein größter Wunsch gewesen, Arzt zu werden; da er aber arm war, hatte er nur Dorfschulmeister werden können. Jeden Tag nahm er ein geheimnisvolles Buch aus dem Pult und vertiefte sich darin. Er hielt dieses Buch immer hinter Schloß und Riegel. Die Jungen und Mädchen hatten nicht einmal eine schwache Vorstellung vom Inhalt dieses Buches, und jeder hätte es gern einmal gesehen. Aber nie ergab sich dazu eine Gelegenheit.

Becky ging am Pult vorbei, das nahe bei der Tür stand. Da bemerkte sie, daß der Schlüssel im Schloß steckte. Das war ein kostbarer Augenblick! Sie schaute sich vorsichtig um, sah, daß sie allein war, und hielt im nächsten Augenblick das Buch in den Händen. Das Titelblatt — Professor Sowiesos „Anatomie" — sagte ihr nichts. Also begann sie umzublättern. Sofort stieß sie auf ein hübsches farbiges Bild: die Darstellung eines Menschen — splitternackt.

In diesem Augenblick fiel ein Schatten auf das Blatt, Tom trat durch die Tür und erhaschte einen Blick auf das Bild. Hastig wollte Becky das Buch schließen, hatte aber das Pech, das Bild in der Mitte halb durchzureißen. Sie warf das Buch in das Pult, drehte den Schlüssel herum und brach vor Scham und Ärger in Tränen aus.

„Tom Sawyer, du bist wirklich gemein, mir aufzulauern, um zu sehen, was ich mir angucke!"

„Aber wie konnte ich denn wissen, daß du dir etwas ansahst?"

„Du solltest dich schämen, Tom Sawyer; ich weiß genau, du wirst mich verpetzen und, oh — was soll ich nur tun? Er wird mich durchprügeln, und ich bin noch nie in der Schule geprügelt worden."

Weinend lief sie aus dem Schulzimmer.

Bald begann die Schule, und der Lehrer betrat die Klasse. Tom war nicht sehr bei der Sache. Eine Stunde verging, der Lehrer saß dösend auf seinem Thron, und das Zimmer war erfüllt vom einschläfernden Murmeln der lernenden Kinder. Schließlich reckte sich Herr Dobbins, gähnte, schloß sein Pult auf und langte nach seinem Buch. Zuerst aber schien er sich nicht entschließen zu können, ob er es nehmen sollte oder nicht. Die meisten Schüler sahen nur träge auf, aber zwei unter ihnen beobachteten seine Bewegungen sehr aufmerksam. Eine Weile betastete Herr Dobbins wie abwesend das Buch, endlich nahm er es und machte es sich in seinem Stuhl bequem, um zu lesen.

Tom guckte schnell zu Becky hinüber. Sie glich einem gejagten, hilflosen Stück Wild, das die Flinte auf sich gerichtet sieht. Sofort vergaß er seinen Streit mit ihr.

Jetzt öffnete der Lehrer das Buch und blickte im nächsten Augenblick auf die Kinder. Alle schlugen die Augen nieder, denn sein Blick erfüllte selbst die Unschuldigen mit Furcht. Allgemeine Stille trat ein, während sich der Zorn des Lehrers steigerte. Dann sprach er:

„Wer hat dieses Buch zerrissen?"

Schweigen. Man hätte hören können, wie eine Stecknadel zu Boden fiel. Der Lehrer suchte in jedem Gesicht, ob es kein Schuldbewußtsein erkennen ließe.

„Benjamin Rogers, hast du dieses Buch zerrissen?"

Ein klares Nein. Wieder eine Pause.

„Joseph Harper, du?"

Wieder ein Nein.

„Gracie Miller?"

Kopfschütteln.

„Susan Harper, hast du es getan?"

Wieder Kopfschütteln. Das nächste Mädchen war Becky Thatcher. Tom zitterte von Kopf bis Fuß vor Aufregung.

„Rebecca Thatcher — (Tom schielte nach ihrem Gesicht — es war schneeweiß vor Furcht) — hast du — nein, sieh mir ins Gesicht (bittend erhoben sich ihre Hände) — hast du dieses Buch zerrissen?"

Wie der Blitz schoß ein Gedanke durch Toms Kopf. Er sprang auf und rief: „Ich war's!"

Die ganze Klasse starrte bestürzt auf diesen unglaublich dummen Jungen. Als Tom nach vorne ging, um seine Strafe in Empfang zu nehmen, leuchteten ihm aus den Augen der armen Becky soviel Überraschung, Dankbarkeit und Bewunderung entgegen, daß es selbst hundert Schläge wieder wettgemacht hätte. Er war so begeistert von seiner eigenen guten Tat, daß er, ohne auch nur einmal zu schreien, die unbarmherzigsten Schläge entgegennahm, die Herr Dobbins jemals ausgeteilt hatte. Ebenso gleichgültig nahm er von der grausamen Tatsache Kenntnis, daß er obendrein zwei Stunden „nachsitzen" müsse. Er wußte ja, wer draußen auf ihn wartete, wenn seine Haft vorüber war.

An diesem Abend ging Tom sehr glücklich zu Bett, und als er endlich eingeschlafen war, hörte er noch oft im Traume die Worte, die Becky zuletzt zu ihm gesagt hatte: „O Tom, wie konntest du nur so großmütig sein!"

Der Prozeß

Die großen Ferien hatten begonnen.

Nicht lange darauf kam Leben in das schläfrige Dasein des kleinen Städtchens: der Mordprozeß wurde anberaumt. Sofort wurde er zum allgemeinen Stadtgespräch. Tom konnte sich nicht abseits halten. Jede Erwähnung des Mordes ließ ihn erschauern, denn sein beunruhigtes Gewissen und seine Furcht redeten ihm ein, daß solche Bemerkungen ausgestreckte „Fühler" seien, die bezweckten, etwas von ihm zu erfahren. Um einmal mit Huck über diese Angelegenheit zu reden, bestellte er ihn an einen einsamen Ort. Es würde eine Erleichterung für ihn sein, einmal frisch von der Leber darüber zu sprechen und die Last seines Kummers mit einem Leidensgefährten zu teilen. Auch wollte er sich vergewissern, ob Huck Finn geschwiegen hatte.

„Huck, hast du je einem Menschen davon erzählt?"

„Wovon?"

„Du weißt schon, wovon."

„Oh — natürlich nicht!"

„Nicht ein Wort?"

„Wirklich nicht! — Warum sollte ich denn darüber reden?"

„Gut. Ich glaube, wir sind sicher, solange wir nicht reden. Aber laß uns lieber noch mal schwören. Ist sicherer."

Und so schworen sie wieder einen schrecklichen Eid.

Noch lange danach redeten sie miteinander, aber es beruhigte sie kaum. Als die Dämmerung hereinbrach, gingen sie zu dem kleinen einsamen Gefängnis, in der unbestimmten Hoffnung, daß etwas geschehen und sie von ihren Nöten befreien würde.

Wie schon oft vorher, traten die Jungen an das kleine Gitterfenster heran und reichten Potter Tabak und Streichhölzer hinein. Seine Zelle war im Erdgeschoß, und Wächter gab es nicht.

Potters Dankbarkeit für ihre kleinen Geschenke hatte ihr Gewissen schon immer gerührt — diesmal traf es sie schlimmer als je. Völlig wie Verräter und Feiglinge fühlten sie sich, als Potter sagte:

„Ihr zwei seid immer mächtig gut zu mir gewesen, Jungen — besser als irgendwer sonst in der Stadt. Und ich werde es bestimmt nicht vergessen. Oft hab' ich schon zu mir selbst gesagt: Immerzu hab' ich allen Jungen die Drachen geflickt und ihnen die besten Angelplätze gezeigt, und was tun sie heute? Sie alle haben den alten Muff Potter vergessen, er ist in Not, aber sie haben ihn vergesssen; nur Tom und Huck nicht, die vergessen ihn nicht. Gebt mir eure Hände, ihr könnt sie sicher durch die Stäbe schieben, denn meine Hand ist zu groß dazu. So kleine, schwache Hände — aber sie haben Muff Potter oft geholfen, und sie würden ihm sicher noch mehr helfen, wenn sie könnten."

Tom ging nach Hause und fühlte sich sehr elend.

Am Abend vor der Gerichtsverhandlung stand es für die Bewohner des Städtchens fest: Indianer-Joes Behauptung war gut begründet, und es gab keinen Zweifel, wie das Urteil des Gerichts lauten würde.

Am nächsten Morgen strömte die ganze Stadt in den Gerichtssaal, denn dies war der große Tag. Unter den vielen Zuhörern waren Männer und Frauen etwa gleich stark vertreten.

Es dauerte eine ganze Weile, bis die Geschworenen den Raum betraten und ihre Plätze einnahmen. Kurz darauf wurde Potter hereingeführt; er sah weiß, hager und hoffnungslos aus, und seine Hände waren gefesselt. Viele neugierige Augen starrten ihn an, als er sich schüchtern setzte. Auch Indianer-Joe sah ihn an, kaltblütig wie immer.

Der Richter erschien, und der Sheriff verkündete den Beginn der Verhandlung. Die Rechtsanwälte steckten die Köpfe zusammen und flüsterten. Papier raschelte, und Vorbereitungen wurden getroffen. Alle diese Einzelheiten ließen das Ganze nur noch eindrucksvoller und spannender erscheinen.

Jetzt wurde ein Zeuge aufgerufen, der aussagte, daß er Muff Potter in den frühen Morgenstunden nach dem Mord gesehen habe, wie er sich im Bach gewaschen habe und dann eiligst davongeschlichen sei, als er sich beobachtet fühlte.

Nach einigen weiteren Fragen sagte der Staatsanwalt: „Wer hat noch Fragen an den Zeugen?"

Für einen Augenblick blickte Potter auf, sah aber gleich wieder vor sich hin, als sein Verteidiger sagte: „Ich habe keine Fragen zu stellen."

Der nächste Zeuge sagte aus, daß er das Messer neben dem Leichnam gefunden habe. Der Staatsanwalt sagte: „Wer hat noch Fragen an den Zeugen?"

„Ich habe keine Fragen zu stellen", antwortete Potters Verteidiger.

Ein dritter Zeuge beschwor, er habe das Messer oft in Potters Hand gesehen.

Wieder stellte der Staatsanwalt dem Verteidiger die gleiche Frage, und wieder verzichtete dieser auf ein Verhör des Zeugen. Die Zuhörer wurden unruhig; bedeutete dies, daß der Verteidiger das Leben seines Schützlings aufgab, ohne auch nur den Versuch zu machen, ihn zu retten?

Jede Einzelheit über die Dinge, die sich an jenem Morgen nach der Mordnacht auf dem Friedhof zugetragen hatten, wurde von glaubwürdigen Zeugen noch einmal bekräftigt. Aber keiner dieser Zeugen wurde von Potters Verteidiger verhört. Das Publikum drückte sein Erstaunen und seine Unzufriedenheit hierüber durch Murmeln und Rufen aus und erhielt einen Verweis des Gerichts. Jetzt sagte der Staatsanwalt:

„Durch den Eid der Bürger, deren Aussage über jeden Verdacht erhaben ist, müssen wir dies schreckliche Verbrechen dem unglücklichen Gefangenen zur Last legen. Die Beweisaufnahme der Anklage ist damit abgeschlossen."

Ein Stöhnen entrang sich Potter, er legte den Kopf auf die Arme und wiegte den Körper langsam hin und her.

Währenddessen herrschte im Saale peinliches Schweigen. Viele Männer waren ergriffen, und das Mitleid der Frauen äußerte sich in Tränen. Da erhob sich der Verteidiger und sagte:

„Hohes Gericht! Zu Beginn der Verhandlung deuteten wir an, daß es unsere Absicht sei, die schreckliche Tat unseres Klienten dem Einfluß des Alkohols zuzuschreiben. Wir haben nunmehr diese Absicht aufgegeben und werden dies nicht zur Grundlage unserer Verteidigung machen." Dann sagte er zum Gerichtsdiener: „Man rufe Thomas Sawyer!"

Alle Gesichter im Hause zeigten plötzlich höchste Verwunderung, selbst das von Potter. Aller Augen hefteten sich mit Neugier auf Tom, der sich jetzt erhob und in den Zeugenstand trat. Der Junge sah ganz verstört aus und fürchtete sich offensichtlich sehr. Er mußte den Eid ablegen.

„Thomas Sawyer, wo warst du am siebzehnten Juli gegen Mitternacht?"

Tom streifte das eiserne Gesicht Indianer-Joes mit einem kurzen Blick. Er wollte sprechen, aber seine Zunge war wie gelähmt. Die Zuhörer hielten den Atem an. Nach einigen Augenblicken riß er sich zusammen, räusperte sich und sagte, nicht laut, aber doch so, daß es wenigstens ein Teil der Anwesenden hören konnte:

„Auf dem Friedhof!"

„Ein bißchen lauter bitte. Hab keine Angst. Du warst ..."

„Auf dem Friedhof."

Ein geringschätziges Lächeln flog über das Gesicht Indianer-Joes.

„Warst du irgendwo in der Nähe von Herrn Williams' Grab?"

„Ja!"

„Sprich ein bißchen lauter! Wie nahe warst du an dem Grab?"

„So nahe wie jetzt vor Ihnen."

„Hattest du dich versteckt oder nicht?"

„Ich hatte mich versteckt."

„Wo?"

„Hinter den Ulmen, die ganz nahe am Grab stehen."

Indianer-Joe zuckte kaum merklich zusammen.

„War jemand bei dir?"

„Ja. Ich ging mit ..."

„Warte — warte einen Augenblick! Laß den Namen deines Kameraden jetzt noch aus dem Spiel. Wir werden ihn zu gegebener Zeit vorführen. Hattest du irgend etwas bei dir?"

Tom zögerte und blickte verwirrt um sich. Der Verteidiger sagte:

„Sprich nur, mein Junge — fürchte dich nicht. Die Wahrheit darf man immer sagen. Was hattest du also bei dir?"

„Nur eine — eine tote Katze."

Im Publikum wurde leises Gelächter vernehmbar.

„Wir werden das Skelett jener Katze vorführen. Und nun, mein Junge, erzähle uns alles, was geschah. Sag es nur mit deinen eigenen Worten, ohne etwas auszulassen, und hab keine Angst."

Und Tom begann — zuerst zögernd und langsam. Nach und nach aber wurde sein Bericht immer flüssiger. Atemlose Stille herrschte im Gerichtssaal, nur Toms Stimme war zu hören. Mit offenem Munde und angehaltenem Atem hingen die Leute an seinen Lippen, gefesselt von seiner schaurigen Erzählung. Die Spannung erreichte ihren Höhepunkt, als der Junge sagte:

„... und als der Doktor den Muff Potter mit dem schweren Brett niederschlug, sprang ihn Indianer-Joe mit dem Messer an und ...“

Krach! Schnell wie der Blitz sprang der Mischling auf ein Fenster zu, stieß alle, die ihn hindern wollten, zur Seite und war verschwunden!

Wieder einmal war Tom der strahlende Held — der Liebling der Alten und der Vielbeneidete bei den Jungen. Sein Name wurde sogar gedruckt und damit unsterblich, denn die Zeitung des Städtchens hob ihn förmlich in den Himmel. Einige behaupteten sogar, er könne noch Präsident werden, wenn er nicht vorher gehängt würde.

Wie es nun einmal üblich ist, nahm die wankelmütige, unvernünftige Welt Muff Potter wieder in ihre Arme und verhätschelte und verwöhnte ihn ebenso verschwenderisch, wie sie ihn zuvor geschmäht hatte.

Toms Tage waren Tage des Ruhmes und des Glanzes, seine Nächte aber waren schrecklich. Indianer-Joe geisterte durch all seine Träume, und stets sah der Mörder ihn mit drohenden Augen an.

Belohnungen wurden ausgesetzt, das ganze Land wurde abgesucht, aber kein Indianer-Joe wurde gefunden. Tom fühlte sich nach wie vor sehr unsicher.

Die beiden Schatzgräber

Es kommt einmal eine Zeit im Leben eines jeden wirklichen Jungen, da spürt er ein leidenschaftliches Verlangen, weit fortzugehen und nach verborgenen Schätzen zu graben. Eines Tages ergriff auch Tom dieses Verlangen. Er machte sich auf den Weg, um Joe Harper zu suchen, fand ihn aber nicht. Dann dachte er an Ben Rogers, aber dieser war fischen gegangen. Schließlich stieß Tom auf Huck Finn, den „Mann mit der Roten Hand". Huck würde bestimmt mitmachen. Vertraulich teilte er ihm seinen Plan mit. Huck war immer einverstanden mit einem Unternehmen, das Unterhaltung bot und kein Kapital erforderte.

„Wo wollen wir graben?" fragte er.

„Oh, irgendwo."

„Wieso, ist denn überall was versteckt?"

„Nee, natürlich nicht. Es ist nur an ganz besonderen Stellen was versteckt, Huck — manchmal auf Inseln, manchmal in einer verrotteten Truhe unter 'nem alten Baum, dort, wohin grad' um Mitternacht sein Schatten fällt; meistens aber unter dem Fußboden von einem Haus, in dem es spukt."

„Und wer versteckt es da?"

„Räuber natürlich — was glaubst du denn? Oder hast du gedacht, die Pastöre?"

„Ich weiß nicht. Wenn's meins wäre, würde ich's nicht verstecken, sondern ausgeben und mir 'nen schönen Tag antun."

„Ich auch. Aber Diebe und Räuber tun das nicht. Sie verstecken es immer und lassen's dann da."

„Holen sie's denn nachher nicht?"

„Nein, sie wollen's zwar, aber allmählich vergessen sie die Zeichen, die sie sich gemacht haben, oder sie sterben auch. Auf jeden Fall liegt es da eine lange Zeit und wird ganz rostig. Aber schließlich findet jemand ein altes gelbes Stück Papier, auf dem der Weg zu dem Schatz beschrieben ist. Und meistens dauert's 'ne ganze Woche, bis so'n Papier entziffert ist, denn es hat nur Zeichen und Hie-Hierogliefen."

„Hiero . . . was?"

„Hierogliefen — Bilder und solche Sachen, weißt du, die so aussehen, als ob sie etwas bedeuten."

„Hast du so'n Papier, Tom?"

„Nee."

„Ja, aber wieso kannst du dann die Zeichen finden?"

„Ich brauche keine Zeichen. Es ist doch immer unter einem Fußboden von einem Spukhaus oder auf einer Insel. Die Jackson-Insel haben wir schon versucht, aber vielleicht können wir da mal graben; ja, und da gibt es auch 'ne ganze Masse alter Bäume."

„Liegt unter alten Bäumen ein Schatz?"

„Wie du bloß redest! Nee!"

„Woher willst du dann wissen, unter welchem er liegt?"

„Wir müssen eben alle versuchen."

„Dann müssen wir ja den ganzen Sommer graben, Tom!"

„Na und? Angenommen, du findest so 'nen Messingtopf mit hundert Dollar drin, alle rostig und schwarz, oder 'ne verrottete Truhe mit Di'manten drin. Was dann?"

Hucks Augen leuchteten. „Das wär' Klasse! Wenn du mir die hundert Dollar gibst, brauche ich keine Di'manten mehr."

„Hast du jemals einen gesehen, Huck?"

„Nee, nicht, daß ich wüßte."

„Ha, Könige haben massenhaft davon."

„Ich kenn' aber doch keine Könige, Tom."

„Kann ich mir denken."

„Nun sag aber — wo sollen wir zuerst graben?"

„Ich bin dafür, wir fangen an dem alten verrotteten Baum gegenüber vom Stillhausbach an."

Sie besorgten sich eine verbogene Hacke und eine Schaufel und machten sich auf den drei Meilen langen Weg. Schwitzend und keuchend kamen sie dort an, warfen sich in den Schatten einer Ulme und qualmten ein Pfeifchen.

„Mir gefällt's so", sagte Tom.

„Mir auch."

„Sag, Huck, angenommen, wir finden einen Schatz hier, was würdest du mit deinem Anteil tun?"

„Ich würd' mir jeden Tag Obstkuchen und 'n Glas Sprudel kaufen und in jeden Zirkus gehen, der in unsere Stadt kommt. Und was tätest du mit deinem Anteil?"

„Ich würde mir eine neue Trompete kaufen, ein echtes Schwert, 'ne rote Krawatte und 'ne ganz junge Bulldogge, und dann würde ich heiraten."

„Heiraten!"

„Ja."

„Tom, du — wirklich, Tom, du hast nicht alle beisammen!"

„Warte nur — du wirst schon sehen."

„Wollen wir jetzt anfangen zu graben?"

Sie arbeiteten und schwitzten ungefähr eine halbe Stunde lang. Kein Erfolg! Also quälten sie sich noch eine halbe Stunde. Immer noch kein Erfolg. Da sagte Huck:

„Vergraben sie es eigentlich immer so tief?"

„Manchmal — nicht immer. Ich glaube, wir haben die falsche Stelle erwischt."

Sie suchten sich einen anderen Platz und begannen von neuem. Nur langsam kamen sie voran. Schließlich stützte sich

Huck auf seine Schaufel, wischte sich mit dem Ärmel die Schweißtropfen von der Stirn und sagte:

„Wo sollen wir graben, wenn wir hier nichts finden?"

„Vielleicht an dem alten Baum auf dem Cardiff-Hügel, hinter dem Haus der Witwe Douglas."

„Aber Tom, wird sie uns den Schatz nicht wegnehmen? Es ist ihr Land, weißt du."

„Sie möcht' es ja gerne, glaub' ich. Aber wer einen Schatz findet, darf ihn behalten, ganz gleich, auf welchem Land er ihn gefunden hat."

Das war eine zufriedenstellende Erklärung, und die Arbeit konnte weitergehen. Schließlich sagte Huck:

„Verdammt, wir sind bestimmt an der falschen Stelle. Was meinst du?"

„Es ist wirklich sehr seltsam, Huck. Ich versteh's auch nicht. — Ach, jetzt weiß ich's. Man muß ja erst herausfinden, wohin der Schatten des Astes um Mitternacht fällt, und das ist dann die Stelle, wo man graben muß. Kannst du heut nacht herkommen?"

„Klar. Heute abend miaue ich vor deinem Fenster."

Kurz vor Mitternacht waren die Jungen an Ort und Stelle. Sie setzten sich in den Schatten und warteten. Schließlich meinten sie, es müsse jetzt Mitternacht sein. Sie machten ein Zeichen, wohin der Schatten fiel, und begannen zu graben. Das Loch wurde tiefer und tiefer, und ihr Herz tat jedesmal einen gewaltigen Satz, wenn die Hacke auf etwas Hartes stieß. Jedesmal aber wurden sie enttäuscht, denn es war immer nur ein Stein oder eine Wurzel. Schließlich sagte Tom:

„Es hat keinen Zweck, Huck, wir haben wieder nicht die richtige Stelle."

„Kann doch nicht sein! Wir haben doch den Schatten genau nachgezeichnet."

„Ich weiß, aber wir haben die Zeit ja auch nur geschätzt. Vielleicht war es zu früh oder zu spät."

Huck ließ die Schaufel fallen. „So ist es", sagte er.

„Aber ich weiß 'nen Ort, wo wir's noch mal versuchen können. Im verhexten Haus!"

„Mensch, Tom, ich weiß nicht, aber ich mag Häuser nicht, in denen es spukt. Die sind noch schlimmer als Tote. Tote reden vielleicht, aber sie schleichen nicht um einen herum und gucken einem nicht über die Schulter, wenn man gerade nicht hinsieht, und sie knirschen auch nicht so mit den Zähnen, wie es Geister tun. Nee, nee, Tom, das könnt' ich wirklich nicht aushalten — niemand könnte das."

„Ja, Huck, aber Geister gibt es doch nur in der Nacht. Bei Tage stören die uns bestimmt nicht."

„Na ja, gut, wir können's ja mal versuchen. Aber wir riskieren bestimmt was."

Dann machten sie sich auf den Heimweg und gingen den Hügel hinab. Unter sich sahen sie im Mondlicht das „Spukhaus" liegen. Dort lag es ganz einsam, Unkraut wuchs auf den Treppenstufen, und der Zaun war fast zusammengefallen. Die Jungen betrachteten es eine Weile, machten dann einen großen Bogen um das Haus herum und schlichen durch die Wälder, die die andere Seite des Cardiff-Hügels bedeckten, nach Hause.

Am Sonnabend, kurz nach Mittag, erschienen die beiden Jungen wieder an dem alten Baum. Sie rauchten und erzählten sich noch ein wenig, dann gruben sie wieder einmal, aber auch diesmal ohne Erfolg.

Als sie am Spukhaus ankamen, war es in der brütenden Sonne so schaurig und unheimlich und totenstill, daß sich die beiden Jungen zuerst fürchteten hineinzugehen. Schließlich aber krochen sie zur Tür und lugten hinein. Sie sahen einen mit Unkraut bedeckten Raum ohne Fußboden, einen alten Kamin, scheibenlose Fenster und eine ganz baufällige Treppe. Hier und da hingen zerfetzte Spinnweben. Sachte und mit klopfenden Herzen traten sie ein. Sie flüsterten nur und waren bereit, beim leisesten Geräusch die Flucht zu ergreifen. Aber nach einer Weile hatten sie sich an den Ort gewöhnt, und ihre Furcht machte allmählich der Neugier Platz.

Als nächstes wollten sie sich im oberen Stockwerk umsehen. Sie warfen ihr Arbeitsgerät in eine Ecke und stiegen hinauf. Oben fanden sie die gleichen Spuren des Verfalls. In einer Ecke war ein Wandschrank, der ein Geheimnis zu bergen schien. Sie öffneten die Tür. Aber sie wurden enttäuscht, denn der Schrank war leer. Gerade wollten sie wieder hinuntersteigen und mit ihrer Arbeit anfangen, als . . .

„Pst!" sagte Tom.

„Was gibt's?" flüsterte Huck, weiß vor Schreck.

„Pst! — Jetzt! — Hörst du?"

„Ja! Lieber Gott, laß uns fortlaufen!"

„Still! Rühr dich nicht! Sie kommen direkt auf die Tür zu."

Die Jungen legten sich flach auf den Fußboden und lugten durch die Ritzen zwischen den Brettern hinunter.

„Sie halten an! — Sie kommen. Kein Wort mehr, Huck. Lieber Himmel, ich wollte, wir wären erst mal hier raus!"

Zwei Männer betraten das Haus. Die Jungen erkannten einen von ihnen. Es war der alte taubstumme Spanier, den man kürzlich ein- oder zweimal in der Stadt gesehen hatte. Den anderen Mann kannten sie nicht.

Dieser andere war eine ungekämmte, zerlumpte Gestalt mit einem unsympathischen Gesichtsausdruck. Der Spanier war in eine Kutte gehüllt; er hatte buschige weiße Augenbrauen, und langes weißes Haar wallte unter seinem breitrandigen Hut herab. Er trug eine grüne Brille. Als sie hereinkamen, sprach der andere gerade mit gedämpfter Stimme. Sie setzten sich auf den Boden mit dem Gesicht zur Tür. Allmählich ließ der Sprecher seine anfängliche Vorsicht fallen, und die Jungen konnten seine Worte recht gut verstehen.

„Nein", sagte er, „ich habe darüber nachgedacht, und es gefällt mir wirklich nicht. Es ist gefährlich."

„Gefährlich!" brummte der „taubstumme" Spanier zum größten Erstaunen der Jungen. „Hasenfuß!"

Die Stimme ließ die Jungen erzittern. Es war die Stimme von Indianer-Joe! Für eine Weile war alles still. Dann sagte Joe:

„Ist nicht gefährlicher als das Ding, das wir neulich gedreht haben — und nichts ist rausgekommen."

„Das war auch was anderes. So weit stromauf, und kein Haus in der Nähe! Konnte ja auch nichts rauskommen, wo's uns nicht mal gelungen ist."

„Nun, gibt's was Gefährlicheres, als im hellen Tageslicht hierherzukommen? — Jeder, der uns gesehen hätte, würde uns verdächtigen."

„Ja, ich weiß. Aber nach der Stümperarbeit, die wir da geleistet haben, gab es ja keinen besseren Platz. Ich will raus aus dieser elenden Hütte. Ich wollte schon gestern raus, konnte es aber nicht wagen, weil diese verdammten Bengel auf dem Hügel da oben spielten und mich bestimmt gesehen hätten."

Die „verdammten Bengel" zuckten bei dieser Bemerkung heftig zusammen. Sie wünschten, sie wären nie hergekommen.

Jetzt holten die Männer etwas zu essen hervor und frühstückten. Nach einer langen gedankenvollen Pause sagte Indianer-Joe:

„Hör zu, Kamerad — du gehst zurück zum Fluß, wo du hingehörst. Warte da, bis du von mir hörst. Ich lasse es darauf

ankommen und mache dieser Stadt noch einmal einen Besuch. Wir werden das ‚gefährliche' Ding erst drehen, nachdem ich mich ein wenig umgesehen habe und davon überzeugt bin, daß die Gelegenheit wirklich günstig ist. Dann ab nach Texas! Wir werden's schon schaffen!"

Dies war dem anderen recht. Bald begannen die Männer zu gähnen, und Indianer-Joe sagte: „Ich bin hundemüde! Du bist an der Reihe, die Wache zu übernehmen."

Er machte es sich im Unkraut bequem und fing bald an zu schnarchen. Ein paarmal stieß ihn sein Kamerad an, daraufhin war er ruhig. Bald nickte auch der Wächter ein; sein Kopf sank immer tiefer, und dann begannen beide Männer zu schnarchen.

Die Jungen atmeten tief und dankbar auf. Tom flüsterte:

„Jetzt ist's Zeit — komm!"

Huck antwortete: „Ich kann nicht — ich sterbe, wenn sie aufwachen."

Tom drängte — Huck wollte nicht. Schließlich erhob sich Tom langsam und vorsichtig und versuchte sein Glück allein. Aber schon sein erster Schritt verursachte ein solch entsetzliches Knarren im Fußboden, daß er sich in Todesangst wieder niederließ. Er versuchte es kein zweitesmal. Wieder lagen sie still und zählten die träge dahinschleichenden Minuten, bis ihnen schien, daß die Zeit längst vorbei sei und die Ewigkeit zu dämmern beginne. Freudig sahen sie, daß die Sonne endlich sank.

Plötzlich hörte Indianer-Joe auf zu schnarchen, setzte sich auf und betrachtete grimmig seinen Kameraden, dessen Kopf auf die Knie gefallen war. Er stieß ihn mit dem Fuß an und sagte:

„He! Was für'n Wächter! Gott sei Dank ist nichts passiert!"

„Himmel! Habe ich geschlafen?"

„Oh, nur so'n kleines bißchen. Wir müssen bald abhauen; was sollen wir mit dem Rest Geld anfangen, den wir noch haben?"

„Ich weiß nicht recht — laß es doch hier, wie gewöhnlich. Hat keinen Zweck, es schon jetzt mitzunehmen, bevor wir nach Texas gehen. Sechshundertfünfzig in Silber ist schon 'ne schöne Last."

„Hm — na ja — wird schon klappen, noch mal herzukommen."

„Ja, aber ich glaube, es ist besser, des Nachts herzukommen — so wie bisher."

„Ja, aber hör zu, wir werden's einfach eingraben — tief eingraben."

„Gute Idee", sagte Joes Begleiter, ging durch den Raum, kniete nieder, hob einen der hinteren Herdsteine hoch und zog einen Beutel hervor, in dem es angenehm klingelte. Er entnahm ihm zwanzig oder dreißig Dollar für sich und ebensoviel für Indianer-Joe. Dann gab er den Beutel weiter an Joe, der schon in der Ecke kniete und mit seinem Messer ein Loch in die Erde grub.

Die Jungen vergaßen ihre Ängste und Nöte in einem einzigen Augenblick. Mit neugierigen Augen beobachteten sie jede

Bewegung. So ein Glück! Das übertraf wirklich alle ihre Erwartungen! Sechshundert Dollar war genug Geld, um ein halbes Dutzend Jungen reich zu machen! Jeden Augenblick stießen sie einander an — es waren beredsame und leichtverständliche Stöße, denn sie bedeuteten ganz einfach: „Bist du j e t z t nicht froh, daß wir hier sind?"

Joes Messer stieß auf einen Widerstand.

„Oho!" sagte er.

„Was gibt's?" fragte sein Kumpan.

„Halbvermoderte Planke — nein, es ist eine Kiste, glaube ich. Komm, pack mal an, wollen sehen, was damit los ist. — Laß nur, nicht mehr nötig, ich hab' ein Loch reingebrochen."

Er steckte seine Hand in das Loch und zog sie wieder heraus.

„Mann, es ist Gold!"

Die beiden Männer untersuchten die Handvoll Münzen. Sie waren aus Gold. Oben die beiden Jungen waren genauso entzückt und aufgeregt wie die Männer.

Joes Kumpan sagte: „Wir wollen diese Sache schnell erledigen. Eben habe ich eine alte rostige Hacke gesehen. Sie steht zwischen dem Unkraut dort in der Ecke an der anderen Seite des Kamins."

Er holte die Schaufel und die Hacke der Jungen und gab beide Indianer-Joe. Der nahm sie, betrachtete sie argwöhnisch, schüttelte den Kopf, murmelte etwas vor sich hin und begann dann mit der Arbeit. Bald war die Kiste freigelegt. Sie war nicht sehr groß und mit Eisenbändern verstärkt. Gewiß war sie einmal sehr stabil gewesen, bevor die langen Jahre sie hatten morsch werden lassen. Eine Weile betrachteten die Männer den Schatz in seligem Schweigen.

„Kamerad, das sind Tausende von Dollars", sagte Indianer-Joe.

„Man munkelt, daß sich Murrels Bande einmal einen Sommer hier herumgetrieben hat", bemerkte der Fremde.

„Ich weiß", sagte Indianer-Joe, „und das hier sieht so aus, als ob es von dieser Bande stammt."

„Jetzt brauchst du doch das andere Ding nicht mehr zu drehen!"

Der Mischling runzelte die Stirn. Er sagte:

„Du kennst mich nicht. Jedenfalls weißt du nicht alles über diese Sache. Hat überhaupt nichts mit Raub zu tun — 's ist Rache!" Ein böses Licht flackerte in seinen Augen. „Ich brauche deine Hilfe dabei. Wenn das erledigt ist — dann ab nach Texas. Geh du nur nach Hause zu deiner Nance und zu deinen Gören und halte dich bereit, bis du von mir hörst."

„Gut — wenn du meinst. Was sollen wir hiermit tun — es wieder vergraben?"

„Ja." (Begeistertes Entzücken ein Stockwerk höher.) „Nein! Beim großen Häuptling, nein!" (Tiefe Niedergeschlagenheit eine Treppe höher.) „Beinahe hätte ich's vergessen: an der Hacke saß frische Erde!" (Den Jungen wurde übel vor Schreck.) „Wie kommen eine Hacke und eine Schaufel hierher? Wie kommt frische Erde dran? Wer hat sie hergebracht — und wohin sind sie gegangen? Hast du jemand gehört oder gesehen? Wie, das Geld wieder vergraben, damit die anderen gleich kommen und sehen, daß die Erde aufgewühlt ist? Nein, nein, ich denke nicht daran. Wir nehmen's mit in meine Höhle."

„Natürlich! Hätte auch eher daran denken können. Meinst du Nummer eins?"

„Nee, Nummer zwei — unter dem Kreuz. Der andere Platz ist schlecht — zu auffällig."

„Gut — ist auch bald dunkel genug, abzuhauen."

Indianer-Joe erhob sich und wanderte hin und her, von Fenster zu Fenster. Plötzlich sagte er:

„Wer kann wohl diese Geräte hergebracht haben? Glaubst du, daß sie womöglich oben sind?"

Den Jungen stockte der Atem. Indianer-Joe legte die Hand auf sein Messer, zögerte einen Augenblick unentschlossen und wandte sich dann der Treppe zu. Zuerst dachten die Jungen an den Wandschrank, waren aber so starr vor Schreck, daß sie sich nicht aufraffen konnten. Knarrend kamen die Schritte die Treppe herauf. — Der unerträgliche Gedanke an die Aussichtslosigkeit ihrer Lage weckte die Jungen aus ihrer Starre. Gerade wollten sie in den Wandschrank springen — da hörten sie das Krachen von morschem Holz: Indianer-Joe landete am Boden unter den Trümmern der zerbrochenen Treppe. Fluchend raffte er sich wieder auf, und sein Kumpan sagte:

„Weshalb nur der ganze Zauber? Wenn wirklich jemand da oben ist, warum sollen wir ihn nicht da lassen? In fünfzehn Minuten ist's dunkel — meinetwegen sollen sie uns dann folgen, wenn's ihnen Spaß macht. Ist mir doch egal. Meiner Ansicht nach muß man uns, wenn uns wirklich jemand gesehen hat, für Geister oder sonstwas halten. Ich wette, die sind längst ausgerissen."

Joe brummte noch eine Weile, stimmte dann aber seinem Freund bei, daß sie das letzte Tageslicht ausnützen und den Rückzug vorbereiten sollten. Kurz darauf schlüpften sie in der

Dämmerung aus dem Hause und wandten sich mit ihrer kostbaren Truhe dem Fluß zu.

Tom und Huck erhoben sich, noch schwach, aber doch sehr erleichtert, und starrten ihnen durch die Ritzen in der Hauswand nach. Plötzlich kam Tom ein schauriger Gedanke:

„Rache? Mensch, Huck — wenn der uns meint!"

„Guter Gott!" sagte Huck schwach.

Sie besprachen alles gründlich miteinander, und als sie die Stadt erreichten, kamen sie zu dem Ergebnis, daß Indianer-Joe vielleicht jemand anders gemeint haben könnte — oder wenigstens nur Tom, da ja nur Tom gegen ihn ausgesagt hatte.

Tom fühlte sich sehr, sehr unbehaglich, so allein der Gefahr ausgesetzt zu sein! Er war überzeugt, daß es doch für ihn leichter wäre, wenn er einen Leidensgenossen hätte.

Auf der Spur der Räuber

Die Abenteuer des Tages verfolgten Tom bis in seine Träume. Viermal schon besaß er den Schatz, und viermal zerrann er ihm unter den Händen, als er aus dem Schlaf aufwachte. Als er am nächsten Morgen alles überdachte, kam es ihm in den Sinn, daß das ganze Erlebnis gewiß ein Traum gewesen sein müsse! Die Anzahl der Geldstücke, die er gesehen hatte, war viel zu groß, als daß es wahr sein konnte. Aber er wollte sich Gewißheit verschaffen. Schnell zog er sich an, verzehrte eiligst sein Frühstück und ging los, um Huck zu suchen.

Huck saß auf dem Rand eines Flachboots, ließ seine Beine ins Wasser baumeln und sah ziemlich trübsinnig drein. Tom

beschloß, vorerst nichts zu sagen, sondern zu warten, bis Huck selber von der Sache anfing. Wenn er es nicht täte, wäre es ja bewiesen, daß das ganze Abenteuer doch nur ein Traum gewesen war.

„Tag, Huck!"

„Tag, Tom!"

Schweigen.

„Tom, wenn wir doch nur die verfluchte Hacke bei dem verrotteten Baum gelassen hätten, dann wären wir jetzt reich. Mensch, ist es nicht furchtbar?"

„Also ist es kein Traum, wirklich kein Traum! Oh, ich wünschte manchmal, es wäre einer, Huck!"

„Was ist kein Traum?"

„Die Sache von gestern. Halb hatte ich schon gedacht, es wäre einer."

„Traum! Das wär'n schöner Traum gewesen, wenn die Treppe nicht kaputtgegangen wäre! Aber hör mal: was hat's eigentlich mit dieser Nummer zwei auf sich? Ich hab' schon darüber nachgedacht. Kann's einfach nicht rauskriegen. Was meinst du, was es ist?"

„Weiß nicht. Zu unklar. Du, Huck — vielleicht ist's die Nummer von 'nem Haus!"

„Prächtig! — Ach nee, Tom, das kann's nicht sein. Wenigstens nicht in unserm kleinen Kaff, wo's doch keine Nummern gibt."

„Hm, das stimmt. Laß mich überlegen. Ja — es ist die Nummer von 'nem Raum in 'ner Schenke, weißt du!"

„Keine üble Idee! 's gibt ja nur zwei Schenken hier. Das können wir schnell rausfinden."

„Bleib hier, Huck, bis ich zurückkomme!"

Schon war Tom fortgelaufen. Er legte keinen Wert darauf, sich vor der Öffentlichkeit in Hucks Gesellschaft zu zeigen. Er blieb eine halbe Stunde weg.

Was er erfuhr, war, daß in der besten Schenke Zimmer Nummer zwei schon lange von einem jungen Rechtsanwalt bewohnt wurde. In der anderen, schäbigeren Schenke war Nummer zwei ein Geheimnis. Der junge Sohn des Wirts erklärte, daß der Raum immer verschlossen sei und er noch niemals jemand habe herauskommen oder hineingehen sehen, außer bei Nacht; er stelle sich einfach vor, daß es in diesem Zimmer „spuke". Vorige Nacht habe er ein Licht in dem Zimmer gesehen.

„Das hab' ich herausgefunden, Huck. Ich glaub', das ist die Nummer zwei, hinter der wir her sind."

„Glaub's auch, Tom. Was machen wir jetzt?"

„Laß mich nachdenken."

Tom dachte lange nach. Dann sagte er:

„Ich weiß was. Die hintere Tür von Nummer zwei führt auf die kleine Gasse zwischen der Schenke und dem alten, aus Backsteinen erbauten Laden. Paß auf, du beschaffst dir alle Türschlüssel, die du kriegen kannst, und ich nehme die von Tante Polly. In der ersten dunklen Nacht wollen wir hingehen und sie versuchen. Klar?"

Schon in derselben Nacht standen Tom und Huck auf dem Sprung, um ihr Vorhaben in die Tat umzusetzen. Bis nach neun Uhr lungerten sie in der Nähe der Schenke herum; der eine beobachtete die Gasse und der andere die Schenkentür. Niemand betrat jedoch die Gasse oder verließ sie; niemand, der dem Spanier ähnlich sah, betrat oder verließ die Schenke. Es schien eine klare, helle Nacht zu werden, und darum ging Tom nach Hause. Vorher vereinbarten sie für den Fall, daß die Nacht doch noch stockfinster würde, Huck solle kommen und miauen, damit sie dann ihre Schlüssel probieren könnten.

Aber die Nacht blieb klar, und gegen zwölf legte sich auch Huck auf sein Lager in einem leeren Zuckerfaß.

Am Dienstag hatten die Jungen das gleiche Pech, und ebenfalls am Mittwoch. Aber die Nacht des Donnerstags schien besser zu werden. Tom schlüpfte aus dem Hause. Er war ausgerüstet mit der alten Blechlaterne seiner Tante und einem großen Handtuch, mit dem er die Laterne abblenden wollte. Er versteckte die Laterne in Hucks Zuckerfaß, und die Wache begann. Eine Stunde vor Mitternacht wurde die Schenke geschlossen, und die Lichter gingen aus. Kein Spanier hatte sich sehen lassen. Niemand war durch die Gasse gekommen. Alles war günstig; es herrschte dunkelste Finsternis, und die Stille wurde nur ab und zu vom entfernten Rollen eines Donners unterbrochen.

Tom lief, seine Laterne zu holen, zündete sie im Zuckerfaß an und wickelte sorgsam das Handtuch darum. Dann schlichen die beiden Abenteurer durch die Dunkelheit der Schenke zu. Huck stand Wache, und Tom tastete sich seinen Weg durch die Gasse. Dann folgte für Huck eine lange, spannungsvolle Wartezeit, die sich wie ein Alpdruck auf sein Gemüt legte. Stunden schienen ihm vergangen zu sein, seit Tom verschwunden war. Dann jedoch blitzte ein Licht auf — Tom kam auf ihn zugerannt.

„Lauf!" keuchte er. „Lauf um dein Leben!"

Er hätte es nicht zu wiederholen brauchen, einmal war genug; denn schon rannte Huck mit einigen zwanzig Meilen Stundengeschwindigkeit los. Erst als sie das einsame Schlachthaus am anderen Ende der Stadt erreicht hatten, hielten die Jungen an. Sobald Tom wieder zu Atem gekommen war, sagte er:

„Huck, es war schrecklich! Ich versuchte zwei von den Schlüsseln so behutsam, wie ich nur konnte; aber sie machten solch einen gewaltigen Lärm, daß ich fast vor Schrecken umgefallen wäre. Sie ließen sich auch nicht drehen im Schloß. Ich drücke, ohne zu merken, was ich tue, vorsichtig auf die Klinke, und die Tür springt auf. Sie war gar nicht abgeschlossen! Ich schleiche hinein, wickele die Laterne aus dem Handtuch und — Mensch, ich krieg' noch 'nen Schlag, wenn ich dran denke!"

„Was — was hast du gesehen, Tom?"

„Huck, ich hätt' Indianer-Joe fast auf die Hand getreten!"

„Ich werd' verrückt!"

„Ja! Er lag schlafend auf dem Fußboden, 'nen alten Lappen auf dem einen Auge und die Arme ausgebreitet. Ich glaub', er war besoffen. Ich hab' mir dann nur das Handtuch geschnappt und bin losgerannt!"

„Ich wette, ich hätte niemals an das Handtuch gedacht!"

„Pah, meine Tante würde mir was anderes gesagt haben, wenn ich's verloren hätte."

„Sag, Tom, hast du die Kiste gesehen?"

„Nee, Huck, ich hab' mich gar nicht umgesehen. Aber von jetzt an müssen wir die Schenke Tag und Nacht beobachten, dann werden wir ja wissen, wann er drin ist und wann nicht. Und wenn er dann weg ist, schnappen wir die Kiste schneller als der Blitz."

„Ist mir recht."

„Huck, ich geh' jetzt nach Hause, in zwei Stunden wird's hell. Bis morgen also."

Die erste erfreuliche Neuigkeit, die Tom am Freitagmorgen hörte, war, daß Richter Thatchers Familie am vorigen Abend von ihrer Ferienreise zurückgekehrt war. Indianer-Joe und seine Schatzkiste traten für eine Weile hinter diesem Ereignis zurück, und die Aufmerksamkeit des Jungen galt Becky. Schließlich gelang es Becky auch, das lang versprochene und immer wieder aufgeschobene Picknick von ihrer Mutter zu erbetteln. Tom freute sich.

Am nächsten Morgen versammelte sich eine kichernde und ausgelassene Gesellschaft bei Richter Thatcher. Alles war zum Aufbruch bereit, und bald wanderte die übermütige Schar, mit Proviantkörben beladen, die Hauptstraße entlang. Die alte Dampffähre war für diesen großen Tag gemietet worden. Beim Abschied sagte Frau Thatcher zu Becky:

„Ihr werdet gewiß erst spät zurückkommen. Vielleicht ist es besser, wenn du über Nacht bei einem Mädchen bleibst, das nahe bei der Anlegestelle der Fähre wohnt, mein Kind."

„Dann bleibe ich bei Susy Harper, Mama."

Etwa drei Meilen unterhalb der Stadt machte die Fähre vor einer bewaldeten Bucht fest, und die Fahrgäste gingen an Land. Bald hallten die Wälder und die felsigen Höhen nah und fern vom Lachen und Schreien der lustigen Schar wider. Plötzlich rief jemand:

„Wer geht mit zur Höhle?"

Jeder wollte mit. Kerzen wurden hervorgeholt, und sofort machten sich alle auf den Weg. Der Eingang der Höhle lag auf einem Hügel. Die massive Eichentür stand offen. Zuerst betrat man eine kleine Kammer, in der es so eisig war wie in einem Eiskeller. Allmählich bewegte sich der Zug den steilen Hauptweg der Höhle hinunter, der nicht mehr als acht oder zehn Fuß breit war. Niemand kannte die Höhle genau, denn das war unmöglich. Es wurde gesagt, daß man tagelang wandern könnte, ohne das Ende zu finden.

Bald begannen einige Gruppen und Paare, in Seitenwege zu schlüpfen und durch die schaurigen Gänge zu huschen, sie stießen dann überrascht an den Stellen, wo sich die Gänge vereinigten, wieder aufeinander.

Allmählich erschien jedoch ein Grüppchen nach dem anderen wieder am Eingang der Höhle, keuchend, vergnügt, von Kopf bis Fuß mit Kerzentalg beschmiert, aber hell begeistert von diesem wunderschönen Tag.

Huck stand schon wieder Wache, als die Lichter des Fährboots an der Anlegestelle vorbeiglitzerten. Es schien eine dunkle Nacht zu werden, denn der Himmel war bewölkt. Um elf Uhr wurden die Lichter der Schenke gelöscht, und jetzt herrschte völlige Dunkelheit. Huck wartete eine lange Zeit, aber nichts geschah.

Plötzlich schlug ein Geräusch an sein Ohr. Sofort war er hellwach. Die Hintertür der Schenke wurde leise geschlossen, und im nächsten Augenblick huschten zwei Männer an ihm vorüber, von denen der eine etwas unter dem Arm trug. Es mußte die Schatzkiste sein. Sie wollten also das Geld fortbringen.

Vorsichtig und behutsam glitt Huck hinter ihnen her, katzengleich, mit bloßen Füßen. Sie gingen die Flußstraße hinauf und bogen dann links in eine Querstraße ein. Sie gingen so lange geradeaus, bis sie an den Pfad kamen, der zum Cardiff-Hügel führte. Am Haus des alten Walisers gingen sie vorbei, ließen den Steinbruch rechts liegen und kletterten bis auf den Rücken des Hügels. Plötzlich waren sie in den hohen Büschen am Rande eines Fußweges verschwunden.

Huck hörte das Schlagen seines Herzens. Hatte er sie aus den Augen verloren? Gerade wollte er seine Schritte beschleunigen, als sich ein Mann keine zwei Schritt von ihm entfernt räusperte.

Huck wußte, wo er war: kaum fünf Schritt vom Zaun entfernt, der das Grundstück der Witwe Douglas umgab.

Jetzt hörte er eine sehr gedämpfte Stimme — die von Indianer-Joe:

„Verdammt, sie scheint ja noch Besuch zu haben, und es ist doch schon so spät."

Hucks Herz stand für einen Augenblick still. Der Witwe Douglas also galt die Rache des Halbbluts!

„Ja", erwiderte der andere jetzt, „sie scheint tatsächlich Besuch zu haben. Laß uns die ganze Sache doch aufgeben, Joe."

„Aufgeben? Nee, dann habe ich nie wieder eine Gelegenheit. Ihr Mann ist ja längst tot, aber Rache kann ich auch an ihr nehmen. Weißt du, er hat mich einmal auspeitschen lassen, und die ganze Stadt durfte zuschauen. Auspeitschen — verstehst du? Er ist ja leider tot, aber ihr werde ich's dafür geben."

„Oh, töte sie aber nicht. Tu's nicht!"

„Töten? Nein, eine Frau tötet man doch nicht — der verschnippelt man ein bißchen das Gesicht — der schlitzt man die Nasenflügel oder die Ohren auf!"

„Mein Gott, das ist . . ."

„Deine Ansicht darfst du für dich behalten. Ich binde sie am Bett fest, und wenn sie verblutet, ist's nicht meine Schuld. Du hilfst mir dabei, Freundchen — um meinetwillen. Allein könnt' ich's vielleicht nicht schaffen. Wenn du aber versuchst zu fliehen, dann mache ich dich kalt. Und wenn ich dich kalt machen muß, dann bringe ich sie auch gleich um. So, und jetzt wollen wir in aller Ruhe abwarten, bis ihr Besuch geht — wir haben ja Zeit."

Das Schweigen, das jetzt folgte, war noch schrecklicher für Huck als das Mordgespräch. Er hielt den Atem an und trat behutsam einen Schritt zurück. Mit unendlicher Sorgfalt tat er den zweiten Schritt, dann den dritten und vierten und — ein Zweig knackte unter seinem Fuß! Sein Atem stockte, und er lauschte. Nichts. Er drehte sich um und rannte davon, weiter, immer weiter, bis er das Haus des Walisers erreichte. Er schlug an die Tür, und bald darauf steckten der alte Mann und seine beiden Söhne die Köpfe aus dem Fenster.

„Schnell, laßt mich rein, ich werd' alles erzählen. Ich bin Huckleberry Finn."

„Huckleberry Finn, so, so. Ist ja eigentlich kein Name, dem sich viele Türen öffnen, fürchte ich. Aber komm herein."

Drei Minuten später zogen der alte Mann und seine Söhne gut bewaffnet den Hügel hinauf. Auf Zehenspitzen schlichen sie den Pfad entlang. Huck begleitete sie nicht weiter. Er versteckte sich hinter einem großen Felsblock und lauschte. Eine tiefe, angstvolle Stille folgte, dann urplötzlich Gewehrschüsse und ein Schrei.

Huck wartete nicht mehr, bis er Näheres zu hören bekam. Er sprang auf und jagte den Hügel hinunter, so schnell ihn seine Füße trugen.

Doch am nächsten Morgen kletterte Huck wieder den Hügel hinauf zum Hause des Walisers.

„Nein, sie sind nicht tot, Huck", erzählte der alte Mann, „und das tut uns sehr leid. Ich glaube, unsere Kugeln haben sie nicht einmal gestreift. Sie feuerten auch, als sie fortliefen, aber wir kamen ohne Schaden davon."

Huck war beunruhigt — wo war die Schatzkiste jetzt?

In der Höhle verirrt

Heute kam jeder rechtzeitig zur Kirche. Das aufrüttelnde Ereignis der letzten Nacht wurde gründlich besprochen. Bis jetzt hatte man noch keine Spur von den beiden Halunken entdeckt. Nach dem Gottesdienst ging Frau Thatcher auf Frau Harper zu und sagte:

„Will meine Becky denn den ganzen Tag schlafen? Aber sie muß ja auch todmüde sein!"

„Ihre Becky?"

„Ja", erwiderte Frau Thatcher erschrocken, „ist sie denn die Nacht nicht bei Ihnen geblieben?"

„Aber nein!"

Frau Thatcher wurde blaß und sank auf einen Kirchenstuhl. In diesem Augenblick kam Tante Polly vorbei, die sich lebhaft mit einer Freundin unterhielt. Sie sagte zu Frau Thatcher:

„Guten Morgen. Ich glaube, Tom hat Angst, zur Kirche zu kommen, denn ich habe noch ein Hühnchen mit ihm zu rupfen. Er ist nämlich in der letzten Nacht nicht nach Hause gekommen, und ich glaube, er hat in Ihrem Hause übernachtet."

Frau Thatcher schüttelte schwach den Kopf und wurde noch blasser.

„Er ist auch nicht bei uns geblieben", sagte Frau Harper beunruhigt. Jetzt trat deutlich ein sorgenvoller Zug in Tante Pollys Gesicht.

„Joe, hast du meinen Tom heute morgen gesehen?"

„Nein."

„Wann hast du ihn zuletzt gesehen?"

Joe Harper versuchte, sich zu erinnern, konnte es aber nicht mehr genau sagen. Die Leute waren jetzt stehengeblieben, ein Geflüster ging von Mund zu Mund, und große Besorgnis stand in allen Gesichtern geschrieben. Schließlich platzte ein junger Mann unüberlegt mit der Befürchtung heraus, die Kinder könnten vielleicht noch in der Höhle sein! Frau Thatcher fiel in Ohnmacht, und Tante Polly weinte und rang die Hände.

Die Neuigkeit von dieser schrecklichen Vermutung flog von Nachbar zu Nachbar, von Gruppe zu Gruppe und von Straße zu Straße. Innerhalb von fünf Minuten läuteten die Glocken Sturm, und die ganze Stadt war in Aufruhr. Pferde wurden gesattelt, Boote bemannt, die Fähre gemietet, und bevor die Schreckensnachricht eine halbe Stunde alt war, strömten zweihundert Männer die Straße und den Fluß entlang in der Richtung nach der Höhle. Die ganze folgende Nacht wartete die Stadt auf Nachricht, aber als der Morgen schließlich dämmerte, war alles, was man hörte: „Schickt mehr Kerzen und Verpflegung!"

Gegen Vormittag kamen Gruppen von erschöpften Männern zum Städtchen zurück. Andere, die mehr Ausdauer besaßen, suchten jedoch weiter. Drei schreckliche Tage und Nächte schlichen dahin, und das Städtchen versank in Hoffnungslosigkeit.

Nun zurück zum Picknick! Tom und Becky gingen zusammen mit den anderen Kindern durch die düsteren Gänge und besichtigten die allgemein bekannten Sehenswürdigkeiten der Höhle, die recht schwülstige Namen hatten wie „Das Gesellschaftszimmer", „Die Kathedrale" oder „Aladins Palast". Bald spielten sie mit den anderen Verstecken, bis sie müde wurden. Dann wanderten sie den gewundenen Gang entlang, hielten ihre Kerzen hoch und entzifferten das verwirrende Durcheinander von Namen, Daten, Anschriften und Sprüchen, mit denen die felsigen Wände bemalt waren.

Während sie weiter und weiter schlenderten und sich dabei unterhielten, bemerkten sie kaum, daß sie sich inzwischen in einem Teil der Höhle befanden, dessen Wände nicht bemalt waren. Mit Kerzenruß schrieben sie ihre eigenen Namen an die Wand und schlenderten weiter. Nach einer Weile wurden sie müde und setzten sich, um für kurze Zeit zu rasten. Jetzt empfanden sie zum erstenmal die tiefe Stille um sich her, die sich plötzlich bedrückend auf ihre Gemüter legte.

Becky sagte: „Nanu, ich habe gar nicht darauf geachtet, aber es scheint doch schon eine lange Zeit her zu sein, seit ich die anderen zuletzt gehört habe."

„Wir sind ja auch tief unterhalb von ihnen, Becky, und außerdem wer weiß wie weit nördlich, südlich oder östlich. Wir können sie gar nicht hören."

Becky wurde ängstlich. „Laß uns zurückgehen, Tom."

„Ja, es ist wohl besser. Kann sein, daß es besser ist."

„Kannst du den Weg finden, Tom? Für mich ist das alles ein heilloses Durcheinander — ich würde mich überhaupt nicht mehr zurechtfinden."

„Ich glaube schon."

Sie gingen durch einen langen Gang zurück und schauten in jede kleine Abzweigung, ob sie ihnen vielleicht bekannt vorkäme. Aber alles war ihnen fremd. Toms Zuversicht schwand mehr und mehr, und schließlich begann er blindlings, Seitenwege einzuschlagen, in der Hoffnung, den gesuchten Gang zu finden. Furchtsam klammerte sich Becky an ihn und versuchte vergebens, ihre Tränen zurückzuhalten. Schließlich rief sie:

„Tom, Tom, wir sind verloren, wir sind verloren! Wir kommen nie mehr hier heraus! Oh, warum haben wir uns nur von den anderen getrennt!"

Sie sank zu Boden und begann, so herzzerreißend zu weinen, daß Tom befürchtete, sie würde sterben oder ihren Verstand verlieren. Er setzte sich zu ihr und schlang die Arme um sie; sie klammerte sich an ihn und weinte und klagte, aber das Echo verwandelte all ihr Jammern in grelles Gelächter.

Mit einiger Mühe konnte Tom sie wieder beruhigen, und sie gingen weiter — planlos. Nach einer langen Pause sagte Becky:

„Tom, ich bin so hungrig."

Tom nahm etwas aus seiner Tasche. „Weißt du, was das ist?" fragte er.

Becky lächelte fast. „Es ist unser Hochzeitskuchen, Tom. Ich hab' ihn beim Picknick aufgehoben — zur Erinnerung, weißt du . . ."

„Ja, ich wollte, er wäre so groß wie ein Faß — es ist alles, was wir haben."

Tom teilte den Kuchen, und Becky aß mit großem Appetit. Tom hingegen knabberte nur an seinem Anteil.

„Tom?"

„Ja?"

„Man wird uns vermissen und nach uns suchen!"

„Gewiß, das werden sie!"

„Wann werden sie uns wohl vermissen?"

„Ich weiß nicht, aber deine Mutter wird sicher nach dir fragen, wenn du nicht mit dem Boot heimkommst."

Becky erschrak, und Tom wußte, daß er einen Fehler gemacht hatte. Sie hatte diese Nacht ja gar nicht nach Hause kommen, sondern bei Harpers bleiben wollen! Die Kinder hefteten ihre Augen auf den letzten Kerzenstummel, der ihnen geblieben war, und beobachteten, wie er langsam und mitleidlos schmolz; sie sahen die schwache Flamme noch einmal aufzucken — dann herrschte tiefe Finsternis!

Tom hatte eine Idee. In der Nähe gab es einige Seitengänge, und da war es gewiß besser für ihn, diese auszukundschaften, als die Zeit müßig zuzubringen. Er zog eine Drachenschnur aus seiner Tasche, befestigte sie an einem Vorsprung und machte sich mit Becky auf den Weg. Tom führte und wickelte, während er sich vorwärts tastete, die Leine ab. Nach ungefähr zwanzig Schritten endete der Gang vor einem Abgrund. Tom kniete nieder und tastete mit den Händen nach unten und nach allen Seiten. In diesem Augenblick erschien hinter einem Felsvorsprung, keine 20 Meter weit weg, eine menschliche Hand, die eine Kerze hielt!

Tom stieß einen triumphierenden Schrei aus — und sofort kam der Mann zum Vorschein, dem diese Hand gehörte. Es war Indianer-Joe! Tom war wie gelähmt, er konnte sich nicht mehr bewegen. Er war unendlich dankbar, daß der „Spanier" im nächsten Augenblick seine Beine in die Hand nahm und verschwand.

Tom war so erschrocken, daß er mit Becky sofort einen anderen Weg einschlug. Er sagte ihr, er habe nur so aufs Geratewohl gerufen, ohne besonderen Grund. Als sie das nächstemal rasteten, schliefen sie vor Erschöpfung ein, doch nicht lange danach erwachten sie, gepeinigt von rasendem Hunger. Tom glaubte, es müsse Mittwoch oder Donnerstag, vielleicht auch schon Freitag oder gar Sonnabend sein, und er fürchtete, man habe die Suche nach ihnen gewiß längst aufgegeben. Aber noch einmal wollte er einen Gang erkunden. Es war ihm jetzt gleich, ob er wiederum auf Indianer-Joe traf oder nicht.

Nur war Becky jetzt sehr schwach. Sie wollte nicht mitgehen, sagte sie, sondern warten und sterben — es würde gewiß nicht mehr lange dauern. Aber sie beschwor ihn, ab und zu zurückzukommen und mit ihr zu sprechen; und er mußte versprechen, bei ihr zu bleiben und ihre Hand zu halten, wenn es mit ihr zu Ende gehe.

Tom küßte sie und kroch dann auf allen vieren den Gang entlang, krank vor Hunger und Elend.

Mitten in der Nacht von Dienstag auf Mittwoch tönten die Glocken des Städtchens laut, und im nächsten Augenblick waren die Straßen voll von aufgeregten, halb angezogenen Menschen, die riefen: „Kommt heraus! Kommt heraus! Man hat sie gefunden!"

Alle Fenster waren hell; niemand ging wieder zu Bett, und es war die glanzvollste Nacht, die das kleine Städtchen je gesehen hatte. Die Menge strömte zum Hause des Richters Thatcher, umarmte die Geretteten, küßte sie und drückte Frau Thatchers Hand. Man versuchte zu sprechen und brachte keinen Ton heraus — und schließlich ließ man sich wieder hinausdrängen — mit tränenüberströmtem Gesicht.

Tom lag auf einem Sofa — eine begierig lauschende Zuhörerschaft um sich herum, und erzählte die Geschichte des wunderbaren Abenteuers, das er mit vielen schmückenden Zusätzen versah. Am Schluß beschrieb er, wie er Becky allein zurückgelassen hatte und so lange zwei Gängen gefolgt war, bis seine Drachenleine fast zu Ende war. Dann war er einem dritten Gang nachgegangen und hatte gerade umkehren wollen, als er ein kleines, weit entferntes Fleckchen bemerkte, das wie Tageslicht aussah. Da hatte er seine Drachenschnur weggelegt und war auf das Fleckchen zugerutscht, und schließlich hatte er seinen Kopf und seine Schultern durch ein kleines Loch geschoben und den großen Mississippi vorbeirauschen sehen! Da war er gegangen, um Becky zu holen, und als sie draußen gewesen waren, hatten sie beide vor Freude geweint.

Die drei Tage des Hungers und der Strapazen in der Höhle ließen sich nicht leicht abschütteln — das fanden Tom und Becky bald heraus. Tom durfte am Donnerstag aufstehen, aber Becky verließ ihr Zimmer erst am Sonntag, und auch dann sah sie noch aus, als hätte sie gerade eine schwere Krankheit überstanden.

Der Schatz wird geborgen

Ungefähr vierzehn Tage nach der Rettung ging Tom, um Becky zu besuchen. Der Richter sagte zu ihm:

„Tom, jetzt besteht keine Gefahr mehr, daß sich jemand in der Höhle verirrt."

„Wieso?"

„Ich habe vor zwei Wochen die schwere Tür mit Eisen beschlagen lassen und dreifach verschlossen — und die Schlüssel sind bei mir in Verwahrung."

Tom wurde leichenblaß.

„Was ist dir, Junge? Sprich!"

„Aber — aber Indianer-Joe ist doch in der Höhle!"

Innerhalb von wenigen Minuten verbreitete sich diese Neuigkeit in der ganzen Stadt, und sofort machte sich eine große Anzahl Männer auf den Weg zur Höhle.

Als die Tür aufgeschlossen wurde, bot sich im trüben Licht des Höhleneingangs ein grausiges Bild. Indianer-Joe lag ausgestreckt auf dem Boden, tot, das Gesicht ganz nahe an dem Spalt der Tür, so, als wären seine Augen bis zum letzten Augenblick sehnsüchtig auf das Licht und die weite Welt draußen gerichtet gewesen. Zu anderen Zeiten konnte man gewöhnlich in den

Rissen der Wände ein halbes Dutzend Kerzenstummel finden, die Touristen dort gelassen hatten — jetzt sah man nicht einen einzigen. Der Gefangene mußte sie zusammengesucht und gegessen haben. Er hatte es sogar fertiggebracht, einige Fledermäuse zu fangen und zu essen, denn er hatte nur die Klauen zurückgelassen. Indianer-Joe war regelrecht verhungert! Man begrub ihn nahe dem Eingang der Höhle.

Am Morgen nach der Beerdigung nahm Tom Huck beiseite, um etwas Wichtiges mit ihm zu besprechen.

„Huck, die Schatzkiste ist niemals in der Schenke gewesen — sie ist in der Höhle!"

Hucks Augen leuchteten auf.

„Sag das noch mal, Tom!"

„Das Geld ist in der Höhle."

„Tom, sei jetzt ehrlich — machst du Spaß, oder ist es dein Ernst?"

„Wirklich und wahrhaftig, Huck! Gehst du mit, die Kiste hinaufzuschaffen?"

„Klar! Hoffentlich verirren wir uns aber nicht!"

„Keine Sorge! Laß uns sofort aufbrechen! Wir müssen nur etwas Brot und Fleisch und unsere Pfeifen mitnehmen, außerdem zwei oder drei Drachenschnüre und 'n paar von diesen neumodischen Dingern, die man Streichhölzer nennt."

Kurz nach Mittag „liehen" sich die beiden Jungen ein kleines Boot und machten sich auf den Weg. Als sie einige Meilen unterhalb des Höhleneingangs waren, sagte Tom:

„Siehst du, dieses Steilufer sieht doch überall gleich aus — keine Häuser, keine Holzplätze, immer nur Büsche. Aber siehst du den weißen Flecken dort oben, wo der Erdrutsch gewesen ist? Das ist einer meiner Anhaltspunkte. Hier müssen wir an Land gehen."

Sie gingen an Land.

„Nun, Huck, von hier aus, wo wir jetzt stehen, könnte man mit einer Angelrute an das Loch heranreichen, aus dem ich rausgekrochen bin. Sieh mal, ob du es finden kannst."

Huck suchte überall herum, fand aber nichts. Da marschierte Tom stolz in ein dickes Gestrüpp hinein und sagte:

Hier! Guck dir das an, Huck. Dies ist das pfundigste Loch, das es gibt. Halt bloß den Mund darüber! Ich wollte schon immer Räuber werden. Jetzt haben wir endlich den richtigen Schlupfwinkel, und den werden wir geheimhalten. Wir lassen nur Ben Rogers und Joe Harper rein, denn selbstverständlich gehört 'ne Bande dazu, sonst wär' die ganze Sache stillos. ‚Tom Sawyers Bande'! Klingt toll, was, Huck?"

„Hm, das tut's wirklich, Tom."

Jetzt krochen die Jungen in das Loch, Tom vorneweg.

Sie arbeiteten sich vor bis zum Ende des schmalen Ganges, befestigten dort die Drachenschnur und gingen weiter. Nach ein paar Schritten erreichten sie die Stelle, wo der Dochtrest von Toms letzter Kerze auf einem Lehmklumpen lag. Tom beschrieb Huck, wie er und Becky die Flamme beobachtet hatten, als sie noch einmal aufgezuckt und dann verglommen war.

Die Jungen sprachen immer leiser, bis sie nur noch flüsterten; die Stille und die Dunkelheit bedrückten sie. Sie gingen weiter und folgten jetzt dem anderen Gang, bis sie die Stelle erreichten, wo Tom den Abgrund entdeckt hatte. Im Kerzenlicht konnten sie nun sehen, daß es in Wirklichkeit gar kein Abgrund war, sondern nur ein steiler Lehmabhang. Tom flüsterte:

„Jetzt werd' ich dir mal was zeigen, Huck!" Er hielt seine Kerze hoch. „Guck mal so weit um die Ecke, wie du kannst. Siehst du was? Da, auf dem großen Stein drüben — aus Kerzenruß!"

„Tom, das ist ein Kreuz!"

„Nun, wie steht's jetzt mit deiner Nummer zwei? Unter dem Kreuz, he? Gerade da ist es, wo ich Indianer-Joe an seiner Kerze herumfummeln sah."

Huck starrte eine Weile auf das geheimnisvolle Zeichen und sagte dann mit zitternder Stimme: „Tom, laß uns hier abhauen!"

„Und den Schatz im Stich lassen?"

„Ja, im Stich lassen! Der Geist von Indianer-Joe ist sicher hier in der Nähe."

Plötzlich hatte Tom eine Idee. „Sieh mal, Huck, wir machen uns ja lächerlich. Der Geist von Indianer-Joe kommt doch nicht dahin, wo'n Kreuz ist."

Das war ins Schwarze getroffen, und es tat seine Wirkung. „Nun gut", sagte Huck, „klettern wir also hier runter und suchen die Kiste."

Die Jungen untersuchten drei der großen Felsen vergeblich. Schließlich setzten sie sich entmutigt hin. Nach einer Weile sagte Tom:

„Guck mal hier, Huck, da sind Fußspuren und Kerzenwachs auf dem Lehm nur an der einen Seite dieses Felsens, aber nicht an der anderen Seite. Na, weshalb? Ich wette, das Geld ist unter dem Stein! Ich grabe mal im Lehm."

Im Nu hatte Tom sein Messer gezogen. Er war noch keine vier Zoll tief im Lehm, da traf er auf Holz. Nun begann auch Huck, zu graben und zu kratzen. Bald waren ein paar Bretter freigelegt und beiseitegeschafft. Ein Spalt wurde sichtbar.

Tom bückte sich und kroch unter den Fels. Der schmale Gang senkte sich allmählich, und Tom folgte seinen Windungen, zuerst nach rechts, dann nach links. Huck kroch gleich hinter ihm her. Nach einer Weile kam eine sehr scharfe Kurve, und dann rief Tom:

„Meine Güte, Huck, guck mal hier!"

Kein Zweifel, das war die Schatzkiste! Sie lag in einer versteckten kleinen Grotte neben einem leeren Pulverfaß, ein paar Pistolen, zwei bis drei Paar Mokassins, einem Ledergürtel und einigem anderen alten Gerümpel.

„Endlich haben wir's!" rief Huck und wühlte mit seinen Händen in den Münzen. „Mensch, sind wir reich, Tom!"

Die Kiste wog ungefähr fünfzig Pfund. Tom konnte sie zwar mit einiger Mühe anheben, aber nicht ohne weiteres tragen.

„Das habe ich mir gedacht", sagte er. „Ich schätze, es ist gut, daß ich kleine Beutel mitgenommen habe."

Das Geld war schnell in den Säckchen verstaut, und die Jungen trugen sie durch das Loch ins Freie. Sie sahen, daß die Luft rein war, setzten sich in ihr Boot und legten ab. Gleich nach Einbruch der Dunkelheit landeten sie.

„Komm, Huck", sagte Tom, „wir verstecken das Geld bei der Witwe auf dem Boden des Holzschuppens. Ich komme dann am Morgen wieder dahin, und wir zählen und teilen es, und dann suchen wir uns eine Stelle im Wald, wo wir es sicher verstecken können. Bleib du nur ruhig hier und paß auf das Zeug auf, bis ich Benny Taylors kleinen Karren besorgt habe. Ich bin in einer Minute zurück."

Er verschwand und erschien kurz darauf wieder mit dem Karren. Er legte die zwei kleinen Säcke hinein, warf ein paar Lumpen darüber, und sie fuhren ab.

Beim Haus des Walisers machten sie Rast, Als sie gerade weiterziehen wollten, kam der Waliser heraus und fragte: „Hallo, wer ist denn das?"

„Huck Finn und Tom Sawyer."

„Gut, kommt mit mir, Jungens. Ihr habt schon alle warten lassen. Los, beeilt euch, geht voraus, ich ziehe den Karren für euch. — Wie, er ist nicht so leicht, wie man annehmen sollte! Habt ihr Ziegelsteine darin oder Altmetall?"

„Altmetall", sagte Tom.

Die Jungen fragten den Waliser, warum er es so eilig habe, aber der antwortete kurz: „Darum kümmert euch nur nicht! Ihr werdet's schon sehen, wenn ihr zur Witwe Douglas kommt."

Huck, der seit langem daran gewöhnt war, irgendwelcher Dinge beschuldigt zu werden, die er nicht getan hatte, sagte ahnungsvoll:

„Herr Jones, w i r haben nichts getan!"

Der Waliser lachte. „Ich weiß nicht, Huck, ich weiß nicht, wie es damit steht. Bist du nicht mit der Witwe befreundet?"

„Ja, jedenfalls ist sie immer freundlich zu mir gewesen."

„Dann ist's ja gut."

Kurz darauf fanden sich Huck und Tom in Frau Douglas'
Wohnzimmer wieder. Der Raum war großartig beleuchtet, und
alle Bewohner des Städtchens, die irgendwelches Ansehen genossen, waren darin versammelt. Die Thatchers waren da, die
Harpers, die Rogers. Tante Polly, Sid, Mary, der Pastor, der
Mann von der Zeitung und viele andere, alle gut gekleidet.
Die Witwe empfing die beiden Jungen so herzlich, wie man
zwei solche mit Lehm und Kerzenwachs beschmierte Gestalten
nur eben empfangen kann.

„Kommt mit mir, Jungens", sagte die Witwe. Sie nahm sie
mit in ein Schlafzimmer und sagte: „Nun wascht euch und zieht
euch an. Hier sind zwei neue Anzüge, Hemden, Socken und
anderes. Wir warten auf euch."

Huck sagte: „Tom, ich bin nicht an diese Art Leute gewöhnt.
Ich halt's nicht aus. Ich gehe nicht mit nach unten, Tom."

„Ach, Quatsch! Mir macht das gar nichts aus. Ich werd'
schon auf dich aufpassen."

Sid erschien.

„Hör mal, Sid, wozu wird eigentlich dieser ganze Kram
veranstaltet?"

„Das ist doch nur eine von den Gesellschaften der Witwe,
die sie immer gibt. Diesmal ist's für den Waliser und seine
Söhne, weil sie ihr doch damals in der Nacht geholfen haben.
Aber ich kann dir noch was anderes sagen, wenn du's hören
willst."

„Was ist es, Sid?"

„Nun, Herr Jones hat eine Überraschung für die Leute
heute abend. Ich hab' gehorcht, als er Tante Polly heimlich
davon erzählt hat. Aber es ist kein Geheimnis mehr — jeder
weiß schon davon."

„Wovon?"

„Daß Huck den Räubern bis zum Haus der Witwe nachge-
schlichen ist. Herr Jones wollte das alles ja ganz großartig
spannend machen, aber ich wette, es wird ziemlich kümmerlich
ausfallen."

Einige Minuten später saßen alle Gäste der Witwe an der
Abendtafel. Zur passenden Zeit begann Herr Jones mit seiner
kleinen Rede, in der er der Witwe für die Ehre dankte, die sie
seinen Söhnen und ihm bezeigte. Es sei aber noch eine andere
Person mit im Spiel, deren Bescheidenheit ... und so weiter
und so fort.

Zum Schluß lüftete er sein Geheimnis über Hucks Anteil an
dem Abenteuer. Er tat das in gewählter, mitreißender Art, und
die Witwe Douglas verstand es sehr gut, größte Überraschung
vorzutäuschen. Sie sagte, sie wolle Huck ein Heim unter ihrem
Dach geben und ihn erziehen lassen.

Jetzt war Toms Augenblick gekommen. Er sagte: „Huck
braucht's nicht! Huck ist reich!"

Das Schweigen, das jetzt folgte, war ein wenig unangenehm.
Tom unterbrach die Stille, indem er sagte:

„Huck hat wirklich Geld. Vielleicht glaubt ihr's nicht, aber er hat 'ne ganze Masse. Oh, ihr braucht nicht zu lachen — ich kann's euch zeigen. Wartet nur 'ne Minute."

Nach einer kleinen Weile kam Tom wieder herein, keuchend unter der Last seiner Säcke. Er schüttete die gelben Münzen auf den Tisch und sagte:

„Da — was habe ich euch gesagt? Die eine Hälfte davon gehört Huck und die andere mir."

Alle hielten den Atem an. Sie starrten auf den Tisch, und für einen Augenblick sprach keiner ein Wort. Und dann berichtete Tom. Als er geendet hatte, sagte Herr Jones:

„Ich dachte, ich hätte eine große Überraschung für Sie alle gehabt, aber sie ist nun nichts mehr wert — das gebe ich gern zu."

Das Geld wurde gezählt; es waren etwas über zwölftausend Dollar. Das war mehr, als einer der Anwesenden jemals auf einem Haufen gesehen hatte.

Hucks Reichtum und die Tatsache, daß er jetzt in der Obhut der Witwe war, führten ihn in die Gesellschaft ein — nein, diese Umstände zogen ihn, zwangen ihn sogar hinein —, und seine „Leiden" gingen fast über das Maß des Erträglichen hinaus. Die Dienerschaft der Witwe hielt ihn sauber und ordentlich, kämmte und bürstete ihn und steckte ihn abends in ein scheußlich sauberes Bett. Er mußte mit Messer und Gabel essen; er mußte Serviette, Tasse und Teller gebrauchen; er mußte in die Kirche gehen — kurz: das Haus der Witwe Douglas wurde für ihn zu einer Folterkammer.

Tapfer ertrug er dieses Elend drei lange Wochen, aber dann war er eines Tages verschwunden. Achtundvierzig Stunden lang ließ die Witwe nach ihm suchen, und die Bürger des Städtchens halfen ihr dabei. Schließlich fand Tom Sawyer den Flüchtling, als er am dritten Morgen klugerweise an den leeren Fässern vorüberbummelte, die hinter der alten Schlachterei lagen.

Huck hatte schon gefrühstückt und lag nun behaglich ausgestreckt da und rauchte sein Pfeifchen. Er war ungepflegt und ungekämmt und trug dieselben alten Lumpen, die ihm in freien und glücklichen Tagen ein so malerisches Aussehen verliehen hatten. Tom erzählte ihm, welche Unruhe er verursacht hatte, und drängte ihn, nach Hause zu gehen. Hucks Züge verloren ihre ruhige Zufriedenheit und nahmen einen bekümmerten Ausdruck an. Er sagte:

„Reden wir nicht darüber, Tom! Ich hab's versucht, hat aber nicht hingehauen. Die Witwe ist wirklich gut zu mir und freundlich, ich kann das Leben so aber nicht aushalten. Ich soll mich waschen, kämmen und jeden Tag diese verdammten Kleider tragen, die mich einfach erdrücken. In die Kirche mußte ich gehen und mich totschwitzen. Nicht mal Fliegen durfte ich da fangen. Den ganzen Sonntag muß ich Schuhe tragen. Und alles ist so schrecklich geregelt. Nee, das halt' ich nicht aus."

„Aber Huck, jeder lebt doch in dieser Art!"

„Nee, Tom, das alles hätt' ich gar nicht so lange mitgemacht, wenn's nicht wegen dem Geld gewesen wär'; nimm du nur meinen Anteil und gib mir ab und zu 'nen Groschen — nicht oft, nur manchmal, und du gehst zur Witwe und sagst ihr, wie leid's mir täte."

„Ach Huck, wenn du es etwas länger versuchst, wirst du dich bestimmt bald daran gewöhnen."

„Gewöhnen! Vielleicht, wie ich mich an einen heißen Ofen gewöhne, wenn ich lange genug draufsitze."

„Huck, ich kann dich nicht in meine Bande aufnehmen, wenn du nicht angesehen bist, weißt du."

„Du kannst mich nicht aufnehmen, Tom? Aber du hast mich doch auch Pirat werden lassen!"

„Ja, das ist auch was anderes. Räuber sind viel vornehmer als Piraten — meistens wenigstens. In den meisten Ländern gehören sie zum höchsten Adel — Herzöge und so."

„Tom, du bist doch immer mein Freund gewesen — du wirst mich doch jetzt nicht ausstoßen, nicht wahr?"

„Huck, ich selbst möcht's ja auch gar nicht, aber was sollen die Leute bloß davon sagen? Sie würden sagen: ‚Pah, Tom

Sawyers Bande! Da sind die ekelhaftesten Gesellen drin!'
Und damit würden sie dich meinen, Huck. Das würde dir nicht
passen, und mir paßt's auch nicht."

Huck schwieg eine Weile und kämpfte mit sich. Schließlich
sagte er:

„Gut, für einen Monat will ich zur Witwe zurückgehen und
sehen, ob ich's aushalten kann, wenn du mich dann in deine
Bande aufnimmst, Tom."

„Ist gemacht, Huck. Komm jetzt mit, alter Junge, und ich
werde die Witwe bitten, dich nicht so streng zu halten."

„Wirklich, Tom, willst du das tun? Oh, das ist gut. Wann
willst du denn die Bande gründen und ein Räuber werden?"

„Oh, sofort. Wir trommeln die Jungens zusammen und
machen womöglich heute nacht noch die Gründungskonferenz."

„Was für'n Ding?"

„Die Gründungskonferenz."

„Was ist das?"

„Dabei muß man schwören, daß man zusammenhält und niemals die Geheimnisse der Bande verrät, selbst wenn sie Hackfleisch aus einem machen. Und jeden, der einem der Bande etwas zuleide tut, muß man töten und die Familie dazu."

„Das ist toll, eine ganz tolle Sache, Tom!"

„Darauf kannst du dich verlassen. Und alle Schwüre müssen um Mitternacht geleistet werden, an der einsamsten, schauerlichsten Stelle, die es nur gibt — am besten ist ein Haus, in dem es spukt. Und man muß auf einen Sarg schwören und mit Blut unterschreiben."

„Mensch, das ist was nach meinem Geschmack. Das ist tausendmal so pfundig wie die Seeräuberei. Ich bleib' bei der Witwe, bis ich draufgehe, Tom, und wenn ich wirklich mal 'n richtiger, waschechter Räuber bin und alle Welt von mir redet, dann wird sie bestimmt mächtig stolz darauf sein, mich an Land gezogen zu haben."

Die Abenteuer
des
Huckleberry
Finn

Die Abenteuer des Huckleberry Finn

INHALT

Wir gründen eine Bande

Du kennst mich nicht, wenn du nicht das Buch „Tom Sawyers Abenteuer" gelesen hast, aber das ist ja auch halb so wichtig. Ein Herr Mark Twain hat das Buch geschrieben, und meistens hat er darin auch die Wahrheit erzählt. Natürlich hat er hin und wieder 'n bißchen dazugemacht, aber im Grunde ist doch alles wahr.

Ist ja auch egal. Außer Tante Polly, der Witwe und vielleicht auch Mary hab' ich noch nie jemand gesehen, der nicht lügt. In dem Buch steht alles über Tante Polly — sie ist Toms Tante Polly — und Mary und die Witwe Douglas. Es ist beinah 'n wahres Buch mit nur 'nem bißchen dazugemacht — aber das habe ich ja schon gesagt.

Und dies war das Ende von dem Buch: Tom und ich fanden das Geld, das die Räuber in der Höhle versteckt hatten, und wir waren mit einem Schlage reich. Jeder von uns kriegte sechstausend Dollar in Gold. Das war ein großartiger Anblick, als das Geld aufgehäuft wurde. Notar Thatcher hat es dann genommen und ausgeliehen. Dafür gab's sogar Zinsen, pro Nase jeden Tag 'n Dollar, das ganze Jahr über — das ist so viel, daß man gar nicht weiß, was man damit anfangen soll.

Ja, und dann hat mich die Witwe Douglas als ihren Sohn angenommen und wollte mich erziehen! Aber es war kein schönes Leben in dem Haus, wenn man bedenkt, wie furchtbar pünktlich und ordentlich die Witwe in allem war; und als ich es schließlich nicht länger aushalten konnte, da bin ich ausgerissen. Ich hab' meine alten Lumpen rausgekramt, sie angezogen und mich wieder in mein Zuckerfaß gelegt — da war ich endlich wieder frei und zufrieden. Aber Tom Sawyer hat mich aufgespürt und gesagt, er würde 'ne Räuberbande gründen und ich könnte mitmachen, wenn ich zur Witwe zurückginge und ein anständiges Leben führte. Deshalb bin ich wieder hingegangen.

Die Witwe hat geheult, als ich wiederkam, und mich ein armes verlorenes Schaf genannt, und sie hat mir noch viele andere Namen gegeben, aber sie hat es nicht so böse gemeint. Dann hat sie mich wieder in die neuen Kleider gesteckt, und ich hab' nur immerzu geschwitzt und geschwitzt und mich schrecklich steif darin gefühlt. Na ja, und dann ist der ganze Mist von vorne losgegangen. Die Witwe läutete mit 'ner Glocke zum Abendessen, und man mußte pünktlich unten sein. Wenn man dann am Tisch saß, konnte man noch nicht mal sofort anfangen. Man mußte warten, bis die Witwe ihren Kopf übers Essen gebeugt und irgend etwas genuschelt hatte, obwohl nichts daran verkehrt war. Das heißt: doch! Weil nämlich alles für sich gekocht war und nicht zusammen, wie's sich gehört.

Nach dem Essen holte sie ein Buch und erzählte mir von Moses, und ich hab' mir den Mund fusselig geredet, um alles von ihm zu erfahren. Aber schließlich kam sie dann langsam damit heraus, daß Moses schon 'ne verhältnismäßig lange Zeit tot ist. Da hab' ich mir nichts mehr aus ihm gemacht, denn für tote Leute hab' ich nichts übrig.

Dann hab' ich auch rauchen wollen, aber die Witwe hat's mir nicht erlaubt. Sie sagte, es wäre eine gewöhnliche und unsaubere Angewohnheit und ich solle es nicht wieder tun. Aber so sind manche Leute nun mal eben: sie reden von Dingen, von denen sie nichts verstehen und die sie überhaupt 'n Dreck angehen. Und sie selbst nahm Schnupftabak; das war natürlich in Ordnung, weil sie's selbst tat.

Ihre Schwester, Fräulein Watson, war eine spindeldürre alte Jungfer mit 'ner Brille auf der Nase. Die mühte sich nun mit mir ab und wollte mir das Buchstabieren beibringen. Nach 'ner Stunde war ich ganz durchgedreht. Immerzu sagte Fräulein Watson: „Lege deine Füße nicht auf den Tisch, Huckleberry!" und „Sitz gerade, Huckleberry! Warum versuchst du nicht einmal, gehorsam zu sein?"

Nachher holten sie die Neger rein, und alle beteten. Dann gingen alle ins Bett. Ich nahm einen Kerzenstummel und stellte ihn in meinem Zimmer auf den Tisch. Dann setzte ich mich in einen Stuhl nahe beim Fenster und versuchte, an was Lustiges zu denken. Aber es hat nichts genützt. Ich hab' mich so einsam gefühlt, und manchmal wär' ich am liebsten gestorben. Und da kam plötzlich eine Spinne an mir hochgekrochen. Ich hab' sie abgeschüttelt, und sie ist in die Kerzenflamme gefallen und sofort ganz zusammengeschrumpft, bevor ich sie erwischen konnte. Mir brauchte niemand mehr zu sagen, daß das ein furchtbar schlechtes Zeichen ist und Unglück bringt.

Ich hab' mich wieder hingesetzt und am ganzen Leibe gezittert. Dann hab' ich meine Pfeife rausgekriegt, um zu rauchen, denn im Hause war's jetzt ganz totenstill, und die Witwe konnte es bestimmt nicht merken. Nach 'ner langen Zeit hörte ich die Kirchturmuhr zwölf schlagen, und dann war's wieder still. Ich lauschte. Bald hörte ich unten ein leises „Miau-miau".

Das war prima. Ich sagte auch „miau, miau", so vorsichtig, wie ich nur konnte. Dann habe ich die Kerze ausgeblasen und bin durchs Fenster auf den Schuppen gekrabbelt. Von da aus bin ich auf den Boden gesprungen und zwischen den Bäumen durchgekrochen. Und wirklich, da stand Tom Sawyer und wartete auf mich.

Auf Zehenspitzen schlichen wir den Weg zwischen den Bäumen bis zum Ende des Gartens und bückten uns ganz tief, damit uns die Zweige nicht das Gesicht zerkratzten. Als wir an der Küche vorbeikamen, bin ich über 'ne Wurzel gefallen.

Das machte Lärm, und wir duckten uns und lagen ganz still. Der große Nigger von Fräulein Watson, der Jim, saß neben der Küchentür; wir konnten ihn ganz deutlich sehen, weil hinter ihm Licht brannte. Er stand auf und lauschte für 'nen Augenblick. Dann sagte er:

„Wer da?"

Er horchte noch mal; dann kam er auf Zehenspitzen runter und stand genau zwischen uns. Wir hätten ihn fast anfassen können. Ja, ich glaub', es waren bestimmt 'n paar Minuten, daß wir ihm so nahe waren und keiner 'n Geräusch machte. Und dann fing mein Knöchel an zu jucken, aber ich hab' mich nicht gekratzt; und dann fing mein Ohr an zu jucken und schließlich mein Rücken, fast genau zwischen den Schultern. Schien mir fast, ich müßte eingehen, wenn ich mich nicht kratzte.

Aber genau die gleiche Sache habe ich seitdem oft erlebt. Wenn man zu 'nem Begräbnis geht oder wenn man versucht einzuschlafen, wenn man gar nicht müde ist — also immer, wenn man sich ausgerechnet nicht kratzen darf, dann juckt's einen überall, an tausend Stellen. Nach 'ner kleinen Weile sagte Jim:

„Sag, wer sein da? Verdammt ich will sein, wenn ich nicht haben gehört jemand schnaufen. Aber ich werden mich setzen hierher, bis ich Schnaufen wieder höre."

Er setzte sich auf den Boden zwischen Tom und mich. Er lehnte sich mit dem Rücken an einen Baum und streckte die Beine so weit von sich, daß er mich fast berührte. Da fing meine Nase an zu jucken. Sie juckte, daß mir die Tränen in die Augen kamen. Aber ich hab' nicht gekratzt. Ich konnte fast nicht mehr stillsitzen.

Das Elend hat sechs oder sieben Minuten gedauert, aber es schien mir wie 'ne Ewigkeit. An elf verschiedenen Stellen hat's mich schließlich gejuckt. In diesem Augenblick fing Jim an, schwer zu atmen; dann schnarchte er, und bald danach hab' ich mich auch wieder ganz behaglich gefühlt.

Tom machte mir jetzt ein Zeichen — ein ganz kleines Geräusch mit dem Mund —, und wir krochen auf Händen und Füßen davon. Als wir 'n paar Meter weit weg waren, flüsterte Tom mir zu, daß er Jim aus Jux an einen Baum binden wolle; ich hab' aber nein gesagt. Jim konnte doch wach werden und Krach schlagen, und dann würden sie rausfinden, daß ich nicht in meinem Zimmer war.

Dann sagte Tom, er hätte nicht genug Kerzen, und er wollte in die Küche gehen und ein paar mehr holen. Wir schlichen also rein und holten drei Kerzen, und Tom legte dafür fünf Cent auf den Tisch. Dann gingen wir wieder, und ich wollte so schnell wie möglich weg. Aber Tom konnte es nicht lassen, er mußte Jim noch unbedingt einen Streich spielen. Auf Händen und Füßen kroch er zu ihm hin. Ich mußte ziemlich lange warten, bis er zurückkam.

Tom und ich gingen über den Hügel und trafen auf der anderen Seite, wo es wieder bergab ging, Joe Harper und Ben Rogers und noch zwei oder drei andere Jungen. Wir machten ein Boot los, ruderten ungefähr zweieinhalb Meilen bis zu dem steilen Abhang an der Hügelseite und gingen dann an Land.

Wir liefen, bis wir an dichtes Buschwerk kamen. Hier ließ Tom alle schwören, das Geheimnis nicht zu verraten, und zeigte ihnen dann ein Loch im Hügel, gerade dort, wo das

Gebüsch am dichtesten war. Dann haben wir die Kerzen angezündet und sind auf Händen und Füßen in das Loch reingekrochen.

Nachdem wir ungefähr zweihundert Meter gekrochen waren, wurde der Gang höher und breiter. Tom tastete in einigen Gängen herum und kroch dann hinter eine Wand, wo man kein Loch vermutet hätte. Wir gingen durch einen niedrigen Raum und kamen dann in eine Art Zimmer. Da war's ganz feucht und kalt und dunstig.

Tom sagte: „Jetzt werden wir unsere Bande gründen, und sie soll ‚Tom Sawyers Bande' heißen. Jeder, der mitmachen will, muß einen Eid schwören und seinen Namen mit Blut schreiben."

Jeder wollte mitmachen. Tom nahm ein Blatt Papier aus der Tasche, auf dem der Eid geschrieben stand. Er las ihn vor. Der Eid verpflichtete jeden Jungen, zur Bande zu halten und niemals eins von ihren Geheimnissen zu verraten. Wenn aber jemand doch mal die Geheimnisse verriete, so sollte ihm die Kehle durchgeschnitten werden, sein Leichnam müßte verbrannt und seine Asche in alle Winde verstreut werden. Auch müßte man dann seinen Namen mit Blut von der Liste streichen, ihn verfluchen und nie wieder erwähnen!

Einige Jungen meinten, daß es gut wäre, auch die Familien der Jungen zu ermorden, die die Geheimnisse verraten hätten. Tom fand, daß das eine gute Idee wäre, also nahm er seinen Bleistift und schrieb es dazu.

Da sagte Ben Rogers: „Aber Huck Finn hat doch keine Familie. Was sollen wir denn da machen?"

„Na ja, aber er hat doch einen Vater", sagte Tom Sawyer.

„Schon, aber den kann ja kein Mensch finden. Sonst hat er immer betrunken in der Gerberei gelegen, aber jetzt haben sie ihn auch da schon über ein Jahr nicht mehr gesehen."

Sie überlegten hin und her, und schließlich wollten sie mich aus der Bande ausstoßen, weil sie meinten, daß jeder Junge eine Familie oder irgendwen haben müßte, den man umbringen

könnte, sonst wär's nämlich nicht fair gegenüber den anderen Jungen.

Ich war so fertig, daß ich beinahe geheult hätte; aber ganz plötzlich hatte ich 'ne Idee, und ich bot ihnen Fräulein Watson an — die konnten sie meinetwegen haben.

Jeder sagte: „O ja, die tut's auch, die tut's auch! In Ordnung, Huck kann mitmachen!"

Dann pieksten sie sich alle mit einer Stecknadel in den Finger und quetschten Blut raus. Damit haben sie dann unterschrieben, und ich habe auch mein Zeichen aufs Papier gemacht.

Jetzt wollte Ben Rogers erfahren, was für eine Aufgabe die Bande eigentlich hätte.

1*

„Wir rauben und morden nur", sagte Tom.

„Sollen wir denn in Häusern rauben oder Vieh stehlen oder . . .?"

„Quatsch! Vieh stehlen und so was ist kein Raub, sondern ganz einfach Diebstahl", sagte Tom Sawyer. „Wir sind ja keine Einbrecher, wir sind Wegelagerer. Wir überfallen Kutschen und Wagen auf den Straßen und tragen dabei Masken! Dann schlagen wir die Leute tot und rauben ihre Uhren und ihr Geld."

Der kleine Tommy Barnes war eingeschlafen, und als sie ihn weckten, fürchtete er sich plötzlich und heulte nach seiner Mama und wollte kein Räuber mehr sein. Da haben sie ihn alle ausgelacht und ihn eine Heulsuse genannt. Er wurde furchtbar wütend und sagte, er wolle sofort alle Geheimnisse der Bande verraten. Aber Tom hat ihm fünf Cent gegeben, damit er still war, und hat gesagt, wir sollten jetzt alle nach Hause gehen und uns nächste Woche wieder treffen. Dann wollten wir einige Leute ermorden und irgend jemand berauben. Zum Schluß wählten wir Tom Sawyer zum ersten Hauptmann und Joe Harper zum zweiten Hauptmann der Bande, und dann gingen wir alle nach Hause.

Ich kletterte wieder auf den Holzschuppen und kroch dann gerade vor Tagesanbruch zum Fenster hinein. Meine neuen Kleider waren ganz verschmiert und lehmig, und ich war hundemüde.

Ich werde verschleppt

Drei oder vier Monate gingen rum, und wir hatten schon richtigen Winter. Ich war fast jeden Tag zur Schule gegangen und konnte schon ein bißchen buchstabieren, lesen und schreiben. Sogar das Einmaleins konnte ich hersagen bis 6 mal 7 ist 35. Aber ich glaube nicht, daß ich es jemals weiterbringe, und wenn ich hundert Jahre alt werde.

Zuerst mochte ich die Schule überhaupt nicht, aber nach und nach lernte ich's aushalten. Jedesmal, wenn ich keine Lust mehr hatte, habe ich geschwänzt, und die Tracht Prügel, die ich am nächsten Tag kriegte, hat mir gutgetan und mich ein bißchen aufgemuntert. Ich habe mich schließlich sogar an die Witwe gewöhnt, und ihr geregeltes Leben war mir nicht mehr so zuwider.

Ist mir anfangs ein bißchen schwergefallen, immer in einem Haus zu leben und in einem Bett zu schlafen. Bevor es kalt wurde, bin ich immer fortgeschlichen und habe im Wald geschlafen; das war ein ganz guter Ausgleich. Natürlich mochte ich mein altes Leben lieber, aber so ein kleines bißchen mochte ich das neue auch schon. Die Witwe sagte, langsam, aber sicher würde ich zivilisiert und ich machte mich schon sehr zufriedenstellend. Sie sagte, sie schäme sich nicht mehr für mich.

Eines Morgens habe ich das Salzfaß umgestoßen und wollte sofort ein bißchen davon über meine linke Schulter werfen, um ein Unglück zu verhüten. Aber Fräulein Watson wollte es nicht haben.

Sie sagte: „Laß die Hände davon, Huckleberry — du hast doch nichts als Unsinn im Kopf!"

Nach dem Frühstück ging ich nach draußen und fühlte mich ganz elend. Immerzu habe ich mich gefragt, was mir wohl passieren könnte, und ich bin ganz mutlos rumgebummelt und habe mich vorgesehen.

Ich ging durch den Vorgarten und kletterte dann über den hohen Zaun. Über Nacht waren ein paar Zentimeter Schnee gefallen, und ich sah Fußspuren. Sie kamen vom Steinbruch rauf und liefen rund um den Gartenzaun. Es war seltsam, daß sie nicht auch im Garten zu sehen waren. Ich bückte mich, um mir die Fußspuren näher anzusehen. Zuerst habe ich nichts Besonderes daran bemerkt, aber dann! In den linken Stiefelabsatz war mit großen Nägeln ein Kreuz geschlagen — das sollte den Teufel vertreiben!

Im nächsten Augenblick raste ich den Hügel runter. Ab und zu drehte ich mich um, aber ich konnte niemand entdecken. So schnell ich konnte lief ich zu Notar Thatcher.

Er sagte: „Nanu, mein Junge, du bist ja ganz außer Atem. Willst du deine Zinsen?"

„Nein, Herr", sagte ich. „Sind denn welche da?"

„O ja, über hundertfünfzig Dollar sind gestern abend gekommen. Ein ganz schönes Vermögen für dich. Am besten ist es, wenn ich es zusammen mit deinen sechstausend anlege, denn sonst wirst du es schnell ausgegeben haben."

„Nein, Herr", sagte ich, „ich will es nicht ausgeben. Ich will es überhaupt nicht haben, auch die sechstausend nicht. Ich will, daß Sie es nehmen — alles, auch die sechstausend."

Er war ganz weg und schien es gar nicht zu verstehen. Er sagte: „Aber was meinst du nur, Junge?"

„Bitte nehmen Sie's und fragen Sie mich nichts — dann brauche ich auch nicht zu lügen."

„Oh, ich glaube, ich weiß, was du willst. Du willst mir nicht dein Eigentum schenken, sondern verkaufen. Jetzt weiß ich's."

Dann schrieb er etwas auf ein Blatt Papier und sagte:

„Hier — so habe ich es aufgesetzt. Ich habe es also von dir gekauft und dich dafür bezahlt. Jetzt unterschreibe. Hier ist ein Dollar für dich."

Ich unterschrieb und ging dann nach Hause.

Als ich an diesem Abend meine Kerze anzündete und hinauf in mein Zimmer ging, da saß doch tatsächlich mein Alter da. Ich hab' mich immer vor ihm gefürchtet, weil er mich doch immer geprügelt hat. Ich war mächtig erschrocken im ersten Augenblick, aber als ich dann wieder Atem holen konnte, da hab' ich mir gesagt, daß er mir ja eigentlich nichts tun könnte.

Er war fast fünfzig und sah auch so aus. Seine Haare waren lang und fettig und hingen ihm in Strähnen übers Gesicht. Sie waren ganz schwarz, nicht grau, und sein Schnurrbart hatte dieselbe Farbe. Der Alte hatte überhaupt keine Farbe im Gesicht, soweit man was vom Gesicht sehen konnte; es war ganz weiß, aber so, daß einem übel davon wurde und man eine Gänsehaut bekam. Er hatte nur Lumpen an, sonst nichts. Er hatte die Beine übereinandergeschlagen; der eine Schuh war ganz aufgeplatzt, und man konnte seine dreckigen Zehen sehen, die er ab und zu bewegte. Seinen Hut legte er auf den Fußboden, es war ein alter Schlapphut, er war ganz verbeult.

Ich stand da und sah ihn an, und er saß da und sah mich an, den Stuhl hatte er ein bißchen zurückgekippt. Als ich die

Kerze hinstellte, sah ich, daß das Fenster offenstand; er war also über den Schuppen reingekrochen. Er starrte mich immer noch an. Schließlich sagte er:

„Noble Sachen haste da an. Bist ja'n ganz vornehmer Pinsel geworden, nicht wahr?"

„Vielleicht, vielleicht auch nicht", sagte ich.

„Werd mir bloß nicht unverschämt!" sagte er da. „Hast dich mächtig rausgemacht, seit ich weg bin. Mit dir werd' ich andere Saiten aufziehen. Man sagt übrigens, daß du jetzt gebildet bist und sogar lesen und schreiben kannst. Du denkst wohl, du bist jetzt mehr als dein Vater, weil der's nicht kann, was? Aber das werd' ich dir schon austreiben. Wer hat dir eigentlich diesen verdammten Blödsinn in den Kopf gesetzt, he?"

„Die Witwe."

„Die Witwe, he? Und wer hat der erlaubt, ihre lange Nase in anderer Leute Angelegenheiten zu stecken?"

„Ich glaube, niemand."

„Na, der werd' ich's zeigen. Und nun hör zu — du gehst nicht mehr zur Schule, verstanden? Da will sich doch dieser Bengel tatsächlich aufs hohe Pferd setzen und kommt sich dabei vornehmer vor als sein eigener Vater. Laß dich nicht in der Nähe der Schule erwischen, das kann ich dir sagen. Und jetzt zeig mir, ob du lesen kannst!"

Ich nahm das Buch und las irgendwas über General Washington und den Krieg. Ich hatte ungefähr eine Minute gelesen, als er das Buch nahm und es quer durchs ganze Zimmer warf. Er sagte:

„'s stimmt wirklich. Ich wollt's einfach nicht glauben. Du, wenn du nicht bald aufhörst, vornehm zu tun, dann passiert was! Ich will es nicht haben! Und ausgerechnet ich muß so 'nen Sohn haben!"

Eine Weile saß er da fluchend und murmelnd, dann sagte er:

„Aber 'n feiner Lackaffe biste geworden. Hast 'n Bett und Bettücher, 'nen Spiegel und sogar 'nen Teppich auf'm Fußboden — und dein eigener Vater schläft bei den Schweinen.

Aber ich werd's dir schon zeigen. Ach ja, und da ist ja noch
was — sie sagen, du bist reich. He? — Wie ist's damit?"

„Sie lügen — das ist alles."

„He, sieh dich vor, wie du mit mir sprichst! Ich hab' schon
genug Geduld mit dir gehabt, reiz mich also nicht. Seit zwei
Tagen bin ich in der Stadt und habe von nichts anderem als
von deinem Reichtum gehört. Morgen gibst du mir das Geld —
ich brauche es."

„Ich hab' kein Geld. Frag doch nur Notar Thatcher, der wird
dir dasselbe sagen."

„Gut, ich werd' ihn fragen. Und er muß blechen, das kann
ich dir sagen! Sag, wieviel hast du jetzt in der Tasche? Ich
brauch's."

„Ich habe nur einen Dollar, und den brauche ich für . . ."

„Ist mir egal, wofür du ihn brauchst — gib her!"

Er schnappte ihn und biß hinein, um zu sehen, ob er auch echt wäre. Dann sagte er, er wolle in die Stadt gehen, er hätte noch keinen einzigen Schluck gehabt heute.

Am nächsten Tag war er betrunken und ging zum Notar Thatcher und wollte das Geld haben. Der Notar hat es ihm aber nicht gegeben, da hat ihm der Alte mit dem Gericht gedroht.

Der Notar und die Witwe aber gingen selbst aufs Gericht und wollten veranlassen, daß ich meinem Alten weggenommen würde. Einer von ihnen wollte dann mein Vormund sein. Seit kurzem war aber ein neuer Richter da, der meinen Alten nicht kannte, und er sagte, wenn es sich eben vermeiden ließe, solle ein Gericht Familien nicht trennen. Und so mußten der Notar Thatcher und die Witwe die Sache an'n Nagel hängen.

Da hat sich mein Vater mächtig wichtig gefühlt. Er sagte, er würde mich grün und blau schlagen, wenn ich ihm kein Geld besorgte. Ich borgte mir drei Dollar vom Notar Thatcher, und der Alte nahm sie und betrank sich und randalierte anschließend die ganze Nacht in der Stadt. Am nächsten Tag haben sie ihn dann vors Gericht geschleppt, und er wurde für 'ne ganze Woche eingelocht.

Na ja, er war aber schon sehr bald wieder heraus und verklagte Notar Thatcher vor Gericht wegen des Geldes. Zweimal fing mich der Alte auf meinem Schulweg ab und haute mich durch, aber meistens bin ich ihm einfach weggelaufen. Vorher war ich gar nicht sehr gern zur Schule gegangen, aber jetzt ging ich einfach, um den Alten zu ärgern.

Er lungerte so oft um das Grundstück von der Witwe herum, daß es ihr bald zu bunt wurde und sie ihm drohte, sie würde ihm Scherereien machen. Er sagte aber nur, er würde ihr schon zeigen, wer der Herr von Huck Finn wäre. Und eines Tages, es war Frühling, hat er mir aufgelauert und mich mit im Boot rüber zum Illinois-Ufer geschleppt, wo es außer einer alten Holzhütte überhaupt keine Häuser gab.

Er paßte so sehr auf, daß ich nie eine Gelegenheit hatte wegzulaufen. Wir lebten in dieser alten Hütte, und des Nachts schloß er immer die Tür ab und legte den Schlüssel unter seinen Kopf. Er hatte eine alte Flinte, die er bestimmt gestohlen hatte, und wir gingen fischen und jagen, und das war alles, was wir für unseren Lebensunterhalt taten. Aber nach und nach fand die Witwe doch raus, wo wir uns aufhielten, und sie schickte einen Mann rüber, der mich zurückbringen sollte. Aber der Alte drohte ihm mit seiner Flinte.

Es war ein schönes, faules Leben, das wir führten. Ungefähr zwei Monate gingen so rum, und meine Kleider wurden wieder ganz dreckig und waren schließlich nur noch Lumpen. Ich konnte mir gar nicht vorstellen, wie ich es jemals bei der Witwe hatte aushalten können, wo man sich waschen und kämmen mußte und wo die alte Jungfer Watson immer auf einem herumhackte. Ich hatte mir schon ganz abgewöhnt zu fluchen, weil's die Witwe nicht mochte, aber jetzt hab' ich's wieder angefangen, denn der Alte hatte nichts dagegen.

Soweit wäre alles ganz gut und schön gewesen, wenn der Alte nicht bald zu geschickt mit seiner Rute umgegangen wäre. Ich konnt's nicht mehr aushalten. Er ging auch immer häufiger weg und schloß mich dann ein. Einmal hatte er mich eingeschlossen und ließ sich drei Tage lang nicht sehen. Es war schrecklich langweilig. Ich glaubte schon, er wäre ertrunken und ich würde nie mehr aus der Hütte rauskommen. Da habe ich's mit der Angst gekriegt und habe mir vorgenommen, auf irgendeine Weise zu entwischen. Ich hatte das schon oft versucht, aber 's war mir nie geglückt. Es gab nur ein Fenster, und das war nicht mal so groß, daß ein Hund hätte durchkriechen können.

Als ich diesmal aber die Bude ganz gründlich durchstöberte, fand ich ganz versteckt eine alte rostige Säge ohne Griff. Sofort habe ich sie mit Fett eingeschmiert und mich dann ans Werk gemacht. Hinter dem Tisch hing eine alte Pferdedecke an der Wand; sie sollte den Wind abhalten, der manchmal durch die Ritzen blies. Ich kroch unter den Tisch, hob die Decke hoch und ging an die Arbeit. Ich wollte ein Loch in das Holz sägen, gerade groß genug, daß ich mich durchzwängen konnte. Ja, es war 'ne harte Arbeit, und ich war schon fast fertig, als ich die Flinte vom Alten losgehen hörte. Da hab' ich schnell die Spuren meiner Arbeit verwischt, die Säge versteckt und die Pferdedecke wieder an Ort und Stelle getan. Und dann kam der Alte auch schon rein.

Er war mächtig schlecht gelaunt — aber anders kannte ich ihn ja auch gar nicht. Er erzählte, er wäre in der Stadt gewesen und es ginge alles schief. Sein Notar glaubte, er würde die Klage gewinnen und das Geld kriegen, wenn's mit dem Prozeß nur endlich voranginge; aber 's gäbe eben Leute, die genau wüßten, wie man so was in die Länge zöge, und dazu gehörte auch der Notar Thatcher. Und dann fing der Alte an zu fluchen, und er verfluchte alles und jeden, und dann verfluchte er sie alle noch mal, um ganz sicher zu sein, daß er auch keinen ausgelassen hätte.

Dann mußte ich zum Boot gehen und die Sachen holen, die der Alte mitgebracht hatte. Da war'n Sack Mehl, bestimmt fünfzig Pfund schwer, eine Speckseite, Munition und 'n riesiger Buddel mit Whisky. Ich schleppte alles an Land und setzte mich dann ins Boot, um mich auszuruhen und um über meinen Fluchtplan nachzudenken. Ich war so in Gedanken versunken, daß ich gar nicht auf die Zeit achtete, bis der Alte wütend rief und mich fragte, ob ich schliefe oder versoffen wäre.

Schnell schleppte ich die Sachen hinauf in die Hütte. Während ich das Abendessen kochte, tat der Alte zwei große Züge aus der Flasche und wurde gleich viel aufgeräumter. Wie immer, wenn der Fusel bei ihm wirkte, schimpfte er auch diesmal wieder auf die Regierung.

Nach dem Abendessen griff er wieder zur Flasche und sagte, darin wär' genug für zwei Räusche und 'n Delirium tremens. So nannte er's immer. Ich hab' gehofft, er würde in einer Stunde völlig betrunken sein, dann hätte ich den Schlüssel klauen oder das angefangene Loch fertigsägen können. Aber ich hatte kein Glück. Er trank und trank und legte sich schließlich auf seine Decken. Aber er schlief nicht fest ein, er war unruhig. Er stöhnte und ächzte eine ganze Zeit. Schließlich wurde ich so schläfrig, daß ich meine Augen nicht mehr offenhalten konnte und bald ganz fest einschlief.

Ich weiß nicht mehr, wie lange ich geschlafen habe, aber ganz plötzlich hörte ich einen furchtbaren Schrei und war sofort hellwach.

Ich sah den Alten, wie er wild um sich blickte und irgend etwas von Schlangen schrie. Er sagte, sie ringelten sich an seinen Beinen hoch; und dann sprang er plötzlich auf und schrie, eine hätte ihn gebissen. Aber ich konnte überhaupt keine Schlangen sehen. Dann fing er an, wie besessen in der Hütte umherzulaufen und zu betteln: „Nimm sie doch weg! Nimm sie doch weg! Sie würgen mir den Hals ab!" Aber schon bald war er ganz erledigt und fiel keuchend auf den Boden, wo er anfing, mit Händen und Füßen um sich zu schlagen und die Teufel zu verfluchen, die ihn anfassen wollten. Dann lag er ganz still und stöhnte nur noch ein bißchen. Plötzlich erhob er sich langsam wieder und lauschte, den Kopf auf eine Seite geneigt, und sagte mit dumpfer Stimme:

„Trapp — trapp — trapp; das sind die Toten; trapp — trapp; sie kommen um mich zu holen; aber ich gehe nicht mit! Oh, sie sind hier! Faßt mich nicht an — nicht! Hände weg! Die sind so kalt. Oh, laßt doch einen armen Burschen in Ruh!"

Dann kroch er auf allen vieren durch die Hütte und bat und bettelte, rollte sich in eine Decke und wälzte sich unter den alten Tisch, immer noch bittend. Er fing an zu weinen, und ich konnte ihn durch die Decke hören.

Langsam rollte er sich wieder aus der Decke und sprang auf seine Füße, er sah wild um sich und entdeckte mich. Mit seinem Taschenmesser jagte er mich durchs Zimmer, nannte mich den Todesengel und sagte, er wolle mich töten, dann könne ich ihm nichts mehr tun.

Ich flehte ihn an und sagte, daß ich doch nur der Huck wäre, aber er lachte kreischend und brüllte und fluchte und jagte mich

nur noch mehr. Einmal hab' ich mich ganz schnell umgedreht, um unter seinem Arm durchzuschlüpfen, er griff aber nach mir und packte mich an meiner Jacke. Ich dachte schon, jetzt würde er mich kaltmachen, aber schnell wie der Blitz bin ich aus der Jacke geschlüpft und hab' mich in Sicherheit gebracht. Bald war der Alte ganz erledigt von der Anstrengung und setzte sich auf den Boden, mit dem Rücken zur Tür, und sagte, er wolle sich nur einen Moment ausruhen und mich dann kaltmachen. Er schlief fast augenblicklich ein.

So behutsam wie möglich kletterte ich auf den alten Stuhl und holte die Flinte herunter. Ich sah nach, ob sie geladen war, legte sie dann griffbereit neben mich und wartete darauf, daß der Alte sich rührte. Wie furchtbar langsam die Zeit doch dahinkroch ...

„Steh auf, du Schlafmütze!"

Ich machte die Augen auf und versuchte rauszukriegen, wo ich eigentlich war. Die Sonne war schon aufgegangen, und ich hatte fest geschlafen. Mein Alter stand über mich gebeugt und sah mürrisch und elend aus. Er sagte:

„Was tust du mit der Flinte?"

Ich merkte, daß er von nichts mehr wußte, und sagte deshalb: „Jemand hat versucht einzubrechen, und da hab' ich ihn hiermit verscheucht."

„Warum hast du mich nicht geweckt?"

„Ich hab's ja versucht, aber du rührtest dich ja nicht."

„Ja, ja, ist schon gut. Steh gefälligst nicht da und quatsch den ganzen Tag. Sieh lieber zu, ob'n Fisch an der Angel ist fürs Frühstück."

Er schloß die Tür auf, und ich machte, daß ich zum Fluß kam. Sofort sah ich, daß der Fluß gestiegen war, denn Holzstücke und allerhand Zeugs trieben auf dem Wasser.

Langsam ging ich am Ufer entlang und hatte immer ein Auge auf den Fluß — und was er wohl mit sich brächte. Ja, und ganz plötzlich seh' ich ein Boot dahertreiben, eine Klasse von Boot und vielleicht dreizehn oder vierzehn Fuß lang. Hals über Kopf, wie'n Frosch, bin ich da ins Wasser gesprungen, bin ins Boot geklettert und hab's an Land gerudert. Ich hab' gedacht, der Alte wird sich freuen, ist bestimmt seine zehn Dollar wert.

Aber als ich zum Ufer kam, konnte ich den Alten nirgends entdecken, und als ich das Boot in einer kleinen Bucht anlegte, ganz verdeckt von Weiden und Schlingpflanzen, da hatt' ich plötzlich 'ne bessere Idee: Ich würde das Boot gut verstecken und damit, anstatt durch die Wälder abzuhauen, ungefähr fünfzig Meilen den Fluß runterfahren.

Nach dem Frühstück schliefen wir etwas, und gegen zwölf Uhr gingen wir wieder an das Ufer. Der Fluß stieg jetzt rasch und brachte 'ne Menge Treibholz mit. Wir sahen auch ein zerbrochenes Floß, das aber immer noch neun Stämme hatte. Wir ruderten mit unserem Boot hin und zogen es an Land.

Endlich kann ich fliehen

Gegen halb vier schloß er mich wieder ein, nahm das Boot, um zur Stadt zu rudern und die Stämme zu verkaufen. Ich wartete, bis er ein gutes Stück weit weg war, dann kriegte ich die Säge raus und ging wieder an die Arbeit. Bevor der Alte auf der anderen Seite des Flusses war, kroch ich schon aus dem Loch raus; er war mit seinem Boot nur noch als kleines Pünktchen auf dem Wasser zu sehen.

Ich nahm den Sack Mehl und schleppte ihn an mein Versteck, dann teilte ich die Zweige und Schlingpflanzen auseinander und legte den Sack ins Boot. Dann holte ich den Speck, den Whisky, die Munition und so viel Kaffee und Zucker, wie ich auftreiben konnte. Auch einen Eimer und eine Zinntasse, meine alte Säge und zwei Decken, den Kessel und die Kaffeekanne ließ ich mitgehen. Zuletzt nahm ich noch die Flinte, Angelruten und Streichhölzer und andere Kleinigkeiten mit, alles, was irgendwie von Wert war.

Es war mittlerweile schon dunkel geworden. Ein Stück ruderte ich den Fluß runter und machte das Boot dann an einer Weide fest. Ich aß ein bißchen, steckte mir eine Pfeife an und legte mich dann gemütlich ins Boot, um einen Plan zu machen.

Ich konnte ja anlegen, wo ich wollte, und die Jackson-Insel war gerade gut genug für mich. Ich kannte die Insel wie meine Westentasche, und niemand kam jemals dahin.

Ich war mächtig müde und bin wohl fest eingeschlafen. Als ich wach wurde, wußte ich zuerst gar nicht, wo ich eigentlich war. Ich setzte mich auf und sah mich etwas erschrocken um. Dann kam aber die Erinnerung. Der Fluß sah unendlich groß aus.

Dann hab' ich gegähnt und mich gestreckt, als ich ein Geräusch hörte. Vorsichtig guckte ich durch die Weidenzweige, und da sah ich's: es war ein Boot, ganz weit draußen auf dem Wasser. Ich konnte zuerst nicht sehen, wieviel Leute drin waren, aber als es näher kam, sah ich, daß nur ein einziger Mann darin saß. Ich denke: Verdammt, vielleicht ist's der Alte, obwohl ich ihn gar nicht erwartet hatte. Er ließ sich von der Strömung treiben und kam mir dabei so nahe, daß ich ihn mit der Flinte hätte anstoßen können. Ja, es war wirklich der Alte — und diesmal sogar nüchtern, wie ich an seinem Rudern sehen konnte.

Da hab' ich keine Zeit mehr vergeudet. Im nächsten Augenblick schon ruderte ich behutsam, aber schnell im Schatten des Ufers stromabwärts. Nach zweieinhalb Meilen ruderte ich mehr zur Mitte des Flusses hin, weil ich bald an der Anlegestelle der Fähre vorbeikam und die Leute mich hätten sehen können. Ich geriet zwischen das Treibholz, legte mich dann lang ins Boot und ließ es treiben. Da lag ich nun und ruhte mich erst mal aus, stopfte meine Pfeife und sah zum Himmel hinauf.

Bald hatte ich die Anlegestelle der Fähre hinter mir. Ich stand auf und sah die Jackson-Insel ungefähr zweieinhalb Meilen entfernt vor mir liegen. Sie ragte aus der Mitte des Flusses raus wie'n Dampfschiff ohne Lichter.

Es dauerte nicht lange, bis ich da war. Sehr rasch wurde ich von der starken Strömung um die Spitze der Insel rumgetrieben, und dann kam ich in seichtes Wasser und legte an der

Seite an, die Illinois gegenüberliegt. Ich versteckte mein Boot in einer Bucht und machte es fest. So konnte es bestimmt niemand sehen. Ich ging zurück zur Spitze der Insel, setzte mich auf einen Baumstamm und sah auf den Fluß und auf das schwarze Treibholz und auf die Stadt am Ufer, wo noch drei oder vier Lichter blinkten.

Es dämmerte schon ein wenig, als ich zurückging, um vor dem Frühstück noch ein kleines Schläfchen zu halten.

Als ich erwachte, stand die Sonne schon so hoch, daß es meiner Schätzung nach ungefähr acht Uhr sein mußte. Ich lag im Gras im kühlen Schatten, dachte nach und fühlte mich ausgeruht und sehr zufrieden. Nach dem Frühstück machte ich aus meinen Decken eine Art Zelt und legte alle meine Sachen hinein, so daß der Regen ihnen nichts anhaben konnte. Dann fing ich einen Wels, zerlegte ihn mit meiner Säge, und gegen Sonnenuntergang machte ich mir ein Lagerfeuer und kochte das Abendessen. Danach legte ich meine Angel aus, um einen Fisch fürs nächste Frühstück zu haben.

Als es dunkel wurde, setzte ich mich ans Lagerfeuer und rauchte und fühlte mich sehr wohl. Nach und nach aber wurd's 'n bißchen einsam, und ich setzte mich ans Ufer, hörte auf das Murmeln des Wassers und zählte die Sterne und das Treibholz, das vorbeikam. Schließlich ging ich schlafen.

So ging's drei Tage und drei Nächte. Immer dasselbe. Aber am vierten Tag ging ich los, um mich auf der Insel umzusehen, hauptsächlich, um mir die Zeit zu vertreiben. Ich fand 'ne Masse Erdbeeren, reif und ganz vorzüglich. Ich ging immer weiter in den Wald, bis ich glaubte, beinahe am Ende der Insel zu sein. Ich hatte meine Flinte mitgenommen, aber noch nichts geschossen.

Plötzlich trat ich fast auf eine ziemlich große Schlange! Sie schlängelte sich durchs Gras. Ich immer hinterher, und dabei versuche ich, ihr eins aufs Fell zu knallen. Ich stolpere ihr nach und steh' plötzlich vor 'nem Lagerfeuer, dessen Asche noch schwelt.

Mein Herz ist mir fast in die Hosen gefallen, so hab' ich mich erschrocken. Ich hab' mich gar nicht erst lange umgesehen, sondern bin sofort auf Zehenspitzen zurückgeschlichen. Ab und zu blieb ich stehen und lauschte, aber mein Herz klopfte so laut, daß ich nichts anderes hören konnte. Ich schlich noch ein Stück weiter und lauschte wieder; jeden Baum hielt ich für 'nen Mann, und wenn ich auf eine Wurzel trat und ein Geräusch machte, blieb mir's Herz fast stehen.

Als ich zu meinem Lager zurückkam, war ich ziemlich niedergeschmettert, aber ich hab' mir gesagt, daß ich keine Zeit mehr verlieren dürfte. Ich schleppte meine Sachen alle wieder ins Boot, trat das Feuer aus und schüttete die Asche darüber, so daß es aussah, als ob es eine Feuerstelle vom letzten Jahr wäre. Dann kletterte ich auf einen Baum.

Ich schätze, ich war fast zwei Stunden da oben, aber ich sah und hörte nichts — das heißt, ich hab' mir eingebildet, tausenderlei zu sehen und zu hören. Na ja, immer konnte ich ja auch nicht in dem Baum hocken, und so bin ich schließlich runtergeklettert.

Gegen Abend war ich mächtig hungrig. Als es schön dunkel war — der Mond war noch nicht aufgegangen —, schlich ich zum Boot und paddelte rüber zum Illinois-Ufer, das ungefähr 'ne Viertelmeile weit entfernt liegt. Ich ging tief in den Wald hinein und kochte da mein Abendessen. Ich hatte mich schon fast entschlossen, die ganze Nacht dazubleiben, als ich plötzlich das Trapptrapp von Pferden hörte. So schnell ich konnte, verstaute ich meine Sachen wieder im Boot und kroch dann zurück, um zu sehen, was eigentlich los war. Ich war noch nicht weit gekommen, als ich einen Mann sagen hörte: „Wir schlagen am besten unser Lager hier auf; die Pferde können sowieso nicht mehr weiter."

Ich hab' nicht länger gewartet, sondern bin zurückgekrochen und wieder sachte zur Jackson-Insel gerudert. Das Boot hab' ich an der alten Stelle festgemacht und es mir darin gemütlich gemacht.

Aber ich konnte nicht schlafen, ich mußte immerzu nachdenken. Oft wurde ich wach und dachte jedesmal, jemand säße mir an der Gurgel. Bald hab' ich's nicht mehr ausgehalten — schließlich kann so ja kein Mensch leben — und hab' mir überlegt, daß ich rausfinden mußte, wer noch auf der Insel war. Na ja, nachdem ich den Entschluß gefaßt hatte, fühlte ich mich gleich wohler,

Ich nahm mein Ruder und ließ das Boot behutsam im Uferschatten dahingleiten. Der Mond schien, und es war fast taghell. Nach einer Stunde war ich fast am Ende der Insel angekommen. Es wehte eine schwache, kühle Brise, und daher wußte ich, daß die Nacht fast vorüber war. Ich legte am Ufer an, nahm meine Flinte und kroch aus dem Boot und schlich in die Wälder. Ich wollte die Stelle wiederfinden, wo ich das Lagerfeuer gesehen hatte. Aber ich konnte sie nicht entdecken.

Plötzlich seh' ich einen Feuerschein durch die Bäume schimmern! Bedächtig und langsam gehe ich dem Schein nach. Bald bin ich ganz nah dran und seh' einen Mann auf dem Boden liegen. Ich denk', mich rührt der Schlag: er war in eine Decke eingewickelt, und sein Kopf lag fast im Feuer.

Ich setzte mich hinter 'ne Baumgruppe und beobachtete ihn. Es wurde schon Tag, als er plötzlich gähnte, sich streckte und die Decke wegschob. Mein Gott, es war der Jim von Fräulein Watson! Ich war überglücklich und schrie: „Hallo, Jim!" und kam raus aus meinem Versteck.

Er sprang auf und starrte mich wild an. Dann fiel er auf die Knie, faltete die Hände und bettelte:

„Tu mir nichts, tu mir nichts! Ich niemals haben Geister was getan; ich immer gewesen freundlich zu tote Leute. Du mußt gehen wieder in das Fluß, wohin du gehörst, und nichts tun alte Jim, der immer gewesen ist dein Freund."

Na ja, schließlich hat er aber doch kapiert, daß ich nicht tot war, sondern lebte. Ich war mächtig froh, Jim zu sehen, und jetzt war's längst nicht mehr so einsam. Ich sagte: „Es ist ja schon heller Tag, wir wollen frühstücken. Mach'n gutes Feuer!"

„Was für einen Zweck es haben, zu machen Feuer, wenn man nur kochen kann Erdbeeren und alter Zeug? Aber du haben Flinte, und wir können kriegen was Besseres als Erdbeeren."

„Erdbeeren und altes Zeug!" sagte ich. „Hast du davon gelebt?"

„Ich konnten kriegen nichts anderes", sagte er.

„Seit wann bist du schon auf der Insel, Jim?"

„Ich bin gekommen her nach der Nacht, du wurden ermordet."

„Und du hast nichts anderes als Beeren gegessen seitdem? Du mußt ja halb verhungert sein."

„Ich könnten essen eine Pferd. Nun du gehen und töten was, und ich machen ein gut Feuer."

Wir gingen zurück zu meinem Boot, und während er auf einem offenen Platz zwischen den Bäumen ein Feuer anfachte, holte ich Speck und Kaffee, Bratpfanne und Kaffeetopf, Zucker und Zinntasse. Der Neger war ganz platt vor Staunen und hat bestimmt wieder an Hexerei geglaubt. Ich fing einen großen schönen Fisch, und Jim machte ihn mit seinem Messer sauber und briet ihn dann.

Als das Frühstück fertig war, setzten wir uns nieder und aßen den kochendheißen Fisch; Jim legte sich mächtig ins Zeug, denn er war fast verhungert. Als wir uns ganz schön vollgefuttert hatten, legten wir uns lang ins Gras und faulenzten.

Dann sagte ich: „Wie kommt es eigentlich, daß du hier bist, Jim?"

Er sah mich unbehaglich an und schwieg für einen Augenblick. Dann sagte er: „Ich es besser nicht sagen."

„Warum nicht, Jim?"

„Ich haben Gründe. Aber du nicht werden erzählen, wenn ich dir sagen, Huck, nicht?"

„Verdammt will ich sein, wenn ich's täte, Jim!"

„Ja, ich dir glauben, Huck. Ich — ich fortgelaufen bin."

„Jim! Was hast du da getan!"

„Nun, du siehst, es war so. Altes Fräulein Watson immer hacken auf mir rum, aber sie immer haben gesagt, sie mich nicht will verkaufen nach Orleans. Ich aber haben gesehen oft Sklavenhändler bei ihr Haus, und dann ich haben gekriegt Angst. Ja, und dann ich geschlichen bin nach Tür, wenn es sehr dunkel und Tür nicht war ganz zu. Da ich haben gehört, wie altes Fräulein Watson haben erzählt Witwe, sie mich wollen verkaufen nach Orleans. Sie haben gesagt, sie würden kriegen für mich achthundert Dollar. Fräulein Watson haben gesagt, das sein so viel Geld, sie nicht können widerstehen.

Ich nicht haben gewartet länger, ich gelaufen bin ganz schnell zu Fluß. Da ich haben gesehen Licht von Floß und bin gesprungen in Wasser und geschwommen in Treibholz. Ich ganz vorsichtig klettern auf Floß, wo Männer haben gesessen an anderes End'. Aber ich nicht haben Glück, denn bald eine Mann kommen mit Laterne und ich müssen abspringen von

Floß sehr schnell. Dann ich schwimmen hierher nach Jackson-Insel."

Während wir miteinander redeten, beobachteten wir junge Vögel, die aufgeregt flatterten und hüpften. Jim sagte, das bedeute Regen. Ich wollte ein paar davon fangen, aber Jim wollt' es nicht zulassen. Er sagte, das bedeute Tod. Jim sagte auch, daß man die Sachen, die man beim Kochen gebraucht, nicht zählen darf, sonst bringt's Unglück. Jim sagte auch, daß Bienen nie Dummköpfe stechen, aber das glaub ich nicht, weil ich's schon oft an mir versucht habe, und mich stechen sie auch nicht.

Als ich meine Entdeckungsreise auf der Insel unternommen hatte, war mir eine Stelle aufgefallen, die ich jetzt mit Jim noch einmal besuchen wollte. Wir machten uns auf den Weg und kamen bald dort an.

Dieser Ort war ein ziemlich steiler Hügel, der ungefähr vierzig Fuß hoch war. Es war gar nicht so einfach, auf die Spitze zu klettern. Man kam kaum durch die Büsche hindurch, und die Seiten waren furchtbar steil. Da entdeckten wir unversehens eine Höhle, deren Eingang nach der Illinois-Seite gelegen war. Die Höhle war so groß wie zwei oder drei Zimmer zusammen, und sogar Jim konnte aufrecht darin stehen. Es war ziemlich kühl darin, und Jim war dafür, daß wir unsere Sachen alle reinschaffen sollten, aber ich hab' gesagt, es wär' doch eklig, immerzu rauf- und runterrennen zu müssen.

Jim sagte aber, wenn wir unser Boot gut versteckten und die Sachen in die Höhle schafften, wären wir ganz sicher. Wir könnten uns immer in die Höhle flüchten, wenn wer auf die Insel käme, und ohne Hunde würden sie uns nie und nimmer finden.

Wir gingen also zurück, holten unser Boot und all die anderen Sachen und schleppten sie in die Höhle. Ganz nahebei versteckten wir das Boot und hielten dann unseren Mittagsschmaus.

Nicht lange danach wurde es dunkel, und es begann zu donnern. Gleich darauf fing es an, in Strömen zu regnen. Ein Sturm kam auf, wie ich noch nie einen erlebt hatte. Es wurde so dunkel, daß alles blauschwarz aussah, und im Schein der Blitze konnten wir sehen, daß der Wind die Bäume fast bis auf die Erde drückte.

„So hab' ich's gerne, Jim", sagte ich. „Ich möchte jetzt nirgendwo anders sein. Gib mir noch'n Stück Fisch und 'n bißchen Brot."

„Ja, aber du nicht wärest hier ohne Jim. Du wärest in Wald ohne Essen und schon fast ertrunken. Vögel genau wissen, wann es wird regnen."

Der Fluß stieg und stieg zehn oder zwölf Tage lang, dann überschwemmte er schließlich das Ufer. Tagsüber ruderten wir mit unserem Boot auf der ganzen Insel herum. Es war mächtig kalt und schattig in den Wäldern, selbst wenn die Sonne brannte. Auf den umgestürzten Baumstämmen sahen wir ab und zu Kaninchen, Schlangen und allerhand Getier. Da die Insel schon seit zwei Tagen überflutet war, machte der Hunger sie so zahm, daß wir sie streicheln konnten — natürlich nicht die Schlangen und die Schildkröten, die glitten sofort ins Wasser. Sogar das Stück eines Floßes fischten wir. Es bestand aus dicken Balken und war über drei Meter breit und mehr als vier Meter lang.

Eines Abends, als wir gerade um die Spitze der Insel rumfahren, kommt da doch tatsächlich ein Holzhaus von Westen her angetrieben. Es war zweistöckig und schon halb umgekippt. Wir ruderten näher und kletterten durch ein Fenster ins obere Stockwerk hinein. Aber es war noch zu dunkel, als daß man irgend etwas hätte sehen können, deshalb machten wir das Boot daran fest und warteten bis Tagesanbruch.

Es wurde schon hell, als wir ans Ende der Insel kamen. Dann guckten wir durchs Fenster in das Zimmer. Wir sahen ein Bett, einen Tisch, zwei alte Stühle und viel alten Kram auf dem Boden verstreut. In der Ecke lag etwas, das aussah wie ein Mann.

Jim rief: „He, Sie!"

Aber er rührte sich nicht. Ich brüllte noch einmal, und Jim sagte: „Der Mann nicht schlafen — der Mann sein tot. Du warten hier!"

Er stieg durchs Fenster, bückte sich zu dem Mann runter und sagte: „Ja, Mann sein tot, er sein geschossen worden in die Rücken. Ich glauben, er sein tot Tage zwei oder drei. Komm rein, Huck, aber du nicht sehen in sein Gesicht — sein zu grauslig."

Aber ich hab' ihn überhaupt nicht angesehen. Jim deckte ihn mit ein paar alten Lumpen zu.

Dann haben wir im großen und ganzen gute Beute gemacht. Als wir wieder in unseren Kahn kletterten, sahen wir, daß wir fast 'ne Viertelmeile von der Insel weg waren, zudem war's heller Tag. Aber zum Glück sahen wir niemand und kamen sicher nach Haus — ich meine: in unsere Höhle.

Huck Finn ist verschwunden

Nach dem Frühstück hätt' ich gern über den toten Mann gesprochen und mit Jim gerätselt, wie er wohl umgekommen war, aber Jim hatte keine Lust dazu. Er sagte, das bringe Unglück, besonders weil der Mann nicht mal unter der Erde wäre, wie's sich gehöre. Das hat mir eingeleuchtet, und ich hab' nichts mehr gesagt, aber im stillen hab' ich doch immer wieder drüber nachgedacht, und ich hätte für mein Leben gern gewußt, warum sie den Mann umgebracht hatten.

Wir kramten die Kleider durch, die wir mitgenommen hatten, und fanden acht Dollar, die im Futter von 'nem alten Mantel eingenäht waren. Jim meinte, die Leute in dem Holzhaus hätten den Mantel gestohlen, denn wenn sie gewußt hätten, daß Geld darin eingenäht war, hätten sie's bestimmt nicht zurückgelassen. Ich erwiderte:

„Na, was sagst du nun, Jim? Weißt du noch, was du gesagt hast, als ich die Schlangenhaut in die Höhle brachte, die ich vorgestern auf dem Hügel gefunden habe? Du hast gesagt, jetzt käme das fürchterlichste Unglück, das es gibt, auf mich herab, weil ich die Haut angefaßt habe. Na, hier ist dein Unglück: wir haben all dies Zeugs ergattert und nebenbei noch acht

Dollar! Ich möchte wohl jeden Tag so'n Pech haben wie heute, Jim."

„Du nur abwarten, Huck, nur abwarten. Ich glauben, es kommen, ja, ich sein ganz sicher, es kommen." Jim ließ sich nicht beirren.

Und es kam tatsächlich. Es war ein Dienstag, als Jim das gesagt hatte. Ja, und am Freitag lagen wir nach dem Mittagessen faul im Gras und wollten eine Pfeife rauchen. Der Tabak war uns aber ausgegangen, und ich ging in die Höhle, um welchen zu holen. Da seh' ich plötzlich 'ne Klapperschlange vor mir. Ich mach' sie tot und rolle sie fein säuberlich auf, und zwar so, daß es ganz natürlich aussieht, und lege sie ans Fußende von Jims Decke. Dabei freue ich mich schon auf Jims Gesicht, wenn er sie des Abends sieht. Na ja, aber gegen Abend hatte ich alles vergessen, und als sich Jim auf seine Decke warf, während ich 'ne Kerze anzündete, war da plötzlich das Weibchen der Schlange und biß ihn.

Er sprang auf und brüllte wie'n Stier; und als die Kerze endlich brannte, sah ich als erstes, daß sich das Biest schon wieder auf ihn stürzen wollte. Im nächsten Augenblick hab' ich sie aber mit 'nem Knüppel kaltgemacht, und dann griff Jim mit zitternden Händen nach der Whiskyflasche von meinem Alten und schüttete sich das Zeugs die Kehle runter.

Er war barfuß gewesen, und die Schlange hatte ihn genau in die Ferse gebissen. Wie konnte ich auch nur so doof sein, zu vergessen, daß man niemals 'ne tote Schlange rumliegen lassen darf, weil das Männchen oder Weibchen sie immer findet und sich drumringelt! Dann bat mich Jim, den Kopf der Schlange abzuschneiden und ihn wegzuwerfen. Danach mußte ich sie enthäuten und ein Stück Fleisch rösten. Er aß das Stück und sagte, das würde ihm helfen. Ich hab' auch die Klappern abgemacht und sie Jim ums Handgelenk gebunden, weil das auch helfen sollte. Dann bin ich schnell nach draußen geschlichen und hab' die Schlangen ganz weit weg in die Büsche geworfen; denn ich wollte nicht, daß Jim rauskriegte, daß ich der Schafskopf gewesen war.

Jim trank immer noch den Whisky vom Alten; ab und zu schien er den Verstand zu verlieren, er hüpfte dann wie besessen umher und brüllte. Wenn er danach wieder normal war, nahm er jedesmal einen großen Schluck aus der Flasche. Sein Fuß und auch sein Bein schwollen mächtig an. Als aber der Whisky seine Wirkung tat, war ich sicher, daß jetzt alles in Ordnung war.

Jim mußte vier Tage und vier Nächte liegen, dann ging die Schwellung zurück, und er konnte wieder rumlaufen. Innerlich hab' ich mir geschworen, nie mehr 'ne Schlangenhaut anzufassen.

Na ja, die Tage gingen dahin, und der Fluß fiel wieder. Am nächsten Morgen fand ich, daß das Leben ein bißchen langweilig wurde, und so wollt' ich mal 'ne kleine Abwechslung haben. Da fragte ich Jim, was er wohl davon hielte, wenn ich mal in die Stadt rüberruderte und sähe, was da los wäre. Er hatte nichts dagegen, meinte aber, ich müßte nachts gehen und ganz vorsichtig sein. Dann überlegte er noch mal und fragte, ob ich nicht 'n paar von den alten Klamotten aus dem Holzhaus anziehen könnte, um als Mädchen zu gehen.

Das war gar nicht so übel, und so verkürzten wir eins von den Kattunkleidern. Nachdem ich meine Hosenbeine bis zu den Knien aufgekrempelt hatte, zog ich's an. Jim knöpfte es hinten zu, und es paßte wie für mich gemacht. Dann hab' ich den Strohhut aufgesetzt und ihn mit'm Samtband unterm Kinn zugebunden. Jim sagte, so würde mich kein Mensch erkennen, vielleicht nicht mal bei Tage. Den ganzen Tag hab' ich geübt, um den Kniff rauszukriegen, wie so'n Mädel geht, aber Jim hat gesagt, das würd' ich wohl nie lernen. Er sagte auch, ich dürfte nicht immer den Rock hochheben, um in meine Hosentasche zu fassen. Das hab' ich mir gemerkt.

Kurz nach Einbruch der Dunkelheit fuhr ich rüber und machte etwas unterhalb der Stadt mein Boot fest. Als ich so am Ufer entlangging, sah ich in einer kleinen Hütte, die lange Zeit ganz unbewohnt gewesen war, ein Licht brennen. Ich wollte gern wissen, wer wohl jetzt darin wohnte, schlich näher und guckte durchs Fenster.

Eine Frau von ungefähr vierzig Jahren saß am Tisch und strickte. Sie war eine Fremde, denn ich hatte sie noch nie gesehen. Sie mußte ganz neu sein, denn in unserer Stadt kenn' ich doch jeden. Das war natürlich 'n Glück für mich, denn ich hatt' es schon 'n bißchen mit der Angst gekriegt, daß ich hergekommen war, wo die Leute doch meine Stimme erkennen konnten. Aber selbst wenn die Frau erst seit zwei Tagen in unserer kleinen Stadt war, konnte sie mir bestimmt alles erzählen, was ich wissen wollte. Ich klopfte an die Tür und nahm mir nochmals fast vor, nicht zu vergessen, daß ich jetzt ja 'n Mädchen war.

„Herein!" sagt die Frau, und ich trete ein.

„Setz dich!" sagt sie.

Ich setze mich. Sie sieht mich mit ihren glänzenden kleinen Augen von oben bis unten an und fragt:

„Wie heißt du?"

„Sarah Williams."

„Wo wohnst du? In der Nachbarschaft?"

„Nee, in Hookerville, sieben Meilen von hier. Ich bin den ganzen Weg gelaufen und abgehetzt."

„Bist sicher auch hungrig. Ich mach' dir was zu essen."

„Nein, jetzt bin ich nicht mehr hungrig, weil ich schon auf einer Farm was zu essen gekriegt hab'. Deshalb ist's mir auch

so spät geworden. Meine Mutter ist krank und ohne Geld, und ich soll es meinem Onkel, Abner Moore, sagen. Er wohnt am oberen Ende der Stadt, hat meine Mutter gesagt. Ich bin noch nie hier gewesen. Kennen Sie ihn?"

„Nein, ich kenne die Leute noch nicht. Ich bin erst seit zwei Wochen hier. Es ist aber 'n ziemlich weiter Weg bis zum anderen Ende der Stadt. Am besten ist es, wenn du über Nacht hierbleibst. Nimm doch deinen Hut ab."

„Nee", sag' ich, „ich ruh' mich nur 'n Weilchen aus und geh' dann weiter. Ich hab' keine Angst im Dunkeln."

Sie sagte, sie wolle mich nicht allein gehen lassen; aber ihr Mann würde bald heimkommen und er könne dann mit mir gehen. Dann fing sie an, von ihrem Mann zu erzählen und von ihrer ganzen Verwandtschaft jenseits und diesseits vom Fluß und wieviel besser sie sich früher gestanden hätten und daß sie glaubte, 'nen Fehler gemacht zu haben, in unsere Stadt zu ziehen, und so weiter und so weiter, bis i c h 's schon mit der Angst kriegte, einen Fehler gemacht zu haben, daß ich zu ihr gegangen war, um was zu erfahren.

Aber ganz allmählich kam sie doch auf meinen Alten und auf mein Verschwinden aus der Stadt zu sprechen. Mir stockte der Atem, als sie sagte, ich wäre wohl ermordet worden, weil man den ganzen Fluß nach mir abgesucht und nichts gefunden hätte. Dann erzählte sie mir alles über meinen Alten und über mich, und was für 'n Ausbund er wäre und was für 'n Ausbund ich wäre. Schließlich kam sie auch wieder auf meine Ermordung zu sprechen. Da fragte ich:

„Wer hat's eigentlich getan? Bei uns in Hookerville haben wir natürlich auch 'ne Masse davon gehört, aber wir wissen nicht, wer nun eigentlich der Mörder von Huck Finn ist."

„Na ja, ich schätze, es gibt auch hier 'ne Masse Leute, die gern wüßten, wer ihn ermordet hat. Manche glauben, der alte Finn hat's selbst getan."

„Nee, wirklich?"

„Fast jeder hat's zuerst gedacht — der hat gar nicht gewußt, wie nahe er dran war, gelyncht zu werden. Aber 'n paar Stunden darauf haben alle einen Nigger verdächtigt, der durchgebrannt ist. Er hieß Jim."

„Nee — der ist doch . . ."

Aber sie redete weiter und hatte zum Glück nichts gemerkt.

„Ja, der Nigger lief in derselben Nacht davon, als Huck Finn ermordet wurde. Und es sind dreihundert Dollar ausgesetzt für den, der ihn fängt. Aber auch auf den alten Finn ist 'ne Belohnung ausgesetzt — zweihundert Dollar. Weißt du, am Morgen nach dem Mord kam er in die Stadt und hat davon erzählt. Er war auch noch mit vielen Leuten auf der Fähre, mit der sie den Fluß nach Hucks Leiche abgesucht haben, aber danach war er gleich verschwunden. Ja, und am nächsten Tag fanden sie raus, daß der Nigger auch weg war und daß ihn seit zehn Uhr abends nach dem Mord niemand mehr gesehen hatte. Da hat man ihn natürlich gleich verdächtigt.

Am nächsten Morgen kommt der alte Finn wieder und geht johlend zum Notar Thatcher und verlangt Geld, um nach dem Nigger zu suchen. Der Notar hat ihm auch was gegeben, und noch am selben Abend hat er sich betrunken. Bis nach Mitternacht ist er mit zwei finster dreinsehenden Fremden durch die Stadt gezogen und ist dann mit ihnen verschwunden. Seitdem ist er nicht wieder zurückgekommen, wird's auch wohl nicht eher tun, als bis über die ganze Geschichte 'n bißchen Gras gewachsen ist. Und dann kommt er sicher zurück und legt seine Pfoten auf Hucks Geld. Die Leute sagen ja, dem wär' alles zuzutrauen."

„Ja, ich glaube auch. Aber jetzt denkt doch sicher niemand mehr, daß der Nigger 's getan hat?"

„O doch, manche denken, er hat's getan. Aber ich schätze, sie werden ihn bald haben, und dann können sie ihm vielleicht 'n Geständnis abquetschen."

„Wie, suchen sie denn jetzt nach ihm?"

„Na, du bist aber auf den Kopf gefallen, Kind! Dreihundert Dollar kann man doch nicht jeden Tag verdienen! Manche denken ja auch, daß der Nigger gar nicht weit von hier ist. Ich meine es auch, aber ich hab's noch nicht erzählt. Vor'n paar Tagen sprach ich mit einem alten Ehepaar, das nebenan in der Holzhütte wohnt. Zufällig sprachen wir von der Insel da drüben, die sie Jackson-Insel nennen. ‚Lebt denn niemand da?' frage ich. ‚Nein, niemand', sagen sie. Ich hab' ihnen zwar nichts davon gesagt, aber bestimmt hab' ich vor kurzem über der Insel drüben Rauch aufsteigen sehen. Könnt' ja sein, daß der Schwarze sich da versteckt hält, sag' ich zu mir selbst, und man kann die Insel mal absuchen. Vor zwei Stunden hab' ich's meinem Mann erzählt, und er ist sofort mit einem anderen Mann losgegangen, um nachzusehen."

Ich wurde so unruhig, daß ich plötzlich nicht mehr wußte, was ich mit meinen Händen tun sollte; deshalb nahm ich 'ne Nadel vom Tisch und versuchte, 'nen Faden einzufädeln. Aber meine Hände zitterten, und ich hab's nicht geschafft. Die Frau hatte aufgehört zu reden, und als ich hochsah, blickte sie mich ganz komisch an und lachte 'n bißchen. Da hab' ich die Nadel und den Faden wieder hingelegt und ganz interessiert dreingeguckt — natürlich war ich auch interessiert. Ich sagte:

„Dreihundert Dollar ist 'n schöner Batzen Geld. Ich wünschte, meine Mutter hätt's. Geht Ihr Mann noch heute abend los?"

„O ja, mit dem anderen Mann. Er ist in die Stadt gegangen, um ein Boot und noch 'ne Flinte zu leihen. Sie wollen nach Mitternacht zur Insel rüberrudern."

„Aber könnten sie denn nicht besser sehen, wenn sie bis morgen früh warteten?"

„Natürlich. Aber der Schwarze könnte dann auch besser sehen. Nach Mitternacht ist er bestimmt eingeschlafen, und im Dunkeln kann man sein Lagerfeuer viel besser sehen — falls er eins hat."

„Ja, daran hab' ich nicht gedacht."

Die Frau sah mich immer noch so komisch an, und ich fühlte mich gar nicht wohl in meiner Haut. Sie sagte:

„Wie war doch dein Name, mein Kind?"

„M-Mary Williams."

Irgendwie schien es mir, als ob ich vorher nicht Mary gesagt hätte; deshalb sah ich auch nicht auf. Hatte ich nicht Sarah gesagt? Ich fühlte mich in die Enge getrieben und wünschte nur, die Frau würde weiterreden; je länger sie schwieg, desto unbehaglicher fühlte ich mich. Endlich sagte sie:

„Kind, sagtest du nicht, als du reinkamst, dein Name wär' Sarah?"

„O ja, ich heiße nämlich Sarah Mary Williams. Sarah ist mein erster Vorname. Manche nennen mich Sarah und manche Mary." Ich fühlte mich 'n bißchen leichter, aber trotzdem wär' ich jetzt doch ganz gern gegangen.

Aber die Frau hatte schon wieder angefangen zu reden. Sie klagte über die schlechten Zeiten und über die Ratten, die so frech wären, als gehörte ihnen das Haus, und so weiter und so fort, und nach und nach hab' ich mich nicht mehr so bedrückt gefühlt. Das mit den Ratten stimmte. Von Zeit zu Zeit steckte eine immer ihre Nase aus'm Loch in der Ecke. Die Frau zeigte mir 'ne Bleikugel, die sie mit Garn umwickelt hatte, und sagte, gewöhnlich könne sie ganz gut werfen, aber gestern hätte sie sich grad den Arm verrenkt, und ob ich's nicht mal probieren wollt'.

Ich nahm das Ding, und als sich 'ne Ratte zeigte, hab' ich ihr sofort eins aufs Fell gebrannt. Die Frau sagte, das wäre großartig fürs erste Mal. Sie stand auf und holte die Bleikugel zusammen mit einem Strang Garn zurück. Ich mußte meine Hände hochhalten, und sie streifte das Garn darüber und wickelte. Dann sagte sie:

„Paß auch auf die Ratten auf! Am besten legst du das Blei griffbereit in deinen Schoß."

Sie warf mir die Kugel in den Schoß, ich schlug meine Beine zusammen und fing sie so. Und dann sprach die Frau weiter — aber nur für einen Augenblick. Dann nahm sie das Garn von meinen Händen, sah mir gerade, aber ganz freundlich ins Gesicht und sagte:

„Nun sag es mir — wie heißt du wirklich?"

„Wie — wieso?"

„Wie heißt du? Heißt du Bill oder Tom oder Bob? Oder wie?"

Ich glaub', ich hab' gezittert wie Espenlaub und wußte nicht, was ich sagen sollte. Dann hab' ich gesagt:

„Warum ziehn Sie 'n armes Mädel wie mich so auf? Wenn ich hier im Weg bin, will ich . . ."

„Nein, das wirst du nicht. Setz dich nur wieder hin. Ich tue dir bestimmt nichts, und ich werde dich auch nicht verraten. Du erzählst mir nur alles, und ich will versuchen, dir zu helfen. Ich glaube, du bist 'n durchgebrannter Lehrling — sonst nichts. Aber das ist ja auch nicht schlimm. Du bist schlecht behandelt worden und hast dich dann entschlossen durchzubrennen. Kind, ich will dich gewiß nicht verraten. Jetzt sag mir alles — bist auch ein guter Junge."

Ich sagte denn auch, ich hätte eingesehen, daß es keinen Zweck mehr hätte, weiter Theater zu spielen, und deshalb wollte ich ihr alles erzählen. Ich sagte, mein Vater und meine Mutter wären tot, und ich hätte 'nen gemeinen alten Bauern zum Vormund, der mich immer so schlecht behandelt hätte, daß ich's schließlich nicht mehr hätte aushalten können. Deshalb hätt' ich eines Tages 'n Kleid von seiner Tochter gestohlen und wär' ausgerissen. Ich sagte, ich glaubte, daß mein Onkel, Abner Moore, mich aufnehmen würde, und deshalb wär' ich ja auch nach Goshen gekommen.

„Goshen, Kind? Aber dies ist nicht Goshen, dies ist St. Petersburg."

„Oh, dann muß ich aber machen, daß ich wegkomme."

„Gewiß, aber warte noch, bis ich etwas zu essen eingepackt habe. Und dann sag mir erst mal deinen Namen."

„George Peters", antwortete ich.

„Na, versuche, diesen Namen zu behalten, George, und sag mir nicht, du heißt George-Alexander, wenn du gehst. Und mische dich in diesem alten Kattunkleid nicht unter Frauen. Vielleicht fallen die Männer darauf herein, aber die Frauen nicht. Und, mein Kind, wenn du einen Faden einfädeln willst, darfst du nicht den Faden stillhalten und die Nadel bewegen, sondern du mußt die Nadel stillhalten und dann den Faden durchziehen. Und wenn du nach einer Ratte wirfst, mußt du dich auf deine Zehenspitzen stellen und die Hand so ungeschickt hochhalten, wie du nur kannst; selbstverständlich mußt du dann ungefähr 'n halben Meter vorbeiwerfen. Du mußt dich auch vorsehen, wenn du irgend etwas in deinem Schoß auffängst. Nur ein Junge schlägt die Beine zusammen, wie du's getan hast; 'n Mädel wirft die Beine auseinander, weil sie's im Rock auffangen will. Und nun geh zu deinem Onkel, Sarah Mary Williams George Alexander Peters, und wenn du mal in Schwierigkeiten gerätst, laß es nur Frau Judith Loftus wissen, die bin ich." —

Ungefähr fünfzig Meter bin ich noch weiter am Ufer entlanggegangen, dann lief ich ganz schnell zu der Stelle zurück, wo mein Boot lag. Ich sprang rein und ruderte in größter Eile los. Den Hut nahm ich ab, er hinderte mich jetzt nur. Als ich ungefähr in der Mitte vom Fluß bin, höre ich die Uhr schlagen; ich halte an und horche. — Elf Uhr! Als ich zur Insel kam, steuerte ich sofort auf meinen alten Lagerplatz los und steckte da auf'm trockenen Platz 'n gutes Feuer an.

Dann sprang ich wieder ins Boot und legte mich mächtig ins Zeug, um möglichst schnell zur Höhle zu kommen. Nach fast anderthalb Meilen machte ich mein Boot wieder fest, schlich durch den Wald, kletterte den Hügel rauf und stürzte in die Höhle. Da lag Jim auf dem Boden und schlief ganz fest. Ich weckte ihn und sagte:

„Steh auf und rette dich, Jim! Es ist keine Minute zu verlieren. Sie sind hinter uns her!"

Jim stellte keine Fragen, aber die Art, wie er die nächste halbe Stunde arbeitete, zeigte deutlich, wie erschrocken er war. Bald war alles, was wir auf dieser Welt besaßen, auf dem Floß untergebracht. Wir löschten das Lagerfeuer in der Höhle und zündeten draußen auch keine Kerze mehr an.

Am Ufer sahen wir uns dann erst vorsichtig nach allen Seiten um. Sollte tatsächlich 'n Boot dagewesen sein, so haben wir's bestimmt nicht gesehen, denn bei Sternenlicht sieht man nicht viel. Dann holten wir das Floß raus und trieben im Schatten dahin, immer an der Insel entlang, mäuschenstill, ohne ein einziges Wort.

Räuber auf dem Wrack

Es muß fast ein Uhr gewesen sein, als wir endlich unterhalb der Insel waren; das Floß schien so schrecklich langsam zu sein. Wenn uns ein Boot begegnete, wollten wir in unser Kanu übersteigen, das wir angebunden hatten, und nach dem Illinois-Ufer entwischen. Es war gut, daß es nicht so kam, denn wir hatten nicht daran gedacht, die Flinte ins Boot umzuladen und auch nicht die Angelschnur oder irgendwas zum Essen, wir waren viel zu bange, als daß wir an alles hätten denken können. Es war nicht sehr klug von uns, daß wir alles auf das Floß geladen hatten.

Als der Himmel schon etwas hell wurde, machten wir unser Floß in einer großen Bucht an der Illinois-Seite fest und bedeckten es dann mit abgehauenen Zweigen, so daß es gar nicht auffiel.

Die Fahrrinne des Stromes war hier an der Missouri-Seite, deshalb hatten wir auch keine Angst, daß uns jemand aufspüren würde. Wir lagen den ganzen Tag auf der Lauer und beobachteten die Flöße und Dampfschiffe. Dabei erzählte ich Jim jede Einzelheit meiner Unterhaltung mit der pfiffigen Frau.

Als es dunkel wurde, steckten wir unsere Köpfe aus dem Gestrüpp raus und sahen uns um; aber nichts war zu sehen. Jim riß einige der oberen Planken vom Floß ab und baute 'n ganz gemütlichen Wigwam. Wir konnten uns, wenn's regnete, da hineinsetzen, und wir konnten auch unsere Sachen darin trockenhalten. In der Mitte des Wigwams schichteten wir Erde auf, fünf oder sechs Zoll hoch, mit einem Rahmen darum herum; so konnten wir bei kaltem oder nassem Wetter ein Feuer anzünden, ohne daß man es von draußen gesehen hätte. Nachdem wir unser Floß so verbessert hatten, fuhren wir weiter. Wir glitten bei Nacht stromab, und bei Tage lagen wir in irgendeiner versteckten Bucht und schliefen. Tagelang ging das so.

Jede Nacht kamen wir an Städten vorbei, von denen einige an schwarzen Abhängen lagen. Man sah nur einen schimmernden Streifen Licht. In der fünften Nacht sahen wir St. Louis, und es schien mir, als hätten sich alle Lichter der ganzen Welt hier versammelt.

Jeden Abend gegen zehn Uhr schlich ich an Land und kaufte für zehn oder fünfzehn Cent etwas Mehl oder Speck und was man sonst so ißt. Ab und zu ist mir auch 'n Huhn übern Weg gelaufen, das sich gewiß auf seiner Stange nicht wohlfühlte. Mein Alter hat mir immer gesagt, ich könnte 'n Huhn richtig mitnehmen, wenn's mir übern Weg lief', denn wenn man selbst keinen Hunger darauf hätte, könnte man es ja einem anderen geben — 'ne gute Tat würde nie vergessen.

Als wir fünf Nächte unterhalb von St. Louis waren, kam nach Mitternacht ein toller Sturm auf, und es goß wie aus Eimern. Wir verkrochen uns in unsern Wigwam und überließen unser Floß sich selbst. Als der Blitz 'n Augenblick aufleuchtete, sahen wir den großen Fluß vor uns und zu beiden Seiten steile Felsen.

Plötzlich sagte ich: „He, Jim, guck doch mal!" Da lag doch wirklich ein Dampfschiff, das auf einen Felsen gelaufen war. Wir trieben genau darauf zu. Im Lichte der Blitze konnten wir ganz deutlich erkennen, daß 'n Teil des Oberdecks aus dem Wasser ragte und daß das Schiff starke Schlagseite hatte. Ich war natürlich mächtig neugierig und wollte gleich an Bord klettern, um 'n bißchen rumzuschnüffeln. Deshalb sagte ich:

„Komm, Jim, wir wollen's uns ansehen!"

Jim war zuerst dagegen, aber schließlich gab er dann doch nach. Wir legten an und krochen auf allen vieren an Deck. Nicht lange danach standen wir vor der offenen Tür der Kapitäns- kajüte. Aber, ach, du lieber Gott, da drüben brannte ja ein Licht! Im gleichen Augenblick hörten wir leise Stimmen.

Jim flüsterte mir zu, ihm wär' nicht wohl und ich sollte mit ihm abhauen, sonst ging's uns sicher dreckig. Ich war sofort einverstanden, und wir wollten gerade zurückkriechen, als ich 'ne jammernde Stimme hörte:

„Tut mir doch nichts, Jungs! Ich schwör' euch, daß ich euch nicht verrate!"

Eine andere Stimme sagte ziemlich laut: „Du lügst, Jim Turner. Das hast du vorher auch immer gesagt. Immer willst du mehr als deinen Anteil, und immer hast du mehr bekommen, weil du gedroht hast, du würdest uns sonst verraten. Aber jetzt ist's genug, hörst du! Du bist der gemeinste, hinterlistigste Hund, den es gibt!"

Unterdessen hatte sich Jim schon verdrückt. Ich selbst platzte fast vor Neugier und dachte, daß Tom Sawyer bestimmt nicht ausgerissen wär', und ich würde es auch nicht tun; ich würde nachsehen, was los wäre. Also rutschte ich auf allen vieren behutsam durch den dunklen kleinen Gang, bis ich in den erleuchteten Raum hineinsehen konnte. Da lag, an Händen und Füßen gefesselt, ein Mann auf dem Fußboden. Zwei Männer standen über ihn gebeugt; der eine trug eine Laterne, und der andere hatte eine Pistole in der Hand. Damit zielte er auf den Kopf des Gefesselten und sagte: „Ich möcht's wirklich tun. Dieses gemeine Stinktier!"

Der Mann am Boden krümmte sich und bettelte: „Bitte nicht, Bill! Ich werd's auch nie und nimmer verraten."

„Das ist 'n wahres Wort, was du da gesagt hast! — Hör nur, wie er bettelt, Bill! Und wenn wir ihn nicht gefesselt hätten, würde er uns beide umbringen. Und wofür? Für nichts und wieder nichts. Nur weil wir auf unserem Recht bestanden haben. Ich kann dir versprechen, daß du keinem mehr drohen wirst, Jim Turner. Leg die Pistole weg, Bill."

„Gott segne dich dafür, Jake Packard! Ich werd's dir nicht vergessen, bestimmt nicht, solange ich lebe!" schluchzte der Mann am Boden.

Packard schenkte ihm keine Beachtung, hängte seine Laterne an einen Haken und kam im Dunkeln auf die Stelle zu, wo ich versteckt lag, und machte dem Bill ein Zeichen mitzukommen. So schnell ich konnte, krabbelte ich zurück, aber das Schiff lag so schräg, daß ich nicht sehr schnell vorwärtskam. Um nicht überrannt zu werden, bin ich ganz schnell in eine danebenliegende Kabine gekrochen. Aber die beiden Männer kamen mir nach und blieben ausgerechnet vor der Kabine stehen, in der ich mich versteckt hatte, und der Packard sagte:

„Komm hier rein!"

Ich konnt' mich nur noch ganz schnell in das obere Bett werfen, da kamen die beiden auch schon rein. Ich saß in der Klemme und verfluchte meinen Leichtsinn, nicht mit Jim zum Floß zurückgegangen zu sein. Sie standen ganz nahe an meinem Bett, legten die Hände auf den Rand und redeten. Ich konnte sie zwar nicht sehen, aber doch riechen, denn sie hatten Schnaps getrunken. Ich war froh, daß ich keinen Whisky getrunken hatte; aber ich glaube, sie hätten mich sowieso nicht riechen können, denn die meiste Zeit hab' ich meinen Atem angehalten. Nebenbei gesagt: kein Mensch hätte atmen können, wenn er dieser Unterhaltung zugehört hätte. Sie sprachen leise, und sie

meinten es ernst! Der Bill wollte den Turner kaltmachen. Er sagte:

„Er hat gesagt, er wird's verpfeifen, und ich weiß, daß er's tut. Selbst wenn wir ihm jetzt noch unseren Anteil gäben, würde es keinen Unterschied mehr machen, nachdem wir ihn so behandelt haben. Ich bin dafür, daß wir ihn kaltmachen."

„Ich bin auch dafür", sagte Packard in aller Ruhe.

„Verdammt, und ich hatte schon gedacht, du wärst dagegen. Na, dann ist ja alles in Ordnung. Dann komm, mit der Geschichte sind wir schnell fertig."

„Warte! Ich habe noch nicht alles gesagt. Hör zu! Erschießen wäre natürlich ganz gut, aber es gibt auch 'ne lautlose Art, wenn's nun mal sein muß. Ich sehe keinen Grund, warum wir uns in Gefahr begeben sollten, wenn's auch anders geht."

„Das stimmt natürlich. Aber wie sollen wir's denn machen?"

„Paß auf und hör dir meinen Plan an: Wir kramen hier noch 'n bißchen in den Kabinen rum und sehen nach, was wir mitnehmen können. Die Beute verstecken wir am Ufer. Dann warten wir, denn in ungefähr zwei Stunden geht dieses Wrack bestimmt unter. Kapiert? Er ertrinkt, und niemand anders ist schuld als er selbst. Wenn wir eben drum herumkommen können, sollten wir kein Blut vergießen; es ist so unmoralisch. Hab' ich nicht recht?"

„Ich glaub' schon. Aber angenommen, dieser Kasten geht nicht unter?"

„Wir können ja noch zwei Stunden warten und aufpassen."

„Gut — gehen wir."

Sie gingen, und ich flitzte aus der Kajüte; in kalten Schweiß gebadet taumelte ich vorwärts. Überall war's ganz dunkel, aber ich hab' trotzdem im Flüsterton gerufen: „Jim!" Er antwortete sofort, denn er stand fast direkt neben mir. Ich sagte:

„Schnell, Jim, wir haben keine Zeit zu verlieren, wir sind unter 'ne regelrechte Räuberbande geraten. Und wenn wir nicht ganz schnell ihr Boot finden und es stromab treiben lassen, so daß diese Kerls nicht weg können, dann geht's einem von ihnen dreckig. Wenn wir aber ihr Boot finden, dann können wir dafür sorgen, daß es ihnen allen dreckig geht — denn der Sheriff wird sie schon kriegen. Fix, beeil dich! Ich such' die Backbord- und du die Steuerbordseite ab. Du fängst am Floß . . ."

„Ach du lieber Gott, du lieber Gott! Floß? Wir nicht haben Floß mehr — Floß sich haben losgerissen und sein auf und davon!"

Ja, ich bin fast auf den Rücken gefallen, als ich das hörte. Und dann zusammen mit 'ner Räuberbande auf'm Wrack! Aber wir durften keine Zeit vertrödeln — wir mußten das Boot finden, um uns zu retten. Zitternd und bebend gingen wir also zur Steuerbordseite, und es schien 'ne Ewigkeit, bis wir endlich da waren. Aber keine Spur von 'nem Boot! Jim sagte, er könne nicht mehr weiter, er hätte solche Angst, daß ihm alle Kraft

abhanden gekommen wär'. „Komm schon!" hab' ich gesagt,
„wenn wir allein auf diesem Wrack zurückbleiben, sitzen wir
in der Tinte."

Wir krabbelten also weiter, und plötzlich seh' ich die Um-
risse von 'nem Boot! Das mußte es sein! Gerade will ich rein-
springen, da geht 'ne Tür auf! Einer der Männer steckt den
Kopf raus — nur 'n halben Meter von mir entfernt, und ich
denke schon, jetzt ist's aus — da dreht er sich um und sagt:

„Tu doch die verdammte Laterne weg, Bill!"

Er warf ein Paket ins Boot und setzte sich dann selber rein.
Es war Packard. Dann erschien Bill. Packard sagte mit unterdrückter Stimme: „Alles in Ordnung — stoß ab!"

Aber Bill sagte: „Warte — hast du ihn auch gründlich durchsucht?"

„Nein, ich dachte, du hättest es getan."

„Nein. Also hat er seinen Anteil noch!"

„Dann komm mit — es hat keinen Zweck, unnützen Kram mitzunehmen und Geld hierzulassen."

Sie gingen. Die Tür schlug zu, und in einer halben Sekunde war ich im Boot, und Jim kam stolpernd hinterdrein. Ich mein Messer rausgezogen und die Leine durchgeschnitten — und ab ging's.

Wir brauchten kein Ruder anzufassen. Mäuschenstill glitten wir dahin, sprachen und flüsterten nicht und atmeten kaum. Eine Minute später lag das Wrack schon hinter uns, die Dunkelheit verschluckte es, und wir wußten, daß wir sicher waren.

Dann machten wir uns auf die Jagd nach unserem verlorenen Floß. Aber immer wieder mußte ich an die Männer denken. Wie schrecklich mußte es doch selbst für Mörder sein, in so einer Klemme zu sitzen. Ich hab' zu mir selbst gesagt, man sollt' den Teufel nicht an die Wand malen, vielleicht würde ich selbst mal ein Mörder, und wie würd' mir das gefallen, so hoffnungslos allein auf'm Wrack zu sitzen und unterzugehen?

Bald begann es zu regnen, und dieses Mal viel schlimmer als vorher. Es goß in Strömen, und kein Licht zeigte sich. Beim

Schein der Blitze sahen wir plötzlich 'n schwarzes Ding vor uns. Es war unser Floß!

Wir waren mächtig froh, es wiederzuhaben, und luden die Sachen, die die Burschen gestohlen hatten, aufs Floß. Jetzt sah ich ein Licht am Ufer und sagte zu Jim, ich wollte mal nachsehen. Jim sollte noch eine Meile den Fluß runterfahren und dann am Ufer ein Feuer machen und warten, bis ich wieder da wäre.

Ich setzte mich wieder in das Boot und ruderte auf das Licht zu. Beim Näherkommen sah ich, daß es ein ganzes Dorf war. Ich zog die Ruder ein und ließ mich treiben. Plötzlich sehe ich die Laterne von 'nem Fährboot. Ich fahr' noch ein Stückchen weiter, mache mein Boot fest und suche dann nach dem Fährmann. Er saß schlafend auf einem Tauknäuel und hatte den Kopf auf die Knie gelegt. Ich hab' ihn zwei- oder dreimal angestoßen und dann so getan, als ob ich heulte.

Erschrocken fuhr er auf, als er aber sah, daß ich es war, gähnte er und streckte sich und sagte:

„Was ist denn los? Heul doch nicht so! Was gibt's denn?"

„Vater und Mutter und meine Schwester sind . . ." Da brach ich ab.

Er sagte: „Nun stell dich nicht so an, jeder hat seine Sorgen. Was ist los mit deinen Eltern?"

„Sie sind — sie sind — sind Sie der Fährmann von diesem Boot?"

„Gewiß", sagt er und schmeißt sich in die Brust. „Ich bin der Kapitän und der Besitzer und der Matrose und der Lotse und der Fährmann, alles zusammen. Manchmal bin ich sogar die Fracht und die Passagiere. Natürlich bin ich nicht so reich wie der alte Jim Hornback und kann mit dem Geld nicht so rumwerfen, wie er's tut. Aber ich hab' ihm schon oft gesagt, daß ich nicht mit ihm tauschen würde, denn, hab' ich gesagt, für mich gäb's nur das Seemannsleben, und ich würd' eingehen, wenn ich in der Stadt leben müßte, wo niemals was passiert. Ich hab' gesagt . . ."

Ich hab' ihn unterbrochen und gesagt: „Sie sind in großer Not und . . ."

„Wer?"

„Nun, mein Vater und meine Mutter und die Schwester und Fräulein Hooker; und wenn Sie Ihre Fähre nehmen und dahinfahren . . ."

„Wohin? Wo sind sie?"

„Auf dem Wrack."

„Meinst du die ‚Walter Scott'?"

„Ja."

„Guter Gott! Was, um Himmels willen, tun sie denn da nur?"

„Ja, es war so. Fräulein Hooker hat 'n Besuch in der Stadt gemacht. Gegen Abend wollte sie sich übern Fluß setzen lassen, um bei 'ner Freundin zu übernachten. Auf der Mitte vom Fluß verloren sie aber 'n Ruder, und da hat die Strömung sie gepackt und gegen das Wrack geschleudert, und das Boot war gleich zum Teufel. Die Negerin, die das Fräulein bei sich gehabt hat, und auch der Mann, dem das Boot gehörte, sind gleich untergegangen, aber das Fräulein hat sich am Wrack festgehalten und ist raufgeklettert. Ja, ungefähr 'ne Stunde danach, als es schon ganz dunkel war, wollten meine Eltern, meine Schwester und ich auch übern Fluß setzen. Es war so dunkel, wir haben fast nichts gesehen, und da sind wir ganz plötzlich auf das Wrack geknallt. Alle von uns konnten sich retten, nur der Bill Whipple nicht — ach, er war so'n feiner Kerl! Fast wollte ich, ich wär' an seiner Stelle gewesen."

„Meine Güte! Das ist das tollste Ding, das ich je gehört habe. Und was habt ihr dann getan?"

„Nun, wir haben gebrüllt und gerufen, aber es ist ja so weit draußen, daß uns keiner hören konnte. Deshalb hat mein Vater gesagt, jemand müßte versuchen, an Land zu kommen und Hilfe zu holen. Ich war der einzige, der schwimmen konnte, und so hab' ich's eben versucht. Ungefähr 'ne Meile von hier bin ich an Land gestiegen und hab' viele Leute gefragt, ob sie nicht helfen könnten. Aber sie haben gesagt: ‚Was, in einer solchen Nacht und bei dieser Strömung? Geh zum Fährmann!' — Würden Sie gehen und . . ."

„Na ja, ich will's ja tun, aber wer wird mich dafür bezahlen? Glaubst du, daß dein Vater . . .?"

„Oh, das geht schon in Ordnung. Fräulein Hooker sagte, ihr Onkel Hornback . . ."

„Donnerwetter! Ist der ihr Onkel? — Hör zu, du gehst jetzt genau auf das Licht dort zu; wenn du dort ankommst, hältst du dich rechts. Ungefähr nach 'ner Viertelmeile kommst du an 'ne Kneipe, da kannst du fragen, wo Jim Hornback wohnt. Und halt dich nirgends auf, sondern erzähle ihm gleich die Neuigkeit. Sag ihm, ich hätt' seine Nichte schon in Sicherheit, bevor er zur Stadt käme! Beeil dich jetzt! Ich hole mir nur noch gerade einen zweiten Mann."

Ich ging auf das Licht zu, aber sobald er um die Ecke verschwunden war, lief ich zurück und sprang in mein Boot. Ich ließ es eine Weile treiben und mischte mich dann zwischen einige Holzschiffe. Ich war mächtig zufrieden mit mir selbst, weil ich mir soviel Mühe wegen der Räuberbande gemacht hatte. Andere hätten's bestimmt nicht getan.

Bald kam ich am Wrack vorbei, das inzwischen noch mehr weggesackt war. Mir ist's ganz kalt den Rücken runtergelaufen. Das Schiff war schon ganz tief im Wasser, und ich sah gleich, daß, wenn jemand an Bord war, wohl kaum noch Hoffnung für ihn bestand. Ich rief, kriegte aber keine Antwort; alles war totenstill. Ich hab 'n bißchen Mitleid mit der Bande gehabt, aber nicht viel.

Bald kam auch die Fähre, und ich bin schnell zur Flußmitte gerudert. Als ich glaubte, außer Sichtweite zu sein, hab' ich meine Ruder eingezogen und zugesehen, wie die Fähre nach den Überresten von Fräulein Hooker gesucht hat. Das dauerte 'ne ganze Weile, aber bald haben's die Leute aufgegeben und sind wieder an Land gerudert. Da hab' ich mich ins Zeug gelegt und bin den Fluß runtergegondelt.

Es schien 'ne mächtig lange Zeit, bevor ich Jims Licht entdeckte, und selbst dann sah's noch aus, als ob's tausend Meilen weit entfernt wär'. Als ich endlich dort ankam, wurde der Himmel im Osten schon ein bißchen grau. Jim und ich suchten uns eine Insel, versteckten unser Floß und versenkten das Boot der Räuber. Und dann haben wir uns hingelegt und geschlafen wie zwei Tote.

Wir hofften, in drei weiteren Tagen in Cairo zu sein. Das liegt ganz unten in Illinois, wo der Ohiofluß in den Mississippi mündet. Wir wollten dort unser Floß verkaufen und mit einem Dampfer den Ohio rauffahren, mitten in die freien Staaten hinein. Da wären wir dann ganz sicher.

Abenteuer auf dem Floß

Wir schliefen fast den ganzen Tag und fuhren in der Dunkelheit wieder los. In dieser Nacht kamen wir an eine Stelle, wo der Fluß 'ne starke Biegung machte, und es wurde plötzlich mächtig warm. Der Fluß war hier sehr breit, und zu beiden Seiten stand dichter Wald. Wir sprachen über Cairo und fragten uns, ob wir es wohl erkennen würden, wenn wir es am Ufer liegen sähen. Jim meinte, wir würden es bestimmt sofort erkennen, weil bei Cairo ja die beiden großen Flüsse zusammenfließen. Ich hab' aber gesagt, daß man das nie so genau sehen könnte — man kann nämlich unter Umständen auch annehmen, man hätte 'ne Insel umschifft. Das hat Jim und auch mich mächtig unruhig gemacht.

Was sollten wir bloß tun? Ich sagte, ich würde ans Ufer rudern, sobald ich 'n Licht sähe, und würde da fragen, wie weit es noch bis Cairo wär'. Jim hielt das für 'ne ausgezeichnete Idee, und so kriegten wir unsere Pfeifen raus und rauchten und warteten.

Jetzt hatten wir nichts weiter zu tun, als nach der Stadt Ausschau zu halten. Jim sagte, er wäre ganz sicher, er würde sie sofort erkennen, denn im gleichen Augenblick wär' er ja 'n

freier Mann. Aber wenn wir sie verpaßten, blieb er für immer
'n Sklave. Alle naselang sprang er auf und rief:

„Da sie sein!"

Aber es war immer ein Irrtum; deshalb setzte er sich wieder
und hielt unverdrossen weiter Ausguck. Er sagte, es mache ihn
ganz zittrig und fiebrig, der Freiheit so nahe zu sein. Na, ich
kann nur sagen, es machte mich auch zittrig und fiebrig, wenn
ich ihn so reden hörte. Wer war denn schuld daran, daß er
schon fast frei war? Doch nur ich! Ich konnte den Gedanken
einfach nicht loswerden.

Ich wurde so unruhig, daß ich nicht mehr stillsitzen konnte.
Ich hab' versucht, mir einzureden, daß i c h Jim ja nicht angestiftet hatte, seinem Besitzer auszureißen; aber es hatte keinen
Zweck, mein Gewissen sagte immer wieder: Aber du hast
gewußt, daß er durchgebrannt ist, und du hättest ihn anzeigen
müssen! — Und was hatte das arme Fräulein Watson mir
eigentlich getan, daß ich mit ansah, wie ihr einziger Nigger
davonlief? Ich hab' mich so unglücklich gefühlt, daß ich fast
wünschte, ich wär' tot. Aufgeregt lief ich immer auf dem Floß
hin und her, und Jim rannte immer hinter mir her. Jedesmal,
wenn er einen Luftsprung machte und rief: „Das sein Cairo!",
ging's mir durch und durch.

Jim führte laute Selbstgespräche. Er sagte, er finge sofort an
zu sparen, wenn er in dem freien Staat wäre, und nicht einen
einzigen Cent gäbe er aus, und wenn er genug hätte, würde er
seine Frau freikaufen, die auf einer Farm in der Nähe von
Fräulein Watson arbeitete. Und dann würden sie gemeinsam
sparen, um auch ihre beiden Kinder loszukaufen.

Es ist mir kalt den Rücken runtergelaufen, als ich so'n Geschwätz hörte. Früher hätte er niemals gewagt, so zu reden.
Da sieht man mal wieder, wie wahr das Sprichwort ist: „Wenn
du einem Nigger den kleinen Finger gibst, nimmt er die ganze
Hand!" Ich sagte zu mir selbst: Das kommt daher, daß ich nicht
drüber nachgedacht hab'. Läßt dieser Nigger sich doch einfallen
zu sagen, er wolle seine Kinder stehlen, die noch dazu einem

Mann gehören, den ich nie im Leben gesehen habe und der mir nie was Böses angetan hat.

Ich hab' mich mächtig darüber geärgert, daß Jim das gesagt hat, denn ich hatte es nicht von ihm gedacht. Schließlich hab' ich mir gedacht: Es ist ja noch nicht zu spät — sobald ich ein Licht sehe, rudere ich an Land und zeig' ihn an. Sofort fühlte ich mich wieder unbeschwert und glücklich. Jetzt spähte ich auch scharf nach Lichtern aus. Dann sah ich eins.

Jim jubelte: „Wir sein da, Huck, wir sein da, das sein gute alte Cairo, ich wissen ganz genau!"

„Ich nehme das Boot und sehe mal nach, Jim. Es kann ja sein, daß dies noch nicht Cairo ist."

Er beeilte sich, das Boot fertigzumachen, und legte dann seinen Mantel für mich auf den Sitz. Er gab mir den Riemen, und als ich abstieß, rief er:

„Bald ich werden weinen vor Freude, und dann ich werden sagen, daß ich haben zu danken alles nur Huck. Jim niemals werden vergessen guter Huck; du sein gewesen die beste Freund, Jim haben gehabt."

Da ruderte ich nun also und wollt' ihn verraten! Und plötzlich kam ich nur noch ganz langsam vorwärts und wußte gar nicht mehr recht, ob ich ihn anzeigen sollte oder nicht. Als ich schon ein paar Meter weit weg war, rief Jim:

„Da fährt der lieber alter Huck; er sein der einzige weiße Mann, der nie verraten hat alte Jim."

Mir war sterbenselend zumute, aber ich hab' mir gesagt, daß ich es tun müsse. Plötzlich kam 'n Boot auf mich zu, mit zwei Männern, die Gewehre bei sich hatten. Als sie hielten, hielt ich auch, und der eine sagte:

„Was ist das da hinten?"

„'n Floß", sagte ich.

„Gehört es dir?"

„Ja, Herr."

„Sind Männer drauf?"

„Nur einer, Herr."

„Heute nacht sind fünf Nigger ausgerissen. Ist dein Mann
weiß oder schwarz?"

Ich konnte nicht sofort antworten, ich hab's versucht, aber
die Kehle war mir wie zugeschnürt. Ich wollte sagen, daß Jim
schwarz war, aber irgendwie konnt' ich's nicht. Ich sagte:

„Er ist weiß."

„Hm — wir werden selbst nachsehen."

„Das wär' wirklich fein", sagte ich, „denn Vater ist darauf,
und Sie könnten mir vielleicht helfen, das Floß an Land zu
ziehen. Er ist nämlich krank — und Mutter auch und Marianne."

„Teufel, wir haben keine Zeit, Junge! Aber wir müssen's ja
wohl tun. Komm mit."

Als wir zwei oder drei Schläge gemacht hatten, sagte ich:
„Vater wird Ihnen ja mächtig dankbar sein. Alle rennen gleich
weg, wenn ich sie bitte, mir zu helfen, und ich kann das Floß
doch nicht allein ans Ufer ziehen."

„So 'ne Gemeinheit! Aber es ist doch irgendwie komisch.
Sag, Junge, was ist denn mit deinem Vater los?"

„Er hat — nun, es ist fast gar nichts."

Sie hörten auf zu rudern. Es war gar nicht mehr weit bis zum Floß. Der eine sagte: „Junge, du lügst. Was hat dein Vater? Antworte!"

„Ich will's ja sagen, Herr, aber lassen Sie uns nicht im Stich! Bitte, rudern Sie doch weiter, Sie brauchen dem Floß ja nicht so nahe zu kommen."

„Zurück, John, zurück!" ruft der eine. „Bleib uns vom Halse, Junge. Verdammt noch mal, ich glaub', der Wind bläst gerade hierher! Warum hast du nicht gleich gesagt, daß dein Vater die Blattern hat? Willst du, daß wir uns alle anstecken?"

„Ach je", heulte ich laut, „jeder, dem ich's erzählt hab', ist ja gleich fortgelaufen!"

„Na ja, man kann's ihnen ja auch nicht verdenken. Es tut uns wirklich mächtig leid für dich, aber siehst du, wir wollen die Blattern nicht haben. Paß auf, ich sag' dir, was du jetzt tust: Rudere ungefähr zwanzig Meilen den Fluß runter, dann kommst du zu 'ner Stadt, sie liegt auf der linken Seite vom Fluß. Wenn du Hilfe holst, sagst du den Leuten, deine Familie hätte Fieber. Sei nicht wieder so dumm, den Leuten zu verraten, was wirklich los ist. Ich glaub', dein Vater ist arm, hat ja auch wirklich Pech gehabt. Ich leg' dir ein Zwanzigdollarstück auf dies Brett, das nimm dir, wenn es vorbeitreibt."

„Warte noch, Parker", sagte jetzt der andere Mann, „leg dieses Zwanzigdollarstück noch dazu. Leb wohl, Junge, und tu so, wie Herr Parker dich geheißen hat."

Sie ruderten weg, und ich kletterte in unser Wigwam. Aber Jim war nicht da. Ich sah überall nach, konnte ihn aber nicht finden. Ich rief: „Jim!"

„Hier ich sein, Huck. Sein sie fort? Du nicht sprechen laut!"

Er war im Wasser, genau unter dem Steuerruder, und nur seine Nase guckte raus. Ich sagte ihm, daß sie weg wären und daß er wieder aufs Floß kommen könnte.

„Ich haben alles mit angehört und sein gesprungen in die Fluß, um zu schwimmen an Land. Du sie haben aber mächtig angeschmiert, Huck, und alter Jim dir nie wird das vergessen, Kind."

Dann haben wir uns erst mal über das Geld gefreut. Es hat unserer Kasse einen mächtigen Aufschwung gegeben. Jim sagte, wir könnten jetzt ja mit einem Dampfer weiterfahren, und mit soviel Geld könnten wir kreuz und quer durch die freien Staaten gondeln. Er meinte, noch zwanzig Meilen mit dem Floß wären ja nicht viel, aber er möchte doch sehr gern bald da sein.

Gegen Morgen legten wir an, und diesmal versteckte Jim das Floß besonders gut. Dann schuftete er den ganzen Tag, knüpfte alles, was wir hatten, in Bündeln zusammen und machte sich fertig, daß Floß zu verlassen.

Um zehn Uhr abends sahen wir auf der linken Seite Lichter. Ich kletterte ins Boot, um mich zu erkundigen, und fand auch bald einen Mann, der in einem Boot saß und angelte. Ich fragte ihn:

„Herr, ist diese Stadt Cairo?"

„Cairo? — Nein, du bist wohl verrückt!"

„Wie heißt diese Stadt denn, Herr?"

„Wenn du's wissen willst, geh doch selbst und sieh nach! Und wenn du mich jetzt noch länger belästigst, kriegst du was, was dir bestimmt nicht angenehm ist."

Ich ruderte zum Floß zurück. Jim war schrecklich enttäuscht, aber ich hab' ihm gesagt, die nächste Stadt wär' vielleicht Cairo.

Wir fuhren weiter und kamen an 'ner anderen Stadt vorbei, und ich wollte wieder nachfragen. Aber Jim sagte, das könnte Cairo gar nicht sein, Cairo läge nicht so hoch. Das hatte ich ganz vergessen. Wir haben wieder angelegt, denn ich hatte plötzlich einen bestimmten Verdacht, und Jim auch. Ich sagte:

„Vielleicht sind wir im Nebel an Cairo vorbeigefahren."

„Du nicht reden darüber, Huck. Arme Nigger nie haben Glück. Aber ich immer haben gesagt, daß Schlangenhaut noch nicht fertig ist mit Unglück."

„Ich wünschte, ich hätt' die Schlangenhaut nie gesehen, Jim — ich wünschte, ich hätt' sie nie angefaßt."

„Du nicht konnten wissen, es bringen Unglück, Huck. Du nicht haben schuld."

Zwei oder drei Tage und Nächte verstrichen; ich kann fast sagen: sie schwammen vorbei — so ruhig und still und schön waren sie. Der Fluß war jetzt an einigen Stellen anderthalb Meilen breit, und wir fuhren nur des Nachts, bei Tage versteckten wir unser Floß und schliefen. Sobald es Nacht war, fuhren wir wieder los; wenn wir dann in der Flußmitte waren, ließen wir das Floß mit der Strömung treiben. Wir zündeten unsere Pfeifen an, ließen unsere Beine im Wasser baumeln und redeten über alle möglichen Dinge.

Es ist wunderschön, auf einem Floß zu leben. Manchmal legten wir uns auf den Rücken und betrachteten den Himmel, der übersät war mit Sternen, und dann haben wir uns darüber unterhalten, ob sie wohl jemand gemacht hat oder ob sie ganz einfach schon immer dagewesen sind. Jim meinte, vielleicht hätte der Mond sie gelegt, und das hat mir irgendwie eingeleuchtet; ich hab' nämlich schon Frösche gesehn, die fast genau so viel gelegt haben.

Eines Morgens nahm ich unser Boot und machte mich auf den Weg nach einem nahen Zypressenwald, um dort Beeren zu suchen. Wie ich grade an so 'ner Art Kuhpfad entlangrudere, kommen da plötzlich zwei Männer angerannt. Ich dachte schon, jetzt wär' alles aus, denn die beiden waren doch sicher hinter mir oder Jim her. Ich wollte mich schon gerade eiligst davonmachen, als sie mich anflehten und bettelten, ich sollte ihnen das Leben retten — sie sagten, sie hätten gar nichts getan und würden trotzdem von Hunden und Männern verfolgt. Sie wollten gleich in mein Boot springen, aber da hab' ich gesagt:

„Warten Sie 'nen Augenblick. Ich kann noch keine Hunde und Pferde hören. Sie haben noch Zeit, ein kleines Stück das Ufer entlangzulaufen und dann durchs Wasser zu mir zu waten, dann verlieren die Hunde Ihre Spur."

Sie taten's, und sobald sie im Boot waren, bin ich zum Floß zurückgerudert. Ungefähr zehn Minuten später hörten wir weit entfernt Hunde und auch Männer, die riefen; wir konnten sie aber nicht sehen. Und als wir schließlich an unserem Floß ankamen, war alles wieder still. Wir versteckten uns hinter dem Uferwäldchen und waren nun sicher.

Einer der Burschen, die ich gerettet hatte, war so an die siebzig oder noch älter und hatte einen ganz kahlen Kopf und 'nen grauen Backenbart. Er trug einen alten, abgetragenen Schlapphut und ein dreckiges Wollhemd. Die Enden von seiner zerrissenen blauen Hose hatte er in die Stiefel gestopft, und dann hatte er noch selbstgestrickte Hosenträger — nee, nur einen. Über dem Arm trug er 'nen alten, langen Mantel mit glatten Messingknöpfen. Der andere Kerl war ungefähr dreißig und 'n bißchen moderner angezogen. Beide Männer hatten große verschlissene Reisetaschen bei sich.

Nach dem Frühstück streckten wir uns alle im Gras aus und redeten, und das erste, was rauskam, war, daß sich die beiden gar nicht kannten.

„Was haben Sie denn verbrochen?" fragte der Kahlköpfige den anderen.

„Nun, ich bin rumgereist und hab' ein Mittel verkauft, das den Zahnstein von den Zähnen entfernen soll — und es tat's ja auch wirklich, nur entfernte es manchmal auch den Schmelz. Aber ich bin eine Nacht länger im Ort geblieben, als ich eigentlich sollte, und wollte mich gerade davonmachen, als ich Sie traf und Sie mir sagten, daß man hinter Ihnen her wäre. Da ich aber selbst gefürchtet habe, daß ich Scherereien kriegen könnte, bin ich eben mit Ihnen weggerannt. Das ist alles — und wie steht's mit Ihnen?"

„Nun, ich habe ungefähr eine Woche Versammlungen für Alkoholgegner abgehalten, und ich kann Ihnen nur sagen, ich war der Liebling aller Frauen, jung und alt. Pro Nacht habe ich manchmal fünf oder sechs Dollar eingenommen — zehn Cent pro Kopf, Kinder und Nigger Eintritt frei —, das Geschäft wuchs und wuchs, bis es sich so'n bißchen rumsprach, daß ich ab und zu mal 'n Schluck aus meiner Whiskyflasche nehme. Ein Nigger hat mich heute morgen geweckt und mir gesagt, die Leute versammelten sich schon mit ihren Hunden und Pferden und sie würden bald da sein. Ich hab' nicht mehr aufs Frühstück gewartet, ich hatte keinen Hunger mehr."

„Mensch", sagte der Jüngere, „ich glaube, wir sollten gemeinsam was unternehmen! Was meinen Sie?"

„Ich bin nicht abgeneigt — was ist Ihr Hauptberuf?"

„Drucker; ich fabriziere aber auch Arzneien und verstehe etwas von Heilkuren durch Magnetismus und Schädelkunde. Bin manchmal auch Schauspieler — Tragöde, verstehen Sie. Ich gebe Gesangs- und Geographiestunden in Schulen und halte Vorträge. — Oh, ich beschäftige mich mit allem, was mir so gerade über den Weg läuft, und es ist also eigentlich keine Arbeit. Und was tun Sie?"

„Ich hab' viel gedoktert, als ich noch jünger war. Besondere Erfolge hatte ich mit Handauflegen bei Krebs und Lähmungen und solchen Sachen. Ich kann auch die Zukunft voraussagen, wenn mir jemand vorher ein bißchen über die Person erzählt."

Für eine Weile sagte niemand etwas, dann seufzte der jüngere Mann auf und sagte: „Jaja!"

„Warum stöhnen Sie?" fragte der Kahlkopf.

„Das hätte ich mir nicht träumen lassen, daß ich mich einmal in einer solchen Gesellschaft befinden würde." Und er wischte sich die Augen.

„Sie Dummkopf, ist Ihnen die Gesellschaft nicht gut genug?" fragte der Kahlkopf frech und anmaßend.

„Ja, sie ist gut genug für mich, sie ist so gut, wie ich sie verdiene. Denn wer anders als ich selbst hat mich aus meiner Höhe heruntergerissen? Ich verdiene dies alles ja. Laß die kalte Welt mir das Schlimmste antun — eins weiß ich genau: irgendwo ist auch für mich ein Grab. Die Welt mag mir alles nehmen, meinen Besitz, meine Lieben, alles, aber das kann sie mir nicht nehmen." Und wieder wischte er sich die Augen.

„Zum Teufel, wir haben Ihnen doch nichts getan!" sagte der Kahlkopf.

„Nein, ich weiß, ich mache Ihnen ja auch keine Vorwürfe, meine Herren. Ich war es ja selbst, der mich so heruntergebracht hat."

„Heruntergebracht wovon?"

„Ach, Sie würden mir doch nicht glauben — die Welt glaubt mir ja nie. Das Geheimnis meiner Geburt . . ."

„Das Geheimnis Ihrer Geburt? Wollen Sie damit sagen . . ."

„Meine Herren", sagte der junge Mann jetzt sehr feierlich, „ich will mein Geheimnis lüften, da ich glaube, daß ich Ihnen Vertrauen schenken darf. Von Rechts wegen bin ich ein Herzog!"

Jims Augen wurden kugelrund, und ich glaube, meine auch. Dann sagte der Kahlkopf:

„Nein, das stimmt doch nie und nimmer!"

„Doch! Mein Urgroßvater, der älteste Sohn des Herzogs von Bridgewater, floh gegen Ende des Jahrhunderts in dieses Land, um hier die reine Luft der Freiheit zu atmen. Er heiratete, starb und hinterließ einen Sohn; sein Vater in Europa starb um die gleiche Zeit. Nun eignete sich der zweite Sohn des gestorbenen Herzogs Titel und Güter an, und der erstgeborene Sohn, der wirkliche Herzog, wurde übergangen. Und ich bin der direkte Nachkomme dieses Herzogs — ich bin der Herzog von Bridgewater. Hier bin ich nun also, ausgestoßen und verloren, verachtet von der kalten Welt und zu der Gesellschaft von Schwerverbrechern auf einem Floß verdammt."

Jim und ich bemitleideten ihn natürlich sehr. Wir versuchten, ihn zu trösten, aber es hatte nicht viel Zweck; er sagte, das einzige, was wir tun könnten, wäre, ihn anzuerkennen. Wir haben gesagt, wir wollten's tun, wenn er uns nur sage, wie man's macht. Er sagte, wir müßten uns verbeugen, wenn wir mit ihm sprächen, und ihn mit „Euer Gnaden" oder „Eure Hoheit" ansprechen — es mache ihm auch nichts aus, wenn wir ihn einfach mit „Bridgewater" ansprächen. Und einer von uns solle ihm bei Tisch aufwarten und ihn auch sonst bedienen.

Nun, das war ja leicht, und so haben wir's auch getan. Während des Essens stand Jim hinter ihm, wartete ihm auf und sagte: „Will Euer Gnaden haben von dies oder das?", und jeder konnte sehen, wie wohl es ihm tat.

Aber der alte Mann wurde immer stiller, und das Getue um den Herzog schien ihm gar nicht zu passen. Er schien etwas auf dem Herzen zu haben und sagte am Nachmittag:

„Hören Sie zu, Bridgewater, Sie tun mir ja wirklich sehr leid, aber Sie sind nicht der einzige, dem es so ergangen ist."

„Nein?"

„Nein, Sie sind nicht der einzige, der das Geheimnis seiner Geburt zu lüften hat." Und er fing tatsächlich an zu heulen.

„Was meinen Sie nur?"

„Bridgewater, kann ich Ihnen vertrauen?" fragte der alte Mann, immer noch schluchzend.

„Bis zum bitteren Tode." Er nahm die Hand des Alten, drückte sie und sagte: „Und nun das Geheimnis Ihrer Geburt, sprechen Sie!"

„Bridgewater, ich bin der selige Dauphin!"

Ich kann nur sagen, daß Jim und ich diesmal regelrecht erschrocken waren. Dann fragte der Herzog:

„Was sind Sie?"

„Ja, mein Freund, es ist wahr, Ihre Augen sehen in diesem Moment auf den armen verschollenen Dauphin Ludwig XVII., Sohn von Ludwig XVI. und Marie Antoinette."

„Sie! In Ihrem Alter! Sie meinen wohl, Sie wären der selige Karl der Große; Sie müssen doch bestimmt schon sechs- oder siebenhundert Jahre alt sein."

„Es ist der Kummer, Bridgewater, nur der Kummer. Sorgen haben meine Haare grau gefärbt und mich frühzeitig kahlköpfig werden lassen. Ja, meine Herren, Sie sehen tatsächlich den verstoßenen, rechtmäßigen König von Frankreich vor sich."

Und jetzt heulte er so sehr, daß Jim und ich gar nicht mehr wußten, was wir tun sollten; denn er tat uns sehr leid, und wir waren mächtig stolz, ihn auf unserem Floß zu haben. Deshalb versuchten wir, ihn zu trösten, aber er sagte, es hätte keinen Zweck; am liebsten wäre er tot und hätte alles hinter sich. Allerdings täte es ihm manchmal wohl, wenn ihn die Menschen seinem Rang entsprechend behandelten. So sollten wir zum Beispiel das Knie beugen, wenn wir mit ihm sprächen, und ihn mit „Majestät" anreden.

Jim und ich hofierten ihn jetzt sehr, wir taten dies und das für ihn und standen so lange, bis er uns erlaubte, uns hinzusetzen. Dies tat ihm mächtig wohl, und er fühlte sich ganz behaglich und glücklich. Der Herzog aber tat sauer, als er sah, wie sich die ganze Sache machte; der König jedoch war sehr freundlich zu ihm und sagte, daß man des Herzogs Urgroßvater und überhaupt alle Herzöge von Bridgewater sehr gern im königlichen Palast gesehen hätte. Aber der Herzog schien noch immer beleidigt; schließlich sagte der König:

„Da wir nun wahrscheinlich eine ganze Weile auf diesem Floß zusammensein werden, Bridgewater, hat es doch wirklich keinen Zweck, sauer zu sein. Es ist ja nicht meine Schuld, daß ich nicht als Herzog geboren bin, und es nicht Ihre Schuld, daß Sie kein König sind. Weshalb soll man sich also aufregen? — So, geben Sie mir Ihre Hand, Herzog, und lassen Sie uns Freunde sein!"

Der Herzog tat's, und Jim und ich waren mächtig froh, als wir's sahen, denn es wär' doch 'ne scheußliche Sache gewesen, wenn wir Streitigkeiten auf dem Floß gehabt hätten.

Nun, es dauerte nicht lange, bis ich rauskriegte, daß diese Lügner weder König noch Herzog, sondern nur heruntergekommene Betrüger waren. Aber ich habe nichts gesagt, sondern alles für mich behalten; 's ist immer am besten so, dann hat man auch keinen Ärger und keine Scherereien.

Die beiden Betrüger

Sie fragten uns 'ne ganze Menge und wollten wissen, weshalb wir das Floß bei Tage versteckten, anstatt zu fahren — ob Jim etwa ein entlaufener Neger wäre? Da sagte ich:

„Du meine Güte, würde 'n ausgerissener Neger nach Süden fahren?" Das sahen sie ein, aber ich mußte die Sache ja einigermaßen einleuchtend machen und sagte deshalb:

„Meine Familie hat in Pike Country, in Missouri, gelebt, und da bin ich auch geboren. Sie sind alle gestorben außer Vater und meinem Bruder Ike. Deshalb wollte mein Vater alles aufgeben und zu unserem Onkel Ben ziehen, der ungefähr vierundvierzig Meilen entfernt von Orleans wohnt. Mein Vater war ziemlich arm und hatte Schulden, und als er die beglichen hatte, blieben uns nur sechzehn Dollar und unser Neger Jim. Das reichte natürlich nicht fürn Dampfer. Ja, und als der Fluß stieg, hatte Vater eines Tages 'ne Glückssträhne — er ergatterte dieses Floß. Also wollten wir mit dem Floß nach Orleans fahren.

Aber Vaters Glück hielt nicht an; eines Nachts rammte ein Dampfer das vordere Ende des Floßes, und wir sprangen alle über Bord. Jim und ich sind wieder hochgekommen, aber Vater war betrunken, und Ike war erst vier Jahre alt. Wir haben sie nie mehr gesehen. Ja, und in den nächsten Tagen hatten wir Scherereien, weil alle Leute glaubten, Jim wär' ein entlaufener Neger, und sie wollten ihn mir wegnehmen. Deshalb fahren wir seitdem nicht mehr tagsüber — des Nachts stört uns niemand."

Der Herzog sagte: „Laßt mich nur mal nachdenken — ich werde irgendwas erfinden, damit wir auch bei Tage fahren können. Aber es ist wohl am besten, wenn wir nicht bei Tageslicht an dieser Stadt dort unten vorbeifahren — es könnte Unannehmlichkeiten geben."

Gegen Abend krochen der Herzog und der König in unsern Wigwam, um nachzusehen, wie die Betten waren. Der König sagte mir noch, wir sollten ja gut aufpassen, dann legten sich die beiden zur Ruhe.

Beim ersten Tageslicht versteckten wir wieder unser Floß. Nach dem Frühstück holte der König ein dreckiges altes Kartenspiel raus, und er und der Herzog spielten eine Weile. Bald hatten sie aber keine Lust mehr und legten sich einen Schlachtplan zurecht, wie sie es nannten.

Der Herzog holte aus seiner Reisetasche 'ne Masse kleiner gedruckter Karten und las sie laut vor. Auf einer Karte stand: „Der berühmte Doktor Armand de Montalban von Paris wird einen Vortag über Schädelkunde und Charakter halten an dem und dem Ort und dem Tag, zehn Cent Eintritt." Der Herzog sagte, der Doktor wäre er. Auf einer anderen Karte hieß es, er wäre der „weltberühmte Shakespeare-Schauspieler Garrick der Jüngere aus London." Auf den nächsten Karten standen noch 'ne Masse andere Namen, und er hatte auch hier angeblich die wundervollsten Dinge getan, zum Beispiel Wasser und Gold mit 'ner Wünschelrute gefunden, hatte Verhexte von ihrem Bann befreit und so weiter. Schließlich sagte er:

„Aber die Muse der Schauspielkunst ist mir die liebste. Haben Sie jemals die Bretter betreten, Majestät?"

„Nein", sagte der König.

„Aber Sie werden es tun, noch bevor Sie drei Tage älter sind, gestürzte Hoheit", sagte der Herzog. „In der ersten Stadt, an der wir anlegen, werden wir einen Saal mieten und den Schwertkampf aus ‚Richard III.' und die Balkon-Szene aus ‚Romeo und Julia' aufführen. Wie gefällt Ihnen das?"

„Oh, ich bin natürlich dabei, wenn sich etwas bezahlt macht, Bridgewater, aber sehen Sie, ich verstehe nichts vom Theaterspielen und habe auch nie viel davon gesehen. War noch zu klein, als mein Alter so was im Palast aufführen ließ. Glauben Sie, daß Sie's mir beibringen können?"

„Mit Leichtigkeit."

„Gut, dann wollen wir doch gleich anfangen, es ist sonst so langweilig hier." Dann erzählte ihm der Herzog, wer Romeo war und wer Julia war, und er sagte, er spiele immer den Romeo, also solle der König Julia übernehmen.

„Aber wenn die Julia doch ein junges Mädchen ist, Herzog, wirken dann mein Bart und mein kahler Kopf nicht ein bißchen ungewöhnlich?"

„Machen Sie sich nur keine Sorgen deshalb. Diese Bauerntölpel werden das gar nicht merken. Und nebenbei sind Sie ja auch im Kostüm, und das macht fast alles aus. Julia steht auf dem Balkon und genießt den Mondschein, ehe sie zu Bett geht, und sie hat natürlich ein Nachthemd an und eine gekräuselte Nachthaube auf dem Kopf. Hier sind die Kostüme."

Der König war zufrieden, und der Herzog holte 'n Buch raus und fing an, wahnsinnig geschwollen daherzureden; dabei fuchtelte er wild mit den Armen, um zu zeigen, wie's gemacht wird. Dann gab er dem König das Buch und befahl ihm, seine Rolle auswendig zu lernen.

Drei Meilen weiter kamen wir an ein kleines Dorf, und nach dem Essen sagte der Herzog, er hätte jetzt 'n Plan ausgeknobelt, wie wir auch bei Tage fahren könnten, ohne daß es für Jim gefährlich werden würde. Er würde also in das Dorf gehen und die Sache in Ordnung bringen. Der König wollte mitgehen, um zu sehen, was es für ihn zu tun gäbe, und da uns der Kaffee

ausgegangen war, meinte Jim, ich solle das Boot nehmen und welchen holen.

Als wir im Dorf ankamen, war kein Mensch auf der Straße, es war alles so still wie am Sonntag. Schließlich fanden wir 'n kranken Nigger, der sich auf einem Hinterhof sonnte, und der sagte uns, daß alles, was nicht zu jung oder zu alt oder zu krank wär', zur Missionskundgebung gegangen wär', die ungefähr 'ne Meile von hier im Walde abgehalten würde. Der König ließ sich von dem Nigger den Weg beschreiben, und ich durfte mitgehen.

Der Herzog sagte, er wolle erst 'ne Druckerei finden. Wir fanden auch eine, die über 'ner Zimmermannswerkstatt lag. Alle Türen waren unverschlossen, obwohl auch die Drucker und Zimmerleute zur Kundgebung gegangen waren. Der Herzog zog seinen Mantel aus und sagte, jetzt wär' alles in Ordnung. Er blieb, und der König und ich machten uns auf den Weg zu der Versammlung.

Wir kamen nach 'ner halben Stunde da an und waren naß zum Auswringen, denn es war ein mächtig heißer Tag. Es waren mindestens tausend Leute da, und der Wald war voll von Pferdegespannen und Wagen. Da standen aus Stangen und Zweigen erbaute Zelte, wo man Limonade und Süßigkeiten und Wassermelonen und all so 'n Zeugs kaufen konnte.

Die Predigten wurden unter 'ner ähnlichen Art von Zelten gehalten, die nur größer waren und mehr Menschen faßten. Die Prediger standen auf 'ner Art Podium an einem Ende vom

Zelt. Die Frauen trugen Sonnenhüte, und 'n paar junge Männer waren barfuß. Als wir zum ersten Zelt kamen, sprach der Prediger gerade die ersten beiden Zeilen eines Chorals vor; alle sangen sie nach, und es war irgendwie großartig, wenn man's hörte, denn es waren viele Leute da. Dann sagte er wieder zwei Zeilen vor — und so weiter. Die Leute sangen immer lauter, und schließlich brüllten sie fast.

Dann fing der Mann an zu predigen, und er tat es sehr ernsthaft, denn er lief immerzu auf dem Podium herum, dann lehnte er sich darüber und wedelte mit Händen und Füßen und donnerte seine Worte nur so in die Gegend. Und ab und zu hat er die Bibel genommen, sie hoch über seinem Kopf geschüttelt und gebrüllt: „Dies ist die eherne Schlange in der Wüste, schauet auf sie, auf daß ihr lebet!" Und das Volk brüllte: „Amen!"

Und so ging das weiter, man konnte kaum noch verstehen, was der Prediger sagte, denn jetzt riefen und weinten alle durcheinander. Viele Leute standen auf und bahnten sich ihren Weg durch die Menge zu den Büßerbänken, mit tränenüberströmten Gesichtern sangen und schrien sie.

Ja, und plötzlich mußte ich doch feststellen, daß der König mitgerissen wurde; man konnte seine Stimme deutlich raushören. Und dann lief er zum Podium und bat den Prediger, zu den Leuten sprechen zu dürfen.

Er schrie ihnen zu, er wäre seit dreißig Jahren ein Pirat im Indischen Ozean gewesen. Da er im letzten Frühjahr bei einem Kampf viele Männer verloren hätte, wär' er jetzt zurückgekommen, um neue Leute anzuwerben. Glücklicherweise wär' er aber gestern ausgeraubt worden und von 'nem Mississippi-Dampfer ohne einen Cent in dieses Dorf gekommen. Er sagte, er wär' sehr froh darüber, denn seit heute wär' er ein völlig verwandelter Mensch.

Aber er wolle keine Zeit verlieren und sich sofort wieder aufmachen zum Indischen Ozean, und den Rest seines Lebens wolle er damit zubringen, die anderen Piraten wieder auf den rechten Weg zu bringen. Er hätte zwar kein Geld, und es würde 'ne lange Zeit dauern, bis er da wäre, aber irgendwie würde er's schon schaffen. Und jedesmal, wenn er 'n Piraten überzeugt hätte, würde er ihm sagen: „O nein, danke nicht mir, sondern den lieben und edlen Leuten der Pokeville-Kundgebung und ihrem verehrten Prediger hier, dem wahrsten Freund, den ein Pirat jemals gehabt hat."

Und dann fing er an zu heulen, und alle heulten mit. Plötzlich rief jemand: „Sammelt für ihn! Sammelt für ihn!" Ja, und ein halb Dutzend Leute wollten's schon tun, als jemand schrie: „Nein, er soll selbst mit dem Hut rumgehen!" Und schließlich schrien's alle, auch der Prediger.

Und der König ging mit dem Hut durch die Menge, wischte seine Augen und segnete die Leute und dankte ihnen, daß sie so gut zu den fernen Piraten wären. Manchmal kam auch ein süßes Mädel zu ihm, dem die Tränen übers Gesicht liefen, und bat, ihn küssen zu dürfen — zur Erinnerung. Er erlaubte es jedesmal, und manche Mädels küßte und drückte er fast fünf- oder sechsmal.

Als wir zum Floß zurückkamen und er sein Geld zählte, fand er raus, daß er achtundsiebzig Dollar und fünfundsiebzig Cent eingesammelt hatte. Und dann hatte er auch noch 'nen Zwölf-liter-Krug mit Whisky geklaut, der unter 'nem Wagen gelegen hatte. Der König sagte, rund gerechnet wär's der größte Erfolg, den er je beim Missionieren erlebt hätte.

Der Herzog hatte geglaubt, auch 'nen guten Erfolg gehabt zu haben, aber als er das ganze Geld vom König sah, glaubte er das nicht mehr so recht. Er hatte für 'nen Bauern zwei kleine Druckarbeiten erledigt und sich dafür vier Dollar bezahlen lassen. Dann hatte er Zeitungsanzeigen angenommen, die zehn Dollar wert waren, aber er hatte sie ihnen für vier Dollar gelassen, weil sie im voraus bezahlt hatten. Alles in allem hatte er neuneinhalb Dollar eingenommen.

Dann zeigte er uns noch 'ne andere kleine Druckarbeit, die er gemacht hatte, weil sie für uns war. Es war ein Bild von 'nem entlaufenen Neger, der 'n Bündel an einem Stock über der

Schulter trug, und darunter stand „200 Dollar Belohnung". Dann folgte noch 'ne Beschreibung, die haarklein auf Jim paßte. Es hieß, er wär' letzten Winter von der St. Jacques-Plantage unterhalb von New Orleans weggelaufen und hätte sich wahrscheinlich nach Norden gewandt. Derjenige, der ihn zurückbrächte, kriegte die Belohnung.

„Wenn wir wollen, können wir jetzt auch bei Tage mit dem Floß fahren", sagte der Herzog. „Wenn jemand kommt, können wir Jim ja fesseln und ihn in den Wigwam legen. Dann zeigen wir dieses Plakat und sagen, wir hätten ihn gefangen und führen jetzt nach Orleans, um die Belohnung einzuheimsen."

Wir alle sagten, daß das 'ne gute Idee vom Herzog wär' und wir hätten sicherlich keine Scherereien, wenn wir auch bei Tage fahren würden. Aber es wär' doch wohl besser, wenn wir uns jetzt aus dem Staube machten, den der Herzog mit seinen Druckarbeiten bestimmt aufgewirbelt hätte.

Bis gegen zehn Uhr haben wir uns ganz still verhalten, und erst dann sind wir losgefahren. Unsere Laterne haben wir erst angezündet, als wir ziemlich weit vom Dorf weg waren.

Als Jim mich rief, damit ich gegen vier Uhr morgens die Wache übernähme, sagte er: „Huck, du glauben, wir werden treffen mehr Könige auf diese Fahrt?"

„Nein", hab' ich gesagt, „das glaube ich nicht."

„Oh", hat er gesagt, „das sein gut. Ich nichts haben gegen eins oder zwei Königs, aber das sein genug. Unser König sein mächtig betrunken, und der Herzog sein nicht viel besser."

Jim erzählte mir auch noch, er hätte den König dazu zu bringen versucht, mal französisch zu reden; er hätte endlich wissen wollen, wie's sich anhört. Aber der König hätte gesagt, er wär' schon seit so langer Zeit in unserem Land und 's wär ihm so dreckig ergangen, daß er's vergessen hätte.

Die Sonne war schon aufgegangen, aber wir fuhren einfach weiter und legten nicht an. Schließlich krochen auch der König und der Herzog aus dem Wigwam. Sie sahen ziemlich mürrisch aus; nachdem sie aber ins Wasser gesprungen waren und sich

so 'n bißchen erfrischt hatten, fühlten sie sich wieder besser. Nach dem Frühstück setzte sich der König auf eine Ecke vom Floß, zog seine Schuhe aus, krempelte seine Hosen hoch und ließ dann seine Beine behaglich im Wasser baumeln. Danach zündete er seine Pfeife an und fing an, seinen Teil aus ‚Romeo und Julia' auswendig zu lernen.

Als er es schon ziemlich gut konnte, übten der Herzog und er zusammen. Der Herzog zeigte ihm immer wieder, wie es gemacht werden mußte, ließ ihn seufzen und die Hand aufs Herz legen, und nach 'ner Weile sagte er, der König wär' gar nicht so dumm. „Nur", sagte er, „Sie dürfen das ‚Romeo' nicht rausbrüllen wie 'n Ochse, sondern Sie müssen's zart und schmachtend sagen, denn Julia ist ein süßes, feines Mädchen, das niemals brüllt wie ein Esel."

Die erste Vorstellung, die die beiden Betrüger ein paar Abende später gaben, ging völlig daneben. Die Farmer hier am unteren Mississippi schienen keine besondere Vorliebe für Shakespeare zu haben, und der König und der Herzog zogen mit leeren Händen ab.

Sie haben Jim verkauft!

Bald darauf haben sie es aber wieder versucht, und diesmal haben sie es ganz anders angefangen und den Leuten vorgemacht, sie kriegten was ganz Komisches zu sehen. Das stimmte auch wirklich, denn der König kam nackt und ganz bunt bemalt auf die Bühne, und die Zuschauer haben sich halbtot gelacht. Dann aber haben sie sich furchtbar genasführt gefühlt, weil das ganze Stück damit schon zu Ende war. Trotzdem haben sie es sich nicht anmerken lassen, daß sie enttäuscht waren, sondern ihren Nachbarn erzählt, es wäre wunderbar gewesen; und so hatten die beiden Gauner am nächsten Tage wieder einen vollen Saal.

Am dritten Abend aber wollten die Einwohner des Ortes dem König und dem Herzog zeigen, daß sie sich nicht ungestraft auf den Arm nehmen ließen, und sie hatten sich die Taschen mit faulen Tomaten und anderem Zeugs vollgestopft. Aber damit hatten die beiden gerechnet und sich daher rechtzeitig aus dem Staube gemacht. Vierhundertfünfundsechzig Dollar haben die Schufte in den drei Nächten eingenommen! Ich hab' noch nie gesehen, daß jemand solche Wagenladung voll Geld verdient hat. Aber vorläufig konnten wir uns nicht wieder am Ufer sehen lassen, weil die Nachricht von dem Betrug uns bestimmt schon längst vorausgeeilt war.

Tage vergingen, ohne daß wir anhielten. Wir fuhren immer weiter südlich in eine wärmere Gegend und waren schon sehr weit von zu Hause fort. Wir sahen Bäume, die mit spanischem Moos bewachsen waren, das wie lange graue Bärte von den Ästen hing. Es war das erstemal, daß ich so was sah; die Wälder sahen dadurch so feierlich und so düster aus.

Nach einer Weile faßten die beiden Betrüger neuen Mut und beschlossen, sich in den Dörfern zu betätigen. Zuerst hielten sie mal wieder 'ne Vorlesung über Enthaltsamkeit, bei der aber nicht soviel raussprang, daß sie sich davon hätten betrinken können. In einem anderen Dorf machten sie 'ne Tanzschule auf; da sie selbst aber wie 'n paar Känguruhs tanzten, lachte das Volk sie aus und schmiß sie raus. Sie versuchten noch allerhand, aber sie hatten kein Glück. Schließlich wurden sie ganz niedergedrückt, lungerten auf dem Floß herum und sagten tagelang kein Wort.

Dann aber wurde es plötzlich anders; sie setzten sich zusammen in den Wigwam und sprachen 'ne lange Zeit leise und geheimnisvoll miteinander. Jim und ich wurden unruhig, denn wir meinten, daß sie bestimmt wieder 'ne neue Gaunerei ausheckten. Wir überlegten hin und her und kamen schließlich zu dem Schluß, daß sie in ein Haus oder in einen Laden einbrechen wollten oder irgendwas anderes. Da sind Jim und ich uns einig geworden, daß wir um nichts in der Welt was damit zu tun haben wollten — im Gegenteil, bei der ersten Gelegenheit würden wir sie verraten, um die Betrüger endlich loszuwerden.

Ja, und eines Morgens versteckten wir das Floß an einem sicheren Platz, ungefähr zwei Meilen unterhalb von 'nem kleinen schäbigen Dorf, es hieß Pikesville. Der König ging an Land, um sich, wie er sagte, „ein bißchen umzusehen". Er sagte noch, wenn er bis Mittag nicht zurückkäme, sollten der Herzog und ich nachkommen, denn dann wär' alles in Ordnung.

Wir blieben also in unserem Versteck. Der Herzog war aber verdrießlich und schimpfte uns wegen jeder Kleinigkeit aus. Wir konnten ihm nichts recht machen, immer wieder fuhr er uns an. Ich war froh, als es Mittag wurde und der König sich nicht hatte sehen lassen.

Also gingen der Herzog und ich in das Dorf und suchten den König. Schließlich fanden wir ihn völlig besoffen in dem Hinterzimmer von 'ner Schenke, und 'ne ganze Masse Taugenichtse verhöhnte ihn aus Jux. Er fluchte und drohte zwar mit aller Macht, war aber so voll, daß er ihnen nichts tun konnte. Jetzt fing auch der Herzog noch an, ihn auszuschimpfen, und der König schimpfte zurück, und sie hatten sich prächtig in der Wolle. Diesen Augenblick habe ich benützt, aus dem Zimmer zu huschen. Ich hab' meine Beine in die Hand genommen und bin wie'n Reh die Uferstraße entlanggelaufen. Ich kam ganz atemlos, aber voller Freude am Floß an und rief:

„Fahr zu, Jim, wir sind sie los!"

Aber ich kriegte keine Antwort, und es kam auch niemand aus dem Wigwam! Jim war weg! Ich rief — und noch mal, und noch mal, aber es war immer vergeblich. Da hab' ich mich hingesetzt und hab' geheult, ich konnte nichts dafür. Aber ich konnte nicht lange stillsitzen, und deshalb bin ich den Weg wieder zurückgegangen und hab' versucht, mir zu überlegen, was ich wohl tun sollte. Da traf ich auf der Straße einen Jungen und fragte ihn, ob er einen fremden Nigger gesehen hätte.

Er sagte: „Ja."

„Wo?"

„'n Stück von hier weg, bei Silas Phelps. Er ist ja 'n entlaufener Neger, und sie haben ihn gekriegt. Wolltest du ihn suchen?"

„Nee, ganz bestimmt nicht! Ich bin ihm im Wald übern Weg gelaufen, und er hat gesagt, er würde mir das Fell über die Ohren ziehen, wenn ich schrie. Er hat mir gesagt, ich sollte mich hinsetzen und bleiben, wo ich wär'. Jetzt eben erst hab' ich mich wieder aus dem Wald rausgewagt."

„Nun", sagte er, „jetzt brauchst du nicht mehr bange zu sein. Sie haben ihn ja erwischt. Er kommt aus'm Süden, und es sind zweihundert Dollar für ihn ausgesetzt. Ist genauso, als wenn man Geld auf der Straße findet!"

„Ja. Wer hat ihn denn gefangen?"

„'n alter Kerl — 'n Fremder, der sein Anrecht auf das Geld für vierzig Dollar verkauft hat, denn er mußte weiter und konnte nicht warten. Denk dir das nur! Ich hätte gewartet, und wenn's sieben Jahre gewesen wären."

„Ich auch", sagte ich, „aber vielleicht stimmt was nicht an der Sache."

„Doch, doch, es stimmt schon genau! Ich habe das Plakat ja selbst gesehen, und der Nigger ist genau beschrieben. Du, hast du nicht 'n bißchen Kautabak für mich?"

Ich hatte keinen, und so trollte er sich. Ich ging zurück zum Floß und setzte mich in unsern Wigwam, um nachzudenken. Aber es führte zu nichts. Nach allem, was wir für diese Schufte getan hatten, hatten sie tatsächlich das Herz gehabt, aus Jim einen lebenslänglichen Sklaven zu machen, noch dazu unter Fremden und für vierzig dreckige Dollar!

Ich hab' mir gesagt, es wär' für Jim tausendmal besser, dort Sklave zu sein, wo seine Familie war. Deshalb wollte ich einen Brief an Tom Sawyer schreiben, und Tom sollte Fräulein Watson sagen, wo Jim war. Aber diese Absicht habe ich bald wieder aufgegeben, denn erstens würde sie so bitterböse sein, weil Jim so undankbar gewesen war, von ihr fortzulaufen, daß sie ihn sofort verkaufen würde; und zweitens — wenn sie's nicht täte — würde jeder so 'nen Nigger verachten, und Jim würde es immerzu merken und sich nicht mehr zu Hause fühlen. Und dann mußte ich an mich denken! Überall würde es die Runde machen, daß Huck Finn einem Nigger geholfen hatte durchzubrennen. Aber so ist es eben: man dreht 'n krummes Ding und will dann nicht die Folgen auf sich nehmen.

Schließlich hatte ich eine Idee, und ich hab' mir gesagt, ich will den Brief schreiben und dann versuchen zu beten. Es war wirklich erstaunlich, wie erlöst ich mich gefühlt hab', nachdem ich mich dazu entschlossen hatte. Ich nahm also Papier und Bleistift, setzte mich hin und schrieb:

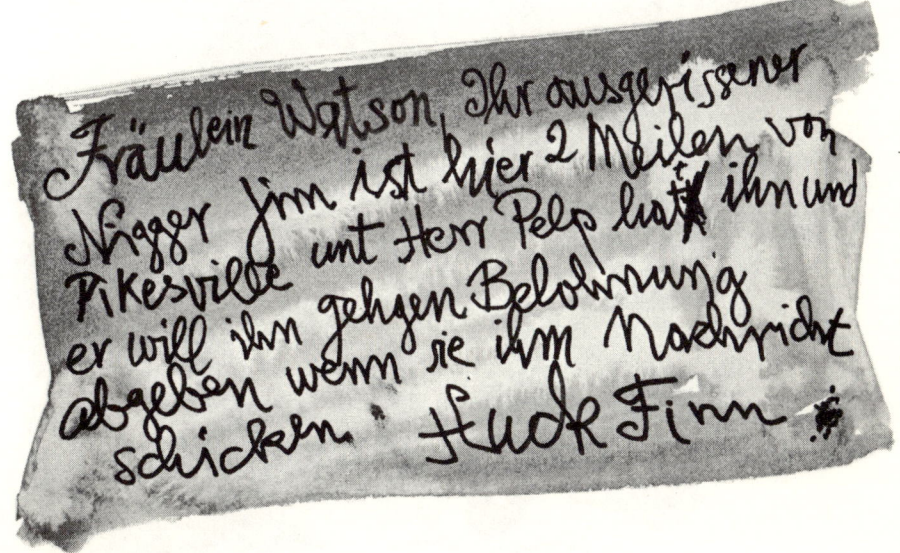

Fräulein Watson, Ihr ausgerissener Nigger Jim ist hier 2 Meilen von Pikesville unt Herr Pelp hat ihn und er will ihn gehgen Belohnung abgeben wenn sie ihm Nachricht schicken. Huck Finn

Im nächsten Augenblick hab' ich mich richtig gut und frei gefühlt und hab' auch gewußt, daß ich jetzt beten konnte. Aber ich tat's nicht sofort, sondern legte das Papier hin und dachte nach — dachte, wie gut doch alles so gekommen war und wie nahe ich dran gewesen war, in die Hölle zu kommen.

Und dann hab' ich an unsere Flußreise gedacht; und immerzu sah ich Jim vor mir, und ich sah, wie wir zusammen geredet und gesungen und gelacht haben. Und ich hab' daran gedacht, wie er oft über mich gewacht hat und mich hat schlafen lassen, und wie er mich immer „Kind" genannt hat und alles für mich getan hat. Und dann fiel mir ein, wie er sich gefreut hat, als ich den Männern erzählt habe, wir hätten die Blattern an Bord, und wie er gesagt hat, ich wär' der beste Freund, den er jemals auf der weiten Welt gehabt hätte.

Ich guckte wieder auf den Brief, dann hab' ich ihn in die Hand genommen; ich hab' gehörig dabei gezittert, denn ich mußte jetzt zwischen zwei Dingen entscheiden. Nur 'nen kleinen Augenblick hab' ich noch gezögert, dann habe ich mir gesagt: Na ja, dann muß ich eben in die Hölle!

Und dann habe ich den Brief zerrissen. Es waren schreckliche Gedanken und schreckliche Worte, aber sie waren gesagt. Ich wollte an die Arbeit gehen und Jim noch mal stehlen — jetzt kam's ja sowieso nicht mehr darauf an. Wieder dachte ich hin und her und wie ich die ganze Sache wohl anfassen sollte, bis ich schließlich einen Plan ausgeknobelt hatte, der mir paßte.

Sobald es dunkel war, ruderte ich zu 'ner kleinen bewaldeten Insel; da versteckte ich das Floß an 'nem sicheren Ort. Dann legte ich mich schlafen. Noch bevor es hell wurde, stand ich auf, aß mein Frühstück, zog meine guten Kleider an und packte noch ein paar Kleinigkeiten in ein Bündel. Dann nahm ich unser Boot, ruderte los und legte kurz darauf an einer Stelle an, von der es wohl nicht mehr weit bis zur Farm von Herrn Phelps sein konnte. Ich versteckte mein Bündel im Wald, lud Steine ins Boot und versenkte es und machte mir ein Zeichen, so daß ich es wiederfinden konnte.

Dann machte ich mich auf den Weg und kam bald an eine Mühle, an der ein Schild hing: „Phelps' Sägemühle". Nach ein paar Schritten kam ich an ein Farmhaus, aber ich konnte niemand sehen, obwohl ich meine Augen aufmachte. Deshalb bin ich weitergegangen, auf die Stadt zu. Ja, und der erste Mann, den ich sehe, ist der Herzog. Er hatte mich auch schon gesehen, und so konnte ich mich nicht mehr verdrücken. Er guckte ganz erstaunt und sagte:

„Hallo! Wo kommst denn du her?" Dann sagte er irgendwie froh: „Wo ist das Floß — gut versteckt?"

„Nee, das war gerade das, was ich Euer Gnaden fragen wollte!"

Er sah schon nicht mehr so fröhlich aus, als er sagte: „Wieso fragst du mich?"

„Nun", sagte ich, „als ich gestern den König in der Kneipe sah, wußte ich, daß wir ihn so schnell nicht da wegbringen würden; deshalb hab' ich 'n bißchen in der Stadt rumgelungert, um mir die Zeit zu vertreiben. Da kam 'n Mann und bot mir zehn Cent an, wenn ich ihm helfen tät', ein Schaf mit einem

Boot übern Fluß zu bringen. Aber wie wir's ins Boot zerrten und der Mann mir die Leine zu halten gab, hat es sich losgerissen, weil ich's hab' nicht halten können. Wir natürlich hinterher, aber wir mußten's lange jagen, denn so schnell wurde es nicht müde.

Es war schon dunkel, als ich an die Stelle zurückkam, wo unser Floß lag. Aber als ich sah, daß es weg war, hab' ich mir gesagt: Die haben Schereien gehabt und mußten eilig weg; und sie haben sogar meinen Nigger mitgenommen. Er ist der einzige Nigger, den ich auf der ganzen Welt habe, und jetzt bin ich in einem fremden Land und hab' nichts, wovon ich leben kann. Deshalb hab' ich mich hingesetzt und geheult. Aber wo ist das Floß geblieben, und was ist aus dem armen Jim geworden?"

„Verdammt noch mal, weiß ich doch auch nicht! Der alte Narr hat'n Geschäft gemacht und vierzig Dollar gekriegt, die er aber gleich mit den Nichtstuern versoffen hat. Als ich ihn dann schließlich mitkriegte und wir entdeckten, daß das Floß weg war, haben wir gesagt: Dieser kleine Spitzbube hat unser Floß geklaut und ist durchgebrannt!"

„Aber ich würde doch meinen Nigger nicht im Stich lassen, oder? Es war doch der einzige Nigger, den ich auf der Welt hatte."

„Hm, daran haben wir gar nicht gedacht. Übrigens sitze ich seitdem völlig auf dem Trockenen. Wo sind die zehn Cent? Gib her!"

Ich hatte noch 'ne ganze Masse Geld, deshalb gab ich ihm zehn Cent, bat ihn aber, dafür Essen zu kaufen und mir was abzugeben, denn es wär' alles Geld, das ich hätte. Er gab keine Antwort. Im nächsten Augenblick fauchte er mich an:

„Glaubst du, der Nigger wird uns verraten? Ich ziehe ihm das Fell ab, wenn er's tut!"

„Wie kann er uns verraten? Ich mein', er ist durchgebrannt?"

„Nein! Dieser alte Narr hat ihn verkauft und das Geld nicht mal mit mir geteilt. Und jetzt ist alles futsch."

„Ihn verkauft?" sagte ich und hab' angefangen zu heulen. „Aber es war mein Nigger und deshalb auch mein Geld! Wo ist er? Er gehört mir!"

„Hör auf zu plärren, er ist nun mal futsch. Aber ich will verdammt sein, wenn ich dir glaube. Wenn du uns verpfeifst . . ."

„Ich will niemand verraten, ich will nur meinen Nigger."

„Paß mal auf", sagte er schließlich, „wenn du versprichst, uns nicht zu verpfeifen, und das auch dem Nigger einschärfst, sage ich dir, wo er ist."

Ich versprach es, und er sagte: „Ein Bauer mit Namen Silas Ph — —", und dann stockte er. Er hatte mir also die Wahrheit sagen wollen, hatte es sich dann aber anders überlegt. Er traute mir nicht, und deshalb sagte er: „Der Mann, der ihn gekauft hat, heißt Abram Foster, Abram G. Foster — und er wohnt ungefähr vierzig Meilen von hier."

„Gut", sagte ich, „das kann ich in drei Tagen schaffen. Ich gehe noch heute nachmittag los."

„Nein, du gehst jetzt gleich los, verstanden! Und daß du ja keine Zeit verlierst oder unterwegs schwätzt!"

Das war genau das, was ich wollte, um freie Bahn zu haben für meine Pläne.

„Nun verdufte", sagte er, „und erzähle Herrn Foster, was du willst."

Vertauschte Rollen

Ich machte mich also auf den Weg und sah mich gar nicht mehr um, aber irgendwie hatte ich das Gefühl, daß er mich beobachtete. Ich marschierte ungefähr eine Meile, dann kehrte ich um und ging eilig durch den Wald zurück auf Phelps' Farm zu.

Als ich auf der Farm ankam, war dort alles ganz still wie am Sonntag, und dabei war es heiß und sonnig. Die Leute waren wohl alle auf dem Feld. Und in der Luft summte es von Fliegen und Bienen. Dieses Geräusch macht mich immer ganz traurig, denn es ist so, als ob Geister flüstern — Geister von Leuten, die schon unendlich lange tot sind, und ich denke immer, sie sprechen über mich. Meistens wünscht man dann, man wäre tot, denn das ist das einsamste Geräusch, das ich kenne.

Plötzlich springen zwei Köter auf und kommen auf mich zu. Natürlich bin ich stehengeblieben und hab' mich ganz ruhig verhalten. Aber innerhalb von 'n paar Sekunden war ich von Hunden umgeben, die bellten und kläfften. Immer mehr kamen; sie segelten über die Zäune und flitzten um die Ecken.

Eine Negerin kam aus der Küche gerannt mit 'ner Teigrolle in der Hand und vertrieb die Meute, dabei gab sie einigen 'n

tüchtigen Klaps. Heulend liefen sie davon, kamen aber in der nächsten Sekunde zurück, wedelten mit den Schwänzen und versuchten, mit mir Freundschaft zu schließen. Köter sind sowieso im Grunde harmlos.

Hinter der Negerin tauchten jetzt zwei kleine Niggerjungen und ein kleines Niggermädchen auf; sie hatten nichts an außer 'nem Leinenhemd. Sie verkrochen sich in den Rockfalten ihrer Mutter und guckten neugierig zu mir herüber. Und plötzlich kam 'ne weiße Frau aus dem Haus gerannt, vielleicht fünfundvierzig oder fünfzig Jahre alt, mit 'ner Spindel in der Hand, dahinter ihre weißen Kinder, die sich genauso an sie klammerten wie die kleinen Nigger an ihre Mutter. Sie strahlte übers ganze Gesicht und rief:

„Bist du es denn wirklich und wahrhaftig?"

Bevor ich darüber nachdenken konnte, war mein Ja auch schon raus.

Sie packte mich und drückte mich ganz fest; dann nahm sie meine Hände und schüttelte sie immer wieder; die Tränen kamen ihr in die Augen und liefen ihr übers Gesicht, und es schien, als könnte sie mich nicht genug drücken und schütteln. Schließlich sagte sie:

„Du ähnelst deiner Mutter nicht so sehr, wie ich geglaubt hab', aber das macht ja nichts, ich bin so glücklich, daß du endlich da bist. Kind, Kind, laß dich ansehen! Kinder, kommt her, es ist euer Vetter Tom!"

Aber sie senkten ihre Köpfe, steckten die Finger in den Mund und versteckten sich hinter ihrer Mutter. Sie sagte:

„Lisa, beeil dich und mach ihm ein warmes Frühstück. — Oder hast du schon auf dem Schiff gefrühstückt?"

Ich sagte, ich hätte schon gefrühstückt, und sie nahm mich bei der Hand, und wir gingen ins Haus. Da setzte sie mich auf einen Stuhl und nahm wieder meine Hände und sagte:

„Nun laß dich richtig anschauen; all diese langen Jahre hab' ich mich danach gesehnt, und jetzt bist du wirklich da! Wir hatten dich schon zwei Tage früher erwartet. Was hat dich aufgehalten — ist das Boot irgendwo festgefahren?"

„Ja — es . . ."

„Sag nur ruhig Tante Sally zu mir. Wo ist es festgefahren?"

Jetzt wußte ich nicht, was ich sagen sollte, denn ich wußte ja nicht, ob das Boot stromauf oder stromabwärts fuhr. Aber eine Eingebung sagte mir, das Boot würde stromaufwärts kommen — aus der Gegend von Orleans. Dann hatte ich plötzlich eine andere Idee, und ich sagte:

„Wir sind eigentlich nicht festgefahren — uns ist 'n Dampfzylinder geplatzt."

„Herr im Himmel! Jemand verletzt?"

„Nein. 'n Nigger wurde getötet."

„Da hast du aber Glück gehabt! Weihnachten vor zwei Jahren kam dein Onkel Silas mit der alten ‚Lally Rook' aus

New Orleans, und da ist auch ein Zylinder geplatzt, und ein Mann wurde schwer verletzt. Ich glaube, er ist nachher gestorben. Dein Onkel ist fast jeden Tag in die Stadt gefahren, um dich abzuholen. Jetzt ist er wieder hin, aber er wird wohl bald zurück sein. Du mußt ihn auf der Straße getroffen haben, er ist ein älterer Mann mit einem . . ."

„Nein, ich habe niemand gesehen, Tante Sally. Das Schiff hat gerade bei Tagesanbruch angelegt, und ich habe mein Gepäck am Anleger gelassen. Dann hab' ich mich ein bißchen in der Stadt umgesehen, um mir die Zeit zu vertreiben, und deshalb bin ich den anderen Weg gekommen." Vorsichtig log ich mich durch.

„Wem hast du dein Gepäck gegeben?"

„Oh, keinem."

„Kind, man wird es dir stehlen."

„Ich hab's sehr gut versteckt."

Ich wurde so unruhig, daß ich gar nicht mehr richtig zuhörte. Ich hätte so gern die Kinder mit nach draußen gelotst, um sie erst so'n bißchen auszuquetschen, wer ich nun eigentlich wäre. Aber ich hatte keine Gelegenheit dazu, denn Frau Phelps redete immerzu. Gerade jetzt jagte sie mir wieder kalte Schauer über den Rücken; sie sagte nämlich:

„Aber hier sitzen wir nun und schwätzen, und du hast mir noch nichts über meine Schwester oder die anderen erzählt. Jetzt werde ich meine Hände mal ein bißchen in den Schoß legen, und du mußt mir alles erzählen. Erzähle mir, wie's ihnen geht und was sie tun und was sie dir aufgetragen haben, mir zu sagen. Erzähle mir ruhig jede Kleinigkeit."

Ja, da saß ich nun in der Patsche. Es hatte gar keinen Zweck, jetzt das Blaue vom Himmel herunterzuschwindeln — ich mußte die Wahrheit sagen. Ich machte schon den Mund auf, um anzufangen, da packte sie mich plötzlich und drängte mich hinters Bett. Sie flüsterte:

„Er kommt! Kopf runter — so, das genügt. Kinder, daß ihr mir kein Wort sagt!"

Ich konnte noch eben einen Blick auf den alten Herrn werfen, der gerade ins Zimmer trat. Frau Phelps lief auf ihn zu und sagte:

„Ist er gekommen?"

„Nein", sagte ihr Mann.

„Herr, du meine Güte!" rief sie. „Was kann ihm nur passiert sein?"

„Ich kann es mir nicht vorstellen", sagte der alte Herr, „und ich muß sagen, es beunruhigt mich sehr."

„Beunruhigt!" sagte sie. „Ich bin verzweifelt! Er muß gekommen sein — du hast ihn nur verpaßt auf der Straße."

„Aber Sally, auf der Straße kann ich ihn doch nicht verpassen, das weißt du doch."

„Oh, oh, was wird meine Schwester sagen! Er muß gekommen sein. Er . . ."

„Reg mich nicht noch mehr auf, Sally. Ich muß sagen, ich bin mit meiner Weisheit am Ende. Ich habe keine Hoffnung mehr, daß er kommt. Sally, es ist schrecklich, einfach schrecklich, aber gewiß ist mit dem Schiff was passiert."

„Sieh mal, Silas, kommt da nicht jemand die Straße herauf?"

Er sprang zum Fenster, und Frau Phelps gab mir ein Zeichen, hinter dem Bett hervorzukommen. Als er sich umwandte, stand sie da, rot vor Aufregung, und strahlte übers ganze Gesicht. Ich stand neben ihr, ein bißchen tölpelhaft und schwitzend vor Angst. Der alte Herr starrte mich an und sagte:

„Wer ist denn das?"

„Was glaubst du denn, wer es ist?"

„Ich hab' wirklich keine Ahnung. Wer?"

„Es ist Tom Sawyer!"

Auf Ehre, ich wär' beinahe lang hingeschlagen! Aber ich hatte keine Zeit dazu, denn der Alte packte meine Hand und schüttelte sie immerzu, und die Frau tanzte um uns herum und lachte und weinte. Dann überschütteten mich die beiden mit Fragen über Sid und Mary und sämtliche anderen Hausgenossen Tom Sawyers.

Sie waren bestimmt glücklich, aber nicht so sehr wie ich. Mir war, als ob ich noch einmal geboren worden wär'; so froh war ich, endlich zu wissen, wer ich eigentlich war. Ungefähr zwei Stunden mußte ich erzählen, und ich hab' mehr von meiner, das heißt von der Sawyer-Familie erzählt, als jemals in sechs Sawyer-Familien hätte passieren können.

Einesteils hab' ich mich dann ganz gemütlich gefühlt, aber andererseits war's mir verdammt ungemütlich. Es war leicht und bequem, Tom Sawyer zu spielen, und es blieb leicht bis zu dem Augenblick, in dem ich plötzlich 'n Dampfschiff den Fluß runterkeuchen hörte. Da hab' ich mir gesagt: Mensch, angenommen, Tom Sawyer kommt mit dem Schiff! Und angenommen, er kommt hier rein und schreit meinen Namen raus, bevor ich ihm 'n Wink geben kann?

Nun, das durfte natürlich nicht passieren, ich mußte die Straße raufgehen und ihn abfangen. Deshalb erzählte ich den beiden, ich wollte in die Stadt gehen, um mein Gepäck zu holen. Der alte Herr wollte mit, aber ich hab's nicht zugelassen, denn mit 'nem Pferd kann ich schon umgehen, und ich wollt' ihm auch keine Umstände machen.

Ich machte mich also mit dem Wagen auf den Weg in die Stadt. Als ich schon ein Stück gefahren bin, seh' ich plötzlich einen anderen Wagen auf mich zukommen. Es war wirklich Tom Sawyer, der da drin saß, und ich hielt an und wartete, bis er näher kam. Er hielt auch an und machte plötzlich den Mund auf und ließ ihn 'ne ganze Zeitlang offen. Dann schleckte er zwei- oder dreimal wie jemand, der 'ne ganz trockene Kehle hat, und sagte:

„Ich hab' dir niemals was Böses getan. Du weißt das. Warum kommst du also zurück und erscheinst mir als Geist?"

Ich sagte: „Ich kann doch gar nicht zurückkommen, weil ich doch niemals tot war."

Als er meine Stimme hörte, wurde er ein bißchen sicherer, aber er war noch nicht ganz beruhigt. Er sagte: „Auf Ehre und Gewissen, du bist also kein Geist?"

„Auf Ehre und Gewissen, nein!"

Er kam rüber in meinen Wagen und betastete mich, und danach schien er wirklich ganz überzeugt zu sein. Er war so froh, mich wiederzusehen, daß er gar nicht wußte, was er tun sollte. Dann wollte er sofort alles erfahren, aber ich hab' ihm gesagt, ich würd' ihm ein andermal alles sagen. Wir fuhren ein kleines Stückchen weiter, damit sein Kutscher nicht hörte, was wir sagten. Und dann habe ich ihm erzählt, in was für 'ner Patsche ich säße, und ihn gefragt, was wir wohl tun sollten. Er sagte, ich sollte ihn für 'nen Augenblick nicht stören, dann dachte er und dachte. Schließlich sagte er:

„Ich hab's! Nimm mein Gepäck und sag, es ist deins. Du fährst also jetzt ganz langsam nach Hause, so daß du auch zur richtigen Zeit da ankommst. Ich komme dann in ungefähr 'ner halben Stunde hinterher, und du mußt so tun, als ob du mich nicht kenntest."

Ich sagte: „Das ist ja ganz schön, aber da ist noch was — niemand weiß davon, nur ich. Auf der Farm ist nämlich ein Nigger, und ich will ihn stehlen und aus der Sklaverei befreien. Es ist Jim vom alten Fräulein Watson."

„Nanu, aber Jim ist doch . . ."

Er redete nicht zu Ende, sondern dachte nach. Da sagte ich: „Ich weiß, was du sagen willst. Du sagst, es ist dreckig und gemein — aber was macht's? Ich bin wirklich gemein, und ich will ihn nun mal stehlen und erwarte, daß du darüber den Mund hältst. Willst du?"

Seine Augen leuchteten auf, als er sagte: „Ich werde dir helfen, ihn zu stehlen!"

Na, mir war, als ob ich 'n Schlag gekriegt hätte; es war das Erstaunlichste, was ich je gehört habe — und ich muß sagen, daß Tom Sawyer ziemlich in meiner Achtung gesunken ist. Aber ich konnt's immer noch nicht glauben: der Tom — ein Niggerdieb!

„Ach, Unsinn", sagte ich, „du machst ja nur Spaß!"

„Ich mach' keinen Spaß."

„Na ja, also Spaß hin, Spaß her, wenn du irgendwas übern durchgebrannten Nigger hörst, vergiß nicht, daß du nichts von ihm weißt und daß i c h nichts von ihm weiß."

Dann luden wir sein Gepäck in meinen Wagen, und ich fuhr davon. Aber ich war so glücklich und so in Gedanken, daß ich ganz vergaß, langsam zu fahren. Ich kam also viel zu schnell nach Hause.

Da sagte der alte Herr: „Wer hätte gedacht, daß die Stute es noch so in sich hätte. Sie hat nicht mal ein nasses Haar im Fell — nicht ein einziges. Es ist wunderbar. Ich würde das Pferd jetzt nicht mehr für hundert Dollar abgeben; ehrlich, ich tät's nicht; neulich hätte ich sie noch für fünfzehn Dollar verkauft und gedacht, sie wär' nicht mehr wert."

Das hat er gesagt. Er war die gutmütigste alte Seele, die ich je getroffen habe. Aber das war eigentlich nicht erstaunlich, denn er war nicht nur ein Farmer, sondern auch ein Prediger, und er hatte hinten auf seiner Farm 'ne kleine Kirche, die er selbst und auf eigene Kosten gebaut hatte.

Nach ungefähr 'ner halben Stunde kam Toms Wagen am Hauseingang an. Tante Sally sah ihn durchs Fenster.

„Nanu, da kommt doch jemand! Wer ist es nur? Ich glaube tatsächlich, es ist ein Fremder. — Jimmy", sagte sie zu einem von den Kindern, „lauf zu Lisa und sag ihr, sie soll noch ein Gedeck fürs Essen auflegen."

Alle rannten zur Haustür, denn 'n Fremder kommt nicht jedes Jahr vorbei, und darum macht es sie fast krank, wenn er kommt — so neugierig sind sie alle. Jetzt kam Tom aufs Haus zu, und wir standen alle eingequetscht im Türrahmen. Tom trug seinen Sonntagsanzug und hatte dazu 'n Publikum — das war gerade das, was Tom Sawyer brauchte. Unter solchen Umständen machte es ihm gar keine Mühe, 'ne Masse „Stil" in die ganze Sache zu bringen. Er war nicht der Junge, der wie'n Lamm angeschlichen kommt, nein, er kam würdevoll und ruhig an wie'n Widder. Als er vor uns steht, lüftet er seinen Hut so zierlich, als ob's der Deckel einer Schachtel wär', in der Schmetterlinge schliefen, die er nicht stören wollte. Dann sagte er äußerst höflich:

„Herr Archibald Nichols, wie ich annehme?"

„Nein, mein Junge", sagte der alte Herr, „dein Kutscher hat dich wohl hinters Licht geführt; die Nichols' wohnen ungefähr drei Meilen von hier entfernt. Aber komm herein, komm herein."

Tom sah über die Schulter zurück und sagte: „Zu spät — er ist schon nicht mehr zu sehen."

„Ja, er ist schon fort, mein Junge, und du mußt hereinkommen und mit uns essen. Dann werden wir anspannen und dich zu den Nichols' bringen."

„O nein, ich möchte auf gar keinen Fall, daß Sie sich so viele Umstände machen. Ich kann gehen — die Entfernung macht mir nichts aus."

„Wir werden dich aber gar nicht gehen lassen — das würde der Gastfreundschaft hier in den Südstaaten nicht entsprechen. Komm nur herein."

„Ja, komm doch", sagte Tante Sally, „es macht uns wirklich keine Umstände — nicht im geringsten. Du mußt bleiben. Es ist ein anstrengender, staubiger Weg — wir können dich einfach nicht gehen lassen. Ich habe übrigens auch schon ein Gedeck für dich auflegen lassen, als ich dich kommen sah; deshalb darfst du uns jetzt nicht enttäuschen. Komm herein und fühl dich nur wie zu Hause."

Tom dankte ihnen herzlich und gewandt und ließ sich also bereden reinzukommen. Als er drin war, sagte er, er wäre 'n Fremder aus Hicksville in Ohio und sein Name wär' William Thompson. Dann machte er noch 'ne Verbeugung.

Na ja, und dann fing er an zu reden und erzählte 'ne Masse über Hicksville und erfand viele Leute, die da wohnten. Ich wurde ein bißchen nervös und hätt' gern gewußt, wie er mir wohl aus der Patsche helfen wollte; und schließlich, mitten im Erzählen, beugt er sich vor und küßt Tante Sally genau auf den Mund. Dann lehnt er sich wieder behaglich in seinen Stuhl zurück und schwätzt weiter; sie aber springt auf, wischt sich mit dem Handrücken über den Mund und sagt:

„Du unverfrorener Bengel!"

Er sah 'n bißchen verletzt aus und sagte: „Sie erstaunen mich, gnä' Frau."

„Ich erst . . . Wer glaubst denn du, wer ich bin? Am liebsten möchte ich dir . . . Aber sag mal, wieso hast du mich eigentlich geküßt?"

Er sah 'n bißchen demütig aus und sagte: „Ich hab' mir nichts Besonderes dabei gedacht, gnädige Frau. Ich hab' nichts Böses gewollt. Ich — hab' gedacht, Sie hätten's gern."

„Du Schafskopf!" Sie nahm den Spinnrocken in die Hand, und es sah aus, als müßte sie sich mächtig zusammennehmen, ihm nicht eins überzuziehen. „Wieso hast du geglaubt, ich hätte es gern?"

„Ich weiß nicht genau. Nur, man — man — hat mir gesagt, Sie hätten's gern."

„Soso, m a n hat es dir gesagt! Nun, wer immer es gesagt hat, ist genau so verrückt wie du. Hat man schon jemals so etwas gehört! Wer ist m a n ?"

„Nun, alle. Alle haben's gesagt."

Sie konnte kaum noch an sich halten; ihre Augen funkelten, und ihre Finger zuckten, als ob sie ihn kratzen wollten. Sie sagte:

„Wer ist das — alle? Heraus mit den Namen!"

Er stand auf und sah 'n bißchen bekümmert aus und fummelte an seinem Hut rum. Dann drehte er sich zu mir um und sagte:

„Tom, hast du nicht auch geglaubt, Tante Sally würde die Arme öffnen und sagen: ‚Sid Sawyer . . .'"

„Grundgütiger Himmel!" schreit sie und springt auf ihn zu. „Du unverschämter kleiner Nichtsnutz, mich so an der Nase herumzuführen . . .!"

Sie hat ihn immer wieder gedrückt und geküßt und ihn schließlich dem alten Herrn zugeschoben, der sich dann genommen hat, was noch übrig war. Nachdem sich alle ein bißchen beruhigt hatten, sagte sie:

„Nein, ich hab' noch nie so eine Überraschung erlebt. Wir haben dich nämlich gar nicht erwartet, sondern nur Tom. Eure Tante hat mir nie geschrieben, daß noch jemand kommt außer Tom."

„Außer Tom sollte ja auch eigentlich niemand herkommen", sagte er, „aber ich habe so lange gebettelt und gebettelt, bis sie mich schließlich in letzter Minute hat mitfahren lassen. Und als wir so auf'm Schiff waren, da haben wir uns ausgedacht, daß es doch eine erstklassige Überraschung wäre, wenn Tom zuerst zu euch käme und ich mich hinterher als 'n Fremder ausgäbe."

Den ganzen Nachmittag haben wir uns über alles mögliche unterhalten, und Tom und ich haben immerzu aufgepaßt; aber es hat nichts genützt, denn niemand hat was von 'nem entlaufenen Nigger gesagt, und wir haben natürlich nicht gewagt, das Gespräch darauf zu lenken. Aber beim Abendessen fragte einer der kleinen Jungen:

„Papa, dürfen Tom und Sid und ich zur Vorstellung gehen?"

„Nein", sagte der Alte, „heute ist sowieso keine, denn der entlaufene Nigger hat Burton und mir alles über die beiden Betrüger erzählt, und Burton wollte es allen Leuten sagen. Ich glaube, man hat die dreisten Taugenichtse jetzt schon aus der Stadt gejagt."

Da war's also schon passiert, und ich hatte es nicht verhindern können! Tom und ich sollten in einem Zimmer schlafen. Wir sagten, wir wären müde, und haben gleich nach dem Essen gute Nacht gesagt und sind in unser Zimmer raufgegangen. Wir sind dann aber aus dem Fenster gestiegen und den Blitzableiter runtergeklettert und nach der Stadt abgehauen; denn ich wollte dem König und dem Herzog noch schnell 'nen Wink geben, sonst würden sie bestimmt den kürzeren ziehen.

Auf dem Weg erzählte mir Tom haarklein, daß alle geglaubt hätten, ich wär' ermor-

det worden, und daß kurz danach mein Alter plötzlich verschwunden und nicht mehr wiedergekommen wäre und wie
sich alles aufgeregt hätte, als Jim durchgebrannt war. Danach
hab' ich Tom alles von den beiden Lumpen und ihren Betrüge-
reien erzählt und soviel von unserer Fahrt mit dem Floß, wie
ich eben konnte.

Als wir so gegen halb neun in die Stadt kamen, kommt uns
da plötzlich 'ne tobende, schreiende Menge entgegen. Alle
waren mit Fackeln bewaffnet; sie tuteten mit Hörnern und
schlugen gegen Blechtöpfe.

Wir sind schnell zur Seite gesprungen, um sie vorbeizulassen;
und als sie so an uns vorbeiziehen, seh' ich, daß sie den König
und den Herzog rittlings auf 'ner Stange sitzen haben — das
heißt, ich wußte, daß es der König und der Herzog waren, denn
sie sahen überhaupt nicht wie Menschen aus, sondern waren
über und über mit Teer und Federn bedeckt. Sie sahen aus wie
zwei übergroße Federbüschel, wie sie die Soldaten auf ihren
Helmen haben. Na ja, ich war ganz krank von dem Anblick,
und die beiden Gauner haben mir sehr leid getan.

Mir schien's, als ob ich ihnen um nichts in der Welt mehr
böse sein könnte, so schrecklich war's. Menschen können doch
fürchterlich grausam zueinander sein.

Aber jetzt war's zu spät, und wir konnten nicht mehr helfen.
Wir haben ein paar von den Männern gefragt, wie alles gekommen wär', und die sagten, daß die Leute zur Vorstellung
gekommen wären und alle ganz unschuldig ausgesehen hätten;
sie hätten sich auch ganz ruhig und still verhalten, bis der König
angefangen hätte, seine Purzelbäume zu schlagen — da hat
jemand 'n Signal gegeben, und die Menge hat sich auf die
beiden Gauner gestürzt.

Wir wollen Jim stehlen!

Wir schlichen also nach Hause, und ich fühlte mich nicht mehr so draufgängerisch, sondern irgendwie gemein und so, als ob ich an allem schuld hätte — obwohl ich doch nichts getan hatte. Aber so ist es immer; dem Gewissen ist's ganz egal, ob man recht oder unrecht hat — es ist immer da und plagt einen. Es ist eigentlich für gar nichts gut, und trotzdem nimmt es mehr Platz ein als das ganze andere Innere vom Menschen. Tom Sawyer sagt das auch.

Wir hörten auf zu reden und fingen an zu denken. Schließlich sagte Tom: „Hör zu, Huck, wir sind ja doof gewesen, daß wir nicht eher daran gedacht haben. Ich glaub', ich weiß, wo Jim ist."

„Nee! Wo?"

„In der Hütte bei dem Aschenkasten. Hör mal, hast du denn nicht den Nigger mit dem Essen da reingehen sehen, als wir am Mittagstisch saßen?"

„Ja."

„Was hast du wohl gedacht, für wen das Essen war?"

„Fürn Hund."

„Dachte ich zuerst auch, es ist aber nicht fürn Hund."

„Wieso?"

„Weil 'ne Wassermelone dabei war."

„Das stimmt — das habe ich auch gesehen."

„Als er reinging, hat der Nigger das Vorhängeschloß aufgeschlossen, und er hat wieder abgeschlossen, als er rauskam. Er
hat doch 'nen Schlüssel geholt für Onkel Silas, als wir vom
Tisch aufstanden. Ich wette, das ist der Schlüssel. Wassermelone
deutet auf Mann, Schloß deutet auf Gefangenen, und Jim ist
der Gefangene. In Ordnung — ich freu' mich nur, daß wir's
wie ein paar Detektive rausgeknobelt haben, denn 'ne andere
Art ist keinen Schuß Pulver wert. Jetzt streng deinen Grips
mal an und denk dir 'n Plan aus, wie wir Jim stehlen könnten —
ich will mir auch'n Plan zurechtlegen; wir nehmen dann den,
der uns am besten paßt."

Daß ein Junge soviel im Kopf haben kann! Wenn ich Tom
Sawyers Kopf hätte, dann tät' ich ihn nicht verkaufen, selbst
wenn ich dafür 'n Herzog oder 'n Matrose auf'm Dampfer oder
'n Clown werden könnte. Ich hab' also angefangen, mir 'n Plan
auszudenken — aber eigentlich nur, um was zu tun, denn ich
wußte genau, wer den besseren Plan haben würde.

Schon bald sagte Tom: „Fertig?"

„Ja", sagte ich. „Wir finden raus, ob's wirklich Jim ist, der
in der Hütte sitzt. Dann hole ich mein Boot aus dem Wasser
und bringe auch das Floß von der Insel rüber. Und in der
ersten dunklen Nacht stehlen wir dem Alten, nachdem er zu
Bett gegangen ist, den Schlüssel aus der Hosentasche und
hauen mit Jim zusammen auf dem Floß ab. Tagsüber verstecken wir uns und fahren nur nachts, so wie's Jim und ich
schon vorher gemacht haben. Wär' das nichts?"

„Natürlich wär's was, aber es ist so verdammt einfach, daß
die ganze Sache reizlos ist. Was ist 'n Plan schon wert, wenn
er so einfach ist wie dieser? Der ist ja so milde wie Ziegen-
milch, und, Huck, das würde ja nicht mehr Aufsehen machen,
als wenn wir in 'ne Seifenfabrik einbrächen."

Ich hab' nicht viel gesagt, denn ich hatte eigentlich nichts anderes erwartet, und ich wußte auch ganz genau, daß es an s e i n e m Plan nichts auszusetzen gäbe.

Und so war's dann auch wirklich. Er erklärte mir seinen Plan, und ich sah sofort, daß der fünfzehnmal mehr Stil hatte als meiner und daß er Jim genauso frei machen würde wie meiner. Und vielleicht würden wir sogar dabei ermordet! Ich war zufrieden und sagte, dann könnt's ja losgehen. Ich brauche euch gar nicht zu sagen, wie der Plan war, weil ich wußte, daß er doch noch ein paarmal umgeschmissen würde.

Aber eins stand fest: Tom Sawyer war wirklich und wahrhaftig entschlossen, den Nigger zu stehlen und ihn aus der Sklaverei zu befreien! Das kriegte ich irgendwie nicht in meinen Kopf rein! So'n anständiger Junge wie er! Ich fing an, ihm ins Gewissen zu reden, aber er schnitt mir's Wort ab und sagte:

„Glaubst du, ich wüßte nicht, was ich tue?"

Das war alles, was er sagte, und ich hab' dann auch meinen Mund gehalten. Es hätte auch keinen Zweck gehabt, noch mehr zu sagen, denn wenn Tom sich was vorgenommen hatte, dann führte er es auch aus.

Als wir heimkamen, lag das Haus dunkel und still da. Wir gingen zu der Hütte. An der Nordseite entdeckten wir eine viereckige Fensteröffnung, hoch oben, nur mit einem starken Brett vernagelt. Ich sagte:

„Hier haben wir's ja schon. Das Loch ist groß genug für Jim, wenn wir das Brett beseitigen."

Tom sagte, damit wär' er nicht einverstanden, weil's zu einfach wäre. Er wollte die Sache auf eine kompliziertere Art ausknobeln.

Zwischen Hütte und Zaun war auf der hinteren Seite ein Anbau, der aus Brettern gemacht war und an der Dachrinne mit der Hütte zusammenstieß. Er war so lang wie die Hütte, nur schmaler. Die Tür an der Südseite war mit 'nem Vorhänge-schloß gesichert. Tom ging zum Seifenkessel und holte das Eisen, mit dem man den Deckel anhebt; damit brach er eine der Krampen auf. Die Kette fiel runter. Wir öffneten die Tür und gingen hinein. Dann machten wir die Tür wieder zu, zün-deten ein Streichholz an und entdeckten, daß der Schuppen an die Hütte angebaut war, aber keine Verbindungstür zu ihr hatte. Der Schuppen hatte keinen Fußboden, und es war nichts drin als ein paar rostige Hacken, Spaten und 'n verbogener Pflug. Das Streichholz erlosch, und wir machten uns davon, nachdem wir die Tür wieder verschlossen hatten.

Tom freute sich und sagte: „Nun geht alles klar. Wir werden ihn ausgraben, und das wird ungefähr 'ne Woche dauern."

Am anderen Morgen waren wir schon bei Tagesanbruch unten bei den Niggerhütten, um mit den Hunden Bekannt-schaft zu machen und um mit dem Nigger Freundschaft zu schließen, der Jim die Mahlzeiten brachte — wenn es überhaupt Jim war, dem das Essen gebracht wurde. Die Nigger waren eben mit dem Frühstück fertig und gingen aufs Feld; Jims

Nigger lud gerade Brot und Fleisch und all so'n Zeugs auf einen Blechteller und holte, nachdem die anderen gegangen waren, den Schlüssel aus dem Haus.

Der Nigger hatte 'n gutmütiges und dummes Gesicht, und sein Wollhaar war in lauter kleine Bündel gedreht, die er mit 'nem Zwirnsfaden umwickelt hatte. Das sollte die Hexen fernhalten. Er sagte, die Hexen quälten ihn wieder furchtbar, und des Nachts tät' er immer so seltsame Laute und Geräusche hören, und er wär' noch niemals in seinem Leben so lange verhext gewesen. Darüber wurde er so aufgeregt, daß er ganz vergaß, was er eigentlich hatte tun wollen. Deshalb fragte Tom:

„Wofür is'n das Essen? Willst du die Hunde füttern?"

Langsam geht 'n breites Grinsen über das Gesicht von dem Nigger, und er sagt: „Ja, Master Sid, fürn Hund, sogar für ganz seltsames Hund. Wollen du mitkommen und es sehen?"

„Ja."

Ich stoße Tom an und flüstere: „Willst du wirklich am hellichten Tage da reingehen? So war's aber nicht geplant."

„Nee, das stimmt — aber ich hab's umgeplant."

Zum Henker mit ihm! Aber wir gingen tatsächlich mit, obwohl ich's gar nicht gern tat. Als wir reinkamen, konnten wir fast gar nichts sehen, so dunkel war's; aber Jim war da, und sobald er uns sah, schrie er los:

„Huck! O meine liebe Gott, und sein das nicht Master Tom?"

Ich hatte natürlich gewußt, daß es so kommen würde, ich hatt' es geradezu erwartet. Ich wußte nicht, was ich tun sollte, und jetzt platzte der Nigger los:

„Himmlischer Güte! Er kennen die jungen Herren?"

Tom sieht den Nigger an, sinnend und irgendwie höchst verwundert, und sagt: „Wer kennt uns?"

„Nun, der entlaufene Nigger da!"

„Ich glaube nicht — wie kommst du eigentlich auf diesen Gedanken?"

„Aber er hat doch geschreit und getan, als ob er kennt die jungen Herren!"

Tom sagt erstaunt: „Na, das ist aber seltsam!" Und dann dreht er sich zu mir um und fragt: „Hast du jemand losschreien hören?"

Natürlich hab' ich gesagt: „Nee, ich hab' nichts gehört."

Tom dreht sich zu Jim um, betrachtet ihn, als ob er ihn noch nie gesehen hätte, und fragt: „Hast du was gesagt?"

„Nein", sagt Jim, „ich nichts haben gesagt."

„Hast du uns jemals vorher gesehen?"

„Nein, ich von nichts wissen."

Tom dreht sich zu dem Nigger um, der unglücklich und kummervoll aussieht, und sagt sehr ernst: „Was ist eigentlich los mit dir? Weshalb glaubst du denn, jemand hätte was gesagt?"

„Oh, es sein die verdammten Hexen, und ich wünschen, ich sein tot. Ich haben furchtbare Angst vor Hexen, und ich manchmal fast sterben. Aber bitte, du niemand was davon erzählen, sonst Master Silas wird schimpfen. Er immer sagen, es geben kein Hexen nicht."

Tom gibt ihm 'n Groschen und sagt, er würde niemand was davon erzählen. Und als der Nigger zur Tür geht und auf den Groschen beißt, um zu sehen, ob er echt sei, da flüstert Tom Jim zu:

„Laß dir ja nicht einfallen, uns zu kennen. Und wenn du irgendwen bei Nacht graben hörst — dann sind wir es: wir befreien dich!"

Jim hatte nur Zeit, uns bei den Händen zu packen und sie zu drücken, dann kam der Nigger zurück, und wir sagten, wir würden mal wieder vorbeikommen, falls der Nigger uns haben wollte. Er sagte, er wär' einverstanden, besonders im Dunkeln, denn die Hexen wären meistens im Dunkeln hinter ihm her, und dann wär's gut, Leute bei sich zu haben.

Es war noch fast 'ne Stunde bis zum Frühstück, darum hauten wir ab und schlugen uns in die Wälder. Tom sagte nämlich, wir müßten etwas Licht haben beim Graben und 'ne Laterne wäre zu hell und könnte uns Scherereien machen. Was wir haben müßten, wäre 'ne Menge von den verfaulten Holzkloben, die „Fuchsfeuer" heißen und nur ganz schwach glimmen, wenn man sie ins Dunkle legt. Wir schnappten uns 'nen Armvoll davon und versteckten sie im Kraut. Und dann setzten wir uns, und Tom sagte 'n bißchen nörglerisch:

„Verflixt nochmal, das ganze Unternehmen ist so leicht und komisch, wie's nur sein kann. Und deshalb ist es so vermuckt schwer, 'n komplizierten Plan zurechtzumachen. Die haben keinen Wächter, den man bewußtlos machen könnte — wirklich, eigentlich gehörte 'n Wächter dazu. Die haben nicht mal'n Hund, dem man'n Schlafmittel eingeben könnte. Und Jim, der hat 'ne Kette an einem Bein, 'ne zehn Fuß lange Kette, die am Bettpfosten festgemacht ist. Zu dumm! Alles, was uns zu tun bleibt, ist, daß wir's Bett anheben und die Kette abstreifen. Jim hätte schon längst aus dem Fensterloch rauskommen können, es hätte nur keinen Zweck für ihn, sich mit 'ner zehn Fuß langen Kette am Bein auf den Weg zu machen. Ei, zum Kuckuck noch mal! Huck, es ist aber auch alles verquer! Wir müssen alle Schwierigkeiten selbst erfinden. Hm, wenn ich's mir recht überlege: wir müßten irgendwas auftreiben, woraus wir 'ne Säge machen könnten, und das sobald wie möglich."

„Was wollen wir denn mit 'ner Säge?"

„Was wir damit wollen? Wir müssen doch den Pfosten von Jims Bett absägen, damit wir die Kette loskriegen."

„Wieso? Du hast doch gerade noch gesagt, man könnte das Bett anheben und die Kette abstreifen."

„Das sieht dir wieder ähnlich, Huck Finn! Manchmal bist du wie'n Baby! Hast du denn noch niemals 'n Buch gelesen? Von Baron Trenck oder Casanova oder Benvenuto Tschellieni oder Heinrich IV. oder sonst irgend 'nem Helden? Wer hat denn schon jemals gehört, daß 'n Gefangener auf so'ne altweiberhafte Weise befreit worden wär'? Nee, die einzige Art, wie wirklich sachverständige Leute das machen würden, ist, den Bettpfosten abzusägen und alles genau so zu lassen und das Sägemehl aufessen, damit man's nicht finden kann. Und dann noch Dreck und Schmiere über die Schnittstelle gekleistert, so daß nicht mal der eifrigste Spürhund sie sehen kann und glaubt, der Bettpfosten wäre noch völlig heil. Am Abend, wenn du soweit bist, gibst du dem Pfosten 'nen Tritt, und er fällt um; zieh die Kette runter und fertig. Bleibt nichts weiter, als die Strickleiter an der Brüstung anzubinden, dran runterzurutschen und sich im Burggraben unten ein Bein zu brechen — die Strickleiter ist nämlich neunzehn Fuß zu kurz, weißt du —, und da sind deine Pferde und deine treuen Vasallen, die dich aufheben und in den Sattel setzen. Und ab geht's nach dem heimatlichen Languedoc oder nach Navarra oder wohin sonst. Das ist 'ne Sache, Huck! Ich wollte, um diese Hütte herum wär' ein Burggraben. Wenn wir in der Fluchtnacht genug Zeit haben, graben wir einen."

Ich sagte: „Was wollen wir mit 'nem Burggraben, wo wir ihn doch von unten her aus der Hütte rausholen?"

Aber er hörte überhaupt nicht auf mich. Er hatte mich und alles um sich her vergessen. Er hielt sein Kinn in der Hand und dachte nach. Mit einmal seufzt er und schüttelt den Kopf; dann seufzt er wieder und sagt:

„Nee, geht nicht — nicht genügend zwingende Gründe dafür."

„Wofür?" sage ich.

„Na, Jims Bein abzusägen", sagte er.

„Du meine Güte!" sage ich. „Dafür gibt's überhaupt keinen Grund. Weshalb wolltest du ihm wohl's Bein absägen?"

„Weil's einige der bekanntesten Leute so gemacht haben. Aber da ist eins — wir können uns 'ne Strickleiter zulegen; wir können unsere Bettlaken zerreißen und ihm ganz leicht 'ne Strickleiter daraus machen. Die können wir ihm in einem Brot zuschmuggeln; so machen sie's meist."

„Was in aller Welt kann er denn damit anfangen?"

„Damit anfangen? Er kann sie in seinem Bett verstecken, nicht? So machen sie's alle, und darum muß er's auch so machen. O Huck, ich glaube, du machst niemals etwas so, wie's normal ist, du willst immer was Neues anfangen. Angenommen, er täte überhaupt nichts damit. Ist sie dann nicht in seinem Bett nachher, so daß sie ein Beweisstück haben, wenn er weg ist? Und meinst du nicht, daß sie Beweisstücke gut gebrauchen könnten? Natürlich! Und du willst ihnen keine zurücklassen? Das wär'n Ding! So was habe ich noch nie gehört!" Er schüttelte den Kopf.

„Gut", sagte ich, „wenn's normal ist und er sie haben muß, einverstanden! Aber da ist eins, Tom Sawyer: wenn wir wirklich unsere Bettlaken kaputtreißen und Jim 'ne Strickleiter daraus machen, dann kommt uns Tante Sally auf den Hals, so sicher, wie zwei mal zwei vier ist. Paß auf, wie ich mir das vorstelle: 'ne Leiter aus Hickorybast kostet nichts, und wir machen nichts kaputt, und sie ist genauso gut, und man kann sie genauso gut in 'n Brot stopfen und im Strohsack verstecken wie 'ne selbstgemachte Lumpenleiter. Und was Jim angeht, der hat doch sowieso keine Erfahrung, und darum ist es ihm egal, was für 'ne . . ."

„O verflixt, Huck Finn, wenn ich so dumm wär' wie du, würd' ich den Mund halten, darauf kannst du dich verlassen. Hat man denn schon mal von 'nem Staatsgefangenen gehört, der mit 'ner Hickorybastleiter geflohen wär'? Geradezu lächerlich!"

„Wie du meinst, Tom, ganz wie du es für richtig hältst. Aber wenn ich dir raten darf, dann laß mich 'n Bettlaken von der Wäscheleine ausleihen."

Er war einverstanden. Und dabei fiel ihm noch was anderes ein, und er sagte: „Leih auch 'n Hemd aus."

„Was wollen wir denn mit 'nem Hemd, Tom?"

„Brauchen wir für Jim, damit er Tagebuch darauf führen kann."

„Tagebuch führen? — Jim kann doch nicht schreiben!"

„Nun gut, er kann nicht schreiben, aber er kann doch Zeichen auf das Hemd malen, nicht? Wir machen ihm 'n Federhalter aus 'nem alten Blechlöffel oder aus 'nem Nagel."

„Ach Tom, laß uns doch einfach 'ner Gans 'ne Feder aus-
rupfen und ihm daraus 'nen Federhalter machen, das wär'
besser und ginge auch schneller."

„Gänse laufen doch nicht in Kerkern rum, so daß die Gefangenen ihnen die Federn ausreißen können, du Simpel! Die
machen ihre Federn immer aus dem härtesten, zähesten Stück
von 'nem alten Messing-Kerzenhalter oder was sie sonst gerade
finden können, und sie brauchen Wochen dazu, Monate sogar,
um sie zurechtzufeilen — sie müssen sie nämlich an der Wand
reiben. Sie würden nicht mal dann 'ne Gänsefeder gebrauchen,
wenn sie eine hätten. Das ist eben nicht normal."

„Ja, sag mal, aber woraus machen wir ihm denn die Tinte?"

„Viele machen sie aus Rost und Tränen, aber das tun nur
einfache Leute und Frauen. Die Höheren nehmen eigenes Blut
dafür. Jim kann das ruhig auch tun, und wenn er irgend 'ne
belanglose, geheime Botschaft schicken will, damit die Welt
erfährt, wo er gefangengehalten wird, dann kann er sie ja mit
'ner Gabel unter 'nen Zinnteller kratzen und den Teller aus
dem Fenster werfen. Der Mann mit der eisernen Maske hat das
immer so getan, und das ist 'ne verflixt gute Methode."

„Aber Jim hat doch keine Zinnteller. Er kriegt sein Essen im
Napf."

„Hat nichts zu sagen, wir können ihm 'n paar besorgen."

Er hörte auf zu sprechen, weil wir das Horn zum Frühstück
blasen hörten. Wir gingen also ins Haus.

An diesem Morgen lieh ich mir ein Bettlaken und ein weißes
Hemd von der Wäscheleine aus; und ich fand einen alten Sack
und tat sie da rein. Ich habe „ausleihen" dazu gesagt, weil mein
Alter das auch immer dazu gesagt hat; aber Tom meint, das
wär' kein Ausleihen, das wär' Stehlen. Er sagt, wir stellten
Gefangene dar, und Gefangenen wär's egal, wie sie irgend
etwas kriegten, Hauptsache, sie kriegten es; und es nähm'
ihnen auch keiner nicht übel.

Gut, wie gesagt, wir warteten an diesem Morgen, bis jeder
an seiner Arbeit war und keiner mehr nahe beim Hof zu sehen

war. Dann schleppte Tom den Sack unter den Anbau, und ich stand während der Zeit 'n Stück abseits Wache. Nach 'ner Zeit kam er wieder raus, und wir setzten uns auf einen Holzhaufen. Er sagte:

„Alles in Butter bis auf die Werkzeuge, und die können wir leicht beschaffen."

„Werkzeug?" fragte ich. „Für was denn?"

„Zum Graben natürlich! Wir wollen ihn doch schließlich nicht rausbeißen, he?"

„Sind denn die alten beschädigten Hacken und so weiter da drin nicht gut genug, daß man 'nen Nigger damit ausgraben kann?" fragte ich.

Er drehte sich zu mir um und sah mich so mitleidig an, daß ich hätte heulen können, und sagte:

„Huck Finn, hast du schon jemals von einem Gefangenen gehört, der Hacken und Schaufeln und die ganzen modernen Einrichtungen in seiner Garderobe hatte, so daß er sich damit hätte ausgraben können?"

„Na ja, gut", sagte ich, „wir brauchen also die Hacken und Schaufeln nicht, aber was brauchen wir dann?"

„'n paar große Messer."

„Und damit sollen wir das Fundament unter der Hütte weggraben?"

„Ja."

„Verflixt nochmal, ist doch blöd, Tom."

Er sah mich irgendwie verständnislos und entmutigt an und sagte: „Hat keinen Zweck, dir überhaupt irgendwas beibringen zu wollen, Huck. Lauf und besorg die Messer."

Also hab' ich's getan.

Entführung nach allen Regeln

In dieser Nacht, sobald wir annehmen konnten, daß alles schliefe, kletterten wir am Blitzableiter runter und schlossen uns im Anbau ein. Dann holten wir unseren Stapel „Fuchsfeuer" raus und gingen an die Arbeit. Tom meinte, wir sollten uns bis unter Jims Bett durchbuddeln, und wenn wir erst mal durch wären, könnte keiner in der Hütte jemals merken, daß da ein Loch wäre, weil Jims Bettdecke fast bis auf den Boden hing; man müßte sie anheben, wenn man das Loch darunter sehen wollte.

Wir gruben also und gruben mit unseren Messern, bis es fast Mitternacht war. Dann waren wir hundemüde und hatten Blasen an den Händen, aber wir konnten kaum sehen, daß wir überhaupt was geschafft hatten.

Endlich sagte ich: „Das ist keine Arbeit für Jahre, Tom Sawyer — die dauert Jahrzehnte!"

Er gab keine Antwort, aber er seufzte, und kurz darauf hörte er auf zu graben. Ich wußte, daß er 'ne Zeitlang überlegte.

Dann sagte er: „Hat keinen Zweck, Huck, so geht's nicht. Wir können uns jetzt nicht länger aufhalten, wir müssen uns beeilen, wir haben keine Zeit zu verlieren. Wenn wir noch so'ne Nacht arbeiten müßten, dann könnten wir erst mal 'ne Woche Pause machen, damit unsere Hände wieder heil würden. Vorher könnten wir kein Messer mehr anrühren."

„Gut, Tom, aber was sollen wir machen?"

„Hör zu, es ist zwar nicht richtig, und es ist nicht moralisch, und ich hätte nicht gern, daß es sich rumspricht — aber es gibt nur eine einzige Möglichkeit: Wir müssen ihn doch mit den Hacken ausbuddeln, und so tun, als ob's Messer wären."

„Endlich wirst du vernünftig", sagte ich. „Du kommst langsam zu dir, Tom Sawyer. Hacken, jawohl! Moral hin, Moral her, und was mich angeht, ich kümmere mich sowieso 'n Dreck um die Moral. Wenn ich 'n Nigger klaue oder 'ne Wassermelone oder 'n Sonntagsschulbuch, dann kommt's mir nicht darauf an, wie ich es tue, Hauptsache, daß ich's tue."

„Na ja", sagte er, „wir haben in diesem Falle eine Entschuldigung für Hacken und für das So-tun-als-ob. Wenn es nicht so wäre, wäre ich nicht damit einverstanden und ließe nicht zu, daß die Regeln mißachtet würden. Reich mir'n Messer."

Er hatte sein eigenes Messer bei sich, aber ich gab ihm meins. Er schmiß es hin und sagte: „Gib mir ein M e s s e r !"

Ich wußte nicht recht, was ich machen sollte, aber dann dachte ich nach. Ich kramte in den alten Werkzeugen rum, suchte 'ne Hacke raus und gab sie ihm. Er nahm sie und fing an zu arbeiten, und er sagte kein Wort. Er war immer so genau — alles nach den Regeln.

Ich schnappte mir 'ne Schaufel, und dann hackten und schaufelten wir abwechselnd, daß die Fetzen flogen. Wir schufteten ununterbrochen eine halbe Stunde lang, länger konnten wir's nicht mehr aushalten. Aber wir hatten immerhin ein recht beachtliches Loch aufzuweisen. Als ich oben im Zimmer ankam und aus dem Fenster guckte, sah ich, wie Tom am Blitzableiter heraufzukommen versuchte. Aber er konnte es nicht schaffen, seine Hände waren zu wund.

Schließlich sagte er: „Es hat keinen Zweck, ich schaff's nicht. Was meinst du, was ich machen soll? Hast du keine Idee?"

„Ja", sagte ich, „aber ich glaube, es ist nicht nach den Regeln: komm die Treppe rauf und tu so, als ob es 'n Blitzableiter wär'."

So hat er's dann auch gemacht.

Am nächsten Tag stahl Tom im Hause einen Blechlöffel und einen Messingkerzenhalter, um Federn für Jim daraus zu machen, und sechs Talgkerzen. Ich hielt mich bei den Niggerhütten auf, wartete auf 'ne Gelegenheit und klaute drei Zinnteller.

Tom sagte: „Was wir jetzt rausfinden müssen, ist, wie wir die Sachen zu Jim reinschmuggeln können."

„Wir nehmen sie einfach mit durch das Loch, wenn wir damit fertig sind."

Er sah mich nur wütend an und sagte irgendwas von 'ner idiotischen Idee. Und dann machte er sich an seine Überlegungen. Nach 'ner Weile sagte er, er hätte zwei oder drei Methoden ausgedacht, aber es wäre noch nicht nötig, sich jetzt schon für eine zu entscheiden. Er sagte, wir müßten erst eine Nachricht zu Jim schicken.

An diesem Abend kletterten wir kurz nach zehn den Blitzableiter hinunter und nahmen eine von den Kerzen mit. Unterm Fensterloch horchten wir und hörten Jim schnarchen. Wir schmissen die Kerze zu ihm rein, aber er wurde nicht wach davon. Dann legten wir uns mächtig ins Zeug mit Hacke und Schaufel, und in ungefähr zweieinhalb Stunden hatten wir die Arbeit getan. Wir krochen unter Jims Bett und von da in die Hütte.

Wir tasteten rundum und fanden die Kerze und steckten sie an. Und dann standen wir für 'ne Weile über Jim und meinten, daß er gesund und munter aussah. Dann weckten wir ihn vorsichtig. Als er uns sah, freute er sich so, daß er fast heulte. Er nannte uns „Goldkinder" und gab uns alle nur möglichen Kosenamen, und er meinte, wir sollten 'nen Meißel auftreiben und damit sofort die Kette von seinem Bein losmachen, und dann sollten wir, ohne Zeit zu verlieren, abhauen.

Aber Tom machte ihm klar, daß das gar nicht nach den Regeln wäre, und er setzte sich hin und erzählte ihm ausführlich von unseren Plänen und daß wir sie jederzeit ändern könnten, sobald man Alarm schlüge. Er solle bloß keine Angst haben, wir würden schon dafür sorgen, daß er rauskäme, ganz gewiß.

Jim war einverstanden, und wir saßen noch eine Weile da und erzählten uns von alten Zeiten. Dann stellte Tom 'ne ganze Reihe Fragen, und als Jim erzählte, daß Onkel Silas jeden Tag käme, um mit ihm zu beten, und daß Tante Sally käme, um nachzusehen, ob's ihm auch gutginge und er genug zu essen hätte, und daß beide so nett wie möglich zu ihm wären, da sagte Tom:

„Jetzt weiß ich, wie wir's hinkriegen! Wir schicken dir einfach 'n paar von den Sachen durch die beiden."

Ich sagte: „Tu das nur nicht, das ist der blödsinnigste Vorschlag, der mir je zu Ohren gekommen ist."

Aber Tom hörte überhaupt nicht auf mich, er redete einfach weiter. So war er nun mal, wenn er sich was in den Kopf gesetzt hatte.

Er sagte also Jim, wie wir die Strickleiter und andere größere Gegenstände mit Hilfe von Nat, dem Nigger, der ihm das Essen brachte, reinschmuggeln wollten. Er solle gut aufpassen und zum Beispiel das Brot nicht anbrechen, solange Nat dabei wäre; und wir würden 'n paar kleinere Dinge in Onkels Rocktaschen stecken, und Jim müßte sie da rausklauen. Wir würden auch 'n paar Gegenstände an Tantes Schürzenbänder binden oder würden sie sogar in die Schürzentasche stecken, wenn wir dazu Gelegenheit hätten. Und er erzählte ihm, was für Gegenstände das sein würden und was er damit machen sollte. Und dann erklärte er ihm noch, wie er mit seinem Blut auf dem Hemd Tagebuch führen sollte, und all so was.

Das meiste hat Jim überhaupt nicht kapiert, aber er hat eingesehen, daß wir Weißen besser Bescheid wissen müßten als er. So war er denn auch einverstanden und sagte, er würde alles

genauso machen, wie Tom es gesagt hatte. Schließlich krochen wir wieder durch das Loch und gingen ins Bett, unsere Hände sahen aus, als wenn jemand daran rumgeknabbert hätte.

Am Morgen gingen wir zum Holzhaufen und zerhackten den Messingkerzenhalter in handliche Stücke, und Tom steckte sie zusammen mit dem Blechlöffel in die Tasche. Dann gingen wir zu den Niggerhütten, und ich lenkte Nat ab. Während der Zeit stopfte Tom ein Stück Kerzenhalter mitten in ein Maisbrötchen, das in Jims Napf lag. Dann begleiteten wir Nat, um zu sehen, wie es klappte, und es klappte geradezu großartig: Als Jim reinbiß, brach er sich fast seine Zähne aus, und wirklich, es hätte kaum besser klappen können. Tom sagte das auch, Jim tat so, als ob's nur 'n Stein oder irgendwas gewesen wäre, was immer mal ins Brot gerät. Aber danach hat er in nichts mehr gebissen, bevor er nicht drei- oder viermal darin herumgestochert hatte.

Soweit war's erst mal geschafft. Wir gingen zum Müllhaufen im Hof, wo die alten Stiefel, Lumpen, Flaschenscherben und ausgediente Blechsachen lagen und all so'n Dreck, und wir wühlten drin rum und fanden 'ne alte Blechwaschschale. Sie hatte Löcher, aber die stopften wir zu, so gut es ging, damit wir 'n Brot darin backen konnten. Diese Schale nahmen wir mit in den Keller, klauten Mehl und füllten sie damit voll.

Als wir zum Frühstück gingen, fanden wir 'n paar Nägel, und Tom sagte, die wären ganz brauchbar für den Gefangenen, damit könne er seinen Namen und seinen Kummer in die Verlieswände kritzeln. Einen davon steckte er in die Tasche von Tante Sallys Schürze, die über 'nem Stuhl hing, und den anderen stopften wir in das Band von Onkel Silas' Hut, der auf dem Schreibtisch lag. Wir hatten nämlich gehört, wie die Kinder sagten, ihr Vater und ihre Mutter würden an diesem Vormittag zur Bude des weggelaufenen Niggers gehen. Dann gingen wir frühstücken, und Tom ließ den Blechlöffel in Onkel Silas' Rocktasche fallen. Tante Sally war noch nicht da.

Als sie kam, war sie erhitzt und rot und ärgerlich und konnte kaum das Gebet abwarten. Dann schenkte sie mit der einen Hand Kaffee aus und klopfte mit der anderen dem nächstbesten Kind mit dem Fingerhut auf den Kopf und sagte dabei:

„Ich habe ja schon alles mögliche erlebt, aber so was noch nicht. Wo ist dein anderes Hemd geblieben, Silas?"

Mir fiel's Herz in die Hosen, und 'ne halbe Brotkruste rutschte mir die falsche Kehle runter. Ich mußte husten, und die Kruste schoß quer über den Tisch und landete genau im Auge eines Jungen. Der bog sich wie'n Wurm an 'ner Angel und stimmte 'n Kriegsgeschrei an.

Nach einer Weile, als alles sich ein wenig beruhigt hatte, sagte Onkel Silas: „Das ist allerdings sehr komisch. Ich kann's nicht verstehen. Ich weiß ganz sicher, ich hab's von der Leine abgenommen, weil . . ."

„Es ist weg, darauf läuft alles hinaus, und du mußt dich eben auf ein rotes Flanellhemd umstellen, bis ich mal Zeit habe, dir ein neues zu machen. Und das ist schon das dritte, das ich dir in zwei Jahren machen muß! Du hältst mich wirklich an der Arbeit mit deinen Hemden. Man sollte annehmen, du wärest ein bißchen sorgfältiger damit in deinem Alter! Und das Hemd ist noch nicht alles, was weg ist. Ein Löffel ist auch weg! Vorher waren es zehn, und jetzt sind es bloß noch neun. Das Kalb hat sicher das Hemd gefressen, nehme ich an, aber nie im Leben den Löffel, soviel ist sicher. Und das ist noch nicht alles!"

„Wieso, was fehlt denn noch, Sally?"

„Was noch fehlt? Sechs Kerzen! Kann sein, daß die Ratten die Kerzen gefressen haben, ich glaube, so wird's wohl sein. Es ist ein Wunder, daß sie nicht mit dem ganzen Haus davonspazieren, wo du dir immer vornimmst, ihre Löcher zu verstopfen, und es doch nicht tust. Und wenn sie nicht so dumm wären, dann schliefen sie in deinem Haar, Silas, und du würdest es nicht mal merken. Aber das eine ist sicher: den Löffel kannst du nicht auf die Ratten schieben!"

„Nun ja, Sally, ich habe schuld, und ich gebe zu: ich bin nachlässig gewesen. Morgen am Tage werden die Löcher zugestopft."

„Oh, ich würde mich nicht beeilen, nächstes Jahr ist noch früh genug." In diesem Augenblick kam die Niggerfrau rein und sagte:

„Missus, ein Bettlaken sein weg."

„Ein Bettlaken weg? Zum Donnerwetter nochmal!"

„Ich stopfe die Löcher noch heute zu", sagte Onkel Silas und machte 'n sorgenvolles Gesicht.

„Oh, willst du den Mund halten! Denkst du etwa, die Ratten hätten das Bettlaken geholt? Wo ist es hingekommen, Lisa?"

„Wirklich und wahrhaftig, ich haben keine Ahnung, Frau Sally. Gestern es noch auf der Wäscheleine, aber jetzt einfach futsch, nicht mehr da."

„Ich. glaube, die Welt geht unter! So was ist mir doch in meinem ganzen Leben noch nicht passiert. Ein Hemd, ein Laken und einen Löffel und sechs Ker . . ."

„Missus!" kommt da'n kleiner gelber Wicht rein. „Es fehlen eine Kerzenleuchter von Messing."

„Raus mit dir, du Dreckspatz, oder ich komme dir mit der Bratpfanne!"

Sie war regelrecht wild. Ich fing allmählich an, auf 'ne günstige Gelegenheit zu warten. Ich dachte, ich könnte rausschleichen und im Walde untertauchen, bis der Sturm sich gelegt hätte. Sie tobte in einem fort weiter. Sie machte den Aufruhr ganz allein, und alle anderen waren ziemlich demütig und still. Endlich fischte Onkel Silas, und dabei sah er ziemlich blöd drein, den Löffel aus seiner Tasche. Sie hielt inne, mit offenem Mund und erhobenen Händen. Und was mich betraf, ich wünschte, ich wäre in Jerusalem oder sonstwo. Aber nicht lange; sie sagte nämlich zu Onkel Silas:

„Genau, wie ich's vermutet habe! Du hast ihn also die ganze Zeit über in der Tasche gehabt, und höchstwahrscheinlich hast du die anderen Sachen da auch. Wie ist er dahingekommen?"

„Weiß wirklich nicht, Sally", sagte er, als ob er sich entschuldigen wollte. „Du weißt doch, daß ich es dir sonst sagen würde. Ich habe vor dem Frühstück im Testament gelesen und glaube, ich habe ihn mir in die Tasche gesteckt, ohne es zu merken, wohl im Glauben, es wäre das Testament. Ja, so wird's wohl sein."

„Oh, um Himmels willen, laß einen doch mal zu Verstand kommen! Mach jetzt, daß du wegkommst, du mit deinem ganzen Geschimpfe, und komme mir nicht wieder unter die Augen, bevor ich meinen Seelenfrieden wiedergefunden habe."

Wenn ich Onkel Silas gewesen wäre, dann hätte ich ihre Worte gehört, selbst wenn sie sie leise zu sich selbst gesagt hätte, und ich wäre aufgestanden und hätte ihr gehorcht, und das sogar, wenn ich tot gewesen wär'. Als wir durchs Wohnzimmer gingen, nahm der Alte seinen Hut, und da fiel der Nagel auf den Fußboden, und er hob ihn nur auf und legte ihn auf die Garderobe. Er sagte kein Wort und ging einfach raus.

Tom machte sich Sorgen, wo er nun 'nen Löffel herkriegen sollte. Er sagte, wir müßten ihn nun mal haben. Also ging er mit sich selbst zu Rate. Als er zu 'nem Ergebnis gekommen war, sagte er mir, was wir machen müßten. Dann stellten wir uns neben den Löffelkorb und warteten, bis wir Tante Sally kommen sahen. Und dann fing Tom an, die Löffel zu zählen. Er legte sie alle auf eine Seite, und ich steckte mir einen in den Ärmel. Daraufhin sagte Tom:

„Sieh mal, Tante Sally, 's sind trotzdem nur noch neun Löffel."

Da sagte sie: „Geht spielen und laßt mich in Ruhe, ich weiß es besser, ich habe sie selbst gezählt."

„Aber ich habe sie zweimal gezählt, Tantchen, und ich sehe nur neun."

Man sah ihr an, daß sie keine Geduld mehr hatte, aber natürlich fing sie an zu zählen — jeder hätte das getan.

„Ich erstarre zur Salzsäule, es sind wirklich bloß neun!" sagte sie. „Wieso, was in aller Welt — ich zähle sie noch mal."

Also ließ ich den einen Löffel wieder reinrutschen, und als sie fertig war mit Zählen, sagte sie: „Zum Henker mit dem ganzen Dreck, jetzt sind's zehn!" Und sie sah ärgerlich und zugleich auch bekümmert aus.

Aber Tom sagte: „Wieso denn, Tantchen, ich glaube nicht, daß es zehn sind."

„Du Dummkopf, hast du nicht gesehen, daß ich sie gezählt habe?"

„Ich weiß, aber . . ."

„Gut, ich zähle sie noch mal."

Ich ließ also wieder einen verschwinden, und es kamen wieder neun dabei raus, genau wie vorher. Sie hatte Tränen in den Augen, sie zitterte regelrecht am ganzen Körper, so wütend war sie. Aber sie zählte und zählte, bis sie so durcheinander war, daß sie sogar manchmal den Korb mitzählte. Dreimal ging's richtig auf und dreimal war's falsch. Dann nahm sie den Korb und schmiß ihn durchs Haus, und sie schrie, wir sollten sie alleinlassen, und wenn wir sie bis zum Mittag noch einmal belästigten, dann würde sie uns das Fell über die Ohren ziehen.

Wir hatten also den überzähligen Löffel und steckten ihn, gerade während sie uns den Laufpaß gab, in ihre Schürzentasche. Und Jim hat ihn programmgemäß gekriegt, zusammen mit dem Nagel, und das noch vor Mittag.

Wir hängten an diesem Abend das Bettuch zurück auf die Leine und stahlen statt dessen eins aus ihrem Schrank, und 'n paar Tage lang haben wir das Bettuch fortwährend reingelegt und wieder rausgenommen, bis sie nicht mehr wußte, wieviel Laken sie hatte, und bis sie sagte, es wär' ihr egal und sie hätte nicht die Absicht, sich noch weiter darüber aufzuregen, und um kein Geld in der Welt würde sie sie noch mal zählen, sie würde eher sterben.

Für uns war jetzt also alles in bester Ordnung, soweit das Hemd und das Laken und der Löffel und die Kerzen betroffen waren, und das alles mit Hilfe des Kalbs, der Ratten und des verdrehten Zählens; und was den Kerzenhalter betraf, das war nicht sonderlich bedeutend, darüber würde mit der Zeit schon Gras wachsen.

Das Brot aber, das war 'ne Arbeit! Wir kamen aus den Schwierigkeiten nicht raus mit diesem Brot. Wir rührten es draußen in den Wäldern an, und da backten wir es auch; und schließlich kriegten wir es auch zustande, sogar recht zufriedenstellend. Wir wollten nichts weiter haben als 'ne Kruste, und der Teig wollte nicht richtig aufgehen, und immer wieder sackte er zusammen. Natürlich haben wir aber zum Schluß die richtige Methode rausgefunden, und die war, die Strickleiter mit dem Brot zusammen zu backen.

Wir haben uns also in der zweiten Nacht mit Jim zusammengetan, und dann haben wir das ganze Bettuch in schmale Streifen zerrissen und die dann zusammengeknotet. Und schon 'ne ganze Zeit vor Tagesanbruch hatten wir 'n herrliches Tau, mit dem man gut und gerne jemand aufhängen konnte. Wir taten so, als ob wir neun Monate dazu gebraucht hätten, es fertigzustellen.

Am Vormittag nahmen wir das Tau mit in den Wald, aber es paßte nicht in das Brot. Weil's aus 'nem ganzen Bettlaken gemacht war, war es lang genug, daß man vierzig Brote damit hätte füllen können, wenn man nur gewollt hätte — und dann war noch 'ne ganze Masse übrig für Suppe, Wurst oder irgendwas anderes. Wir hätten 'n ganzes Essen damit füllen können.

Aber das brauchten wir nicht. Alles, was wir brauchten, war gerade soviel, wie in das Brot ging, und so haben wir den Rest weggeschmissen. Wir taten das Brot in Jims Napf und die drei Zinnteller auf den Boden des Topfes unter das Essen.

So kriegte Jim alles ordnungsgemäß, und sobald er für sich allein war, hat er die Strickleiter aus dem Brot geholt und in seinem Strohsack versteckt, außerdem hat er 'n paar Zeichen auf 'n Zinnteller gekratzt und ihn aus dem Fenster geworfen.

Warnbriefe und Verhöre

Am nächsten Tage fragte Tom den Gefangenen: „Gibt's hier Spinnen, Jim?"

„O nein, Gott sei Dank nicht, Master Tom."

„Gut, wir werden dir 'n paar besorgen. — Gibt's hier denn Ratten?"

„Ich noch keine haben gesehen."

„Gut, wir werden dir 'n paar Ratten besorgen."

„Aber warum denn, Master Tom? Ich nicht Ratten wollen, sie sein die widerlichsten Biester, wo gibt. Immer stören einen, laufen über einen und beißen in Fuß, gerade wenn schlafen wollen. Nein, nein, du mir geben Schlangen, wenn sein muß, aber nicht Ratten, ich nicht kaum können ihnen gebrauchen."

„Aber Jim, du mußt sie haben, alle haben sie. Mach also nicht mehr soviel Geschrei darum. Es gibt keine Gefangenen ohne Ratten, noch nie dagewesen! Und sie dressieren die Ratten und streicheln sie und bringen ihnen Tricks bei, und sie werden mit der Zeit so anhänglich wie Fliegen. Aber du mußt ihnen was vorspielen. Hast du irgendwas hier zum Musikmachen?"

„Ich nur blasen kann auf altes Kamm und Stück Papier, aber ich glauben, sie mögen nicht das Musik."

„O doch! Es ist ihnen ganz egal, was für 'ne Art von Musik sie hören. 'n Kamm ist lange gut genug für 'ne Ratte, alle Tiere haben Musik gern, besonders traurige Musik."

Am nächsten Morgen gingen wir also in die Stadt und kauften 'ne Rattenfalle aus Draht. Die brachten wir in den Keller vor das beste Rattenloch, und ungefähr in einer Stunde hatten wir fünfzehn erstklassige Ratten. Und dann nahmen wir die Falle und brachten sie an 'nen sicheren Platz unter Tante Sallys Bett.

Aber während wir nach Spinnen aus waren, fand der kleine Thomas Franklin Benjamin Jefferson Alexander Phelps sie und machte die Klappe auf, um nachzusehen, ob die Ratten wohl rauskämen, und sie kamen wirklich raus. Und Tante Sally kam rein, und als wir zurückkamen, stand sie auf'm Bett und machte 'n Riesenspektakel. Die Ratten taten, was sie konnten, um ihr die Langeweile zu vertreiben. Sie nahm also die Peitsche und vermöbelte uns beide damit, und dann haben wir ungefähr zwei Stunden gebraucht, wieder fünfzehn oder sechzehn Stück zu fangen.

Wir hatten jetzt 'n großartigen Vorrat an ausgewählten Spinnen, Käfern, Fröschen, Raupen und allem möglichen anderen Getier.

Wir fingen auch 'n paar harmlose Schlangen, und es hat noch nie so 'ne fröhliche Hütte gegeben wie Jims Hütte. Jim mochte die Spinnen nicht, und die Spinnen mochten Jim nicht, und darum lauerten sie ihm auf und machten ihm arg zu schaffen. Und er sagte, daß zwischen den Ratten und den Schlangen kaum noch Platz für sein Bett wäre, und wenn Platz genug da wäre, dann könnte da kein Mensch schlafen, es wäre immerzu so lebendig, weil die Viecher niemals alle zur gleichen Zeit schliefen und sich abwechselten. Er sagte, wenn er dieses Mal rauskäme, dann würde er nie wieder 'n Gefangener sein, nicht mal gegen Bezahlung.

Nun ja, nach ungefähr drei Wochen war alles ziemlich gut in Butter. Das Hemd hatten wir in 'nem Brot schon früh reingeschickt, und jedesmal, wenn Jim von 'ner Ratte gebissen wurde, stand er auf und schrieb 'n bißchen in sein Tagebuch, solange die Tinte noch frisch war. Die Federn waren fertig, der Bettpfosten war durchgesägt, und wir hatten das Sägemehl aufgegessen und davon ganz erstaunliche Bauchschmerzen gekriegt. Es war das am schwersten verdauliche Sägemehl, das ich je gesehen habe. Das hat Tom auch gemeint. Aber wir hatten, wie ich schon gesagt habe, endlich alles geschafft, und wir waren auch alle ziemlich erledigt, vor allem Jim.

Der alte Phelps hatte schon 'n paarmal nach der Plantage unterhalb von Orleans geschrieben, sie sollten doch kommen und ihren weggelaufenen Nigger abholen, aber er hatte keine Antwort gekriegt, weil's die Plantage überhaupt nicht gab. Darum meinte er, er wollte Jim in den Zeitungen von St. Louis und New Orleans anzeigen. Als er die Zeitung von St. Louis erwähnte, lief's mir kalt den Rücken runter, und ich sah, daß wir keine Zeit zu verlieren hatten. Darum sagte Tom, es wär' jetzt Zeit für die annonymischen Briefe.

„Was ist das?" frage ich.

„Eine Warnung für die Leute, daß irgendwas im Busch ist. Manchmal macht man's auf diese Weise, manchmal auf 'ne andere. Aber da spioniert immer jemand rum, der dem Schloßverwalter 'ne Nachricht zukommen läßt. Als König Louis XVI. aus den Tuilerien abhauen wollte, da hat's eine Dienerin gemacht, das ist 'ne ganz gute Methode, aber annonymische Briefe sind auch gut. Wir machen beides! Es ist auch gut für die Mutter des Gefangenen, die Kleider mit ihm auszutauschen, und dann bleibt sie drin, und er entkommt in ihren Kleidern. Das werden wir auch machen."

„Aber sieh doch mal, Tom, weshalb sollten wir wohl jemand davor warnen, daß was im Busch ist? Laß sie's doch selbst rausfinden, ist doch schließlich ihre Angelegenheit."

„Ja, ich weiß, aber man kann sich nicht auf sie verlassen. Sie haben sich von Anfang an zu dämlich benommen — haben alles uns überlassen, sie sind so vertrauensselig und holzköpfig, die merken überhaupt nichts. Wenn wir ihnen also keine Nachricht geben, dann benachrichtigt sie niemand, und es kommt uns überhaupt nichts in die Quere, und nach all unserer harten Arbeit geht die ganze Flucht völlig glatt. Dazu gehört überhaupt nichts, das kann jeder."

„Hm, Tom", sage ich, „wenn's nach mir ginge, würde ich's so machen."

„Mist!" sagt er und macht 'n ärgerliches Gesicht.

Ich sage also: „Ich wollte ja auch gar nichts dagegen sagen, ich richte mich ganz nach dir. Wie willst du das denn mit der Dienerin machen?"

„Die spielst du! Mitten in der Nacht schleichst du rein und klaust dem gelben Mädchen den Rock."

„Ach, Tom, das gibt doch Ärger am nächsten Morgen, denn sie hat doch bestimmt nur den einen."

„Weiß ich, aber du brauchst ihn doch nur 'ne Viertelstunde, um den annonymischen Brief zu überbringen und unter der Tür herzuschieben."

„Gut, ich mach's, aber ich könnte ihn genauso gut in meinen eigenen Klamotten rüberbringen."

„Aber du sähst dann nicht wie 'ne Dienerin aus, klar?"

„Schon gut, ich sag' ja nichts, ich spiel' die Dienerin. Aber wer ist Jims Mutter?"

„Ich. Ich klaue 'n Kleid von Tante Sally."

„Gut, dann mußt du aber auch in der Hütte bleiben, wenn Jim und ich abhauen."

„Kleinigkeit! Ich stopfe Jims Kleider mit Stroh aus und lege sie auf sein Bett; sie stellen Jims verkleidete Mutter vor. Jim nimmt das Kleid von der Niggerfrau und zieht es an, und dann machen wir alle zusammen, daß wir wegkommen."

Tom schrieb also den annonymischen Brief, und ich hab' ihn unter der Haustür durchgeschoben, genau wie's Tom mir gesagt hatte. Darin stand: •

„Paßt auf! Es braut sich was zusammen. Seid auf der Hut!
Unbekannter Freund."

In der nächsten Nacht steckten wir 'n Bild an die Haustür; Tom hatte es mit Blut gemalt, es war 'n Schädel und 'n Kreuz aus zwei Knochen.

Ich habe noch nie gesehen, daß 'ne ganze Familie so bange war! Wenn 'ne Tür schlug, sprang Tante Sally auf und schrie: „Autsch!" Wenn irgendwas hinfiel, sprang sie auf und schrie: „Autsch!" Wenn man sie zufällig berührte, und sie paßte gerade nicht auf, dann schrie sie dasselbe. Und sie war auch bange, ins Bett zu gehen, aber sie wagte es nicht, aufzubleiben. Die ganze Sache klappte also sehr gut. Tom sagte, er hätte niemals 'ne Sache gesehen, die so gut geklappt hätte. Daran sähe man, daß wir alles richtig gemacht hätten.

Tom sagte also: „Jetzt auf zum großen Schlag!"

Am nächsten Morgen in der ersten Dämmerung hatten wir 'nen anderen Brief fertig und überlegten, was wir damit machen sollten. Wir hatten nämlich beim Abendessen gehört, daß sie die ganze Nacht durch an jede Tür 'n Nigger stellen wollten.

Tom kletterte den Blitzableiter runter, um auszukundschaften. Der Nigger an der hinteren Tür war eingeschlafen, und da steckte Tom ihm den Brief in den Nacken und kam zurück. In dem Brief stand:

„Verratet mich nicht, ich will Euer Freund sein. 'ne Bande von Halsabschneidern aus dem Indianergebiet will heute nacht Euren weggelaufenen Nigger klauen, und sie haben versucht, Euch bange zu machen, damit Ihr im Hause bleibt und sie in Ruhe laßt. Ich gehöre zur Bande, aber ich bin 'n frommer Mann und will die Sache aufgeben und wieder 'n ehrbares Leben führen. Sie wollen sich von Norden ranschleichen, am Zaun entlang, genau um Mitternacht. Mit 'nem falschen Schlüssel wollen sie den Nigger aus der Hütte holen. Ich halte mich 'n Stück abseits, und wenn's gefährlich wird, blase ich 'n Blechhorn. Aber wenn sie reinkommen, werde ich statt dessen bäh machen wie 'n Schaf und überhaupt nicht blasen. Während sie seine Ketten losmachen, schleicht Ihr Euch hin und schließt sie ein.

Und dann könnt Ihr sie nach Bedarf umbringen. Tut nichts, was ich Euch nicht empfohlen habe. Wenn Ihr es trotzdem tut, dann schöpfen sie Verdacht und machen ein Mordsgeschrei. Ich will keine Belohnung haben, sondern nur wissen, daß ich recht gehandelt habe.   *Unbekannter Freund.*"

Wir waren nach dem Frühstück so ziemlich obenauf, und wir nahmen mein Boot und fuhren raus auf den Fluß, um zu angeln. Unser Mittagessen hatten wir mitgenommen, und wir hatten viel Spaß und sahen nach dem Floß, und wir fanden es in bester Ordnung.

Wir kamen zu spät zum Abendessen und fanden alle in solcher Aufregung und Sorge, daß sie nicht mehr wußten, was oben und unten war, und uns, 'ne Minute nachdem wir mit dem Essen fertig waren, ins Bett schickten. Und sie sagten uns nicht, was passiert war, und verrieten kein Wort von dem neuen Brief — aber das brauchten sie ja auch nicht, weil wir genauso

viel darüber wußten wie jeder. Sobald wir die Treppe halb raufgegangen waren und sie uns den Rücken zugekehrt hatten, schlichen wir uns zum Schrank im Keller, packten gutes Essen ein, nahmen es mit rauf in unser Zimmer und gingen ins Bett.

Ungefähr um halb elf standen wir wieder auf, und Tom zog Tante Sallys Kleid an, das er geklaut hatte, und wollte anfangen zu futtern. Aber da sagte er auf einmal: „Wo ist die Butter?"

„Ich hab 'n Stück rausgelegt", sagte ich, „auf 'n Stück Maisbrot."

„Wenn das so ist, dann hast du sie auch da liegenlassen!"

„Wir kommen auch ohne zurecht", sagte ich.

„Wir kommen auch m i t zurecht", sagte er, „schleich nur mal gerade in den Keller und hol sie. Und dann schlitterst du den Blitzableiter runter. Ich gehe hin und stopfe Stroh in Jims Kleider, um seine verkleidete Mutter darzustellen. Halte dich bereit, bäh zu schreien wie'n Schaf und dann abzuhauen, sobald du da bist."

Raus ging er, und ich ging runter in den Keller. Das Stück Butter, faustgroß, war noch da, wo ich's gelassen hatte. Und so nahm ich das Stück Maisbrot auch gleich mit und blies meine Kerze aus und stieg die Treppe rauf, ganz vorsichtig. Und ich kam auch ungeschoren ins Erdgeschoß, aber da kommt mir Tante Sally mit 'ner Kerze entgegen, und ich klatsche den ganzen Kram in meinen Hut und stülpe mir den Hut auf den Kopf. Und im nächsten Moment sieht sie mich und sagt:

„Bist du im Keller gewesen?"

„Ja."

„Was hast du da unten gemacht?"

„Nix."

Ich dachte, sie würde mich jetzt laufen lassen, aber sie sagte:

„Auf dem kürzesten Wege gehst du ins Wohnzimmer und bleibst da, bis ich komme. Du hast irgendwas im Schilde geführt, und ich werd's rausfinden. Vorher lasse ich dich nicht wieder laufen."

Meine Güte, was für 'ne Menschenmenge war im Wohnzimmer! Fünfzehn Farmer, und jeder von ihnen hatte 'n Gewehr! Mir wurde richtig schlecht, und ich taumelte nach 'nem Stuhl und setzte mich. Sie saßen da rum, einige von ihnen sprachen 'n bißchen mit leiser Stimme, und alle waren nervös und aufgeregt. Sie versuchten aber, so auszusehen, als ob sie's nicht wären. Aber ich wußte, daß sie's waren, weil sie immer ihre Hüte abnahmen und wieder aufsetzten und sich die Köpfe kratzten und sich anders hinsetzten und an ihren Knöpfen rumfummelten. Ich war selbst nicht ruhig, aber ich hab' trotzdem nicht meinen Hut abgenommen.

Ich wollte, Tante Sally wär' gekommen, hätte mich abgefertigt und verhauen, falls sie's wollte, und mich dann weggelassen. Ich mußte doch Tom sagen, wie wir dieses Unternehmen auf die Spitze getrieben hätten und daß wir endlich aufhören müßten rumzuspielen und mit Jim abhauen müßten, bevor diese Rowdys ihre Geduld verlören und uns auf die Pelle rückten.

Endlich kam sie und fragte mich aus, aber ich konnte nicht offen antworten. Ich wußte nicht mehr, was oben oder unten war; diese Männer waren nämlich inzwischen so nervös geworden, daß einige von ihnen sofort aufbrechen wollten, um die Räuber zu überfallen. Sie sagten, es wären nur noch 'n paar Minuten bis Mitternacht. Andere versuchten, sie zurückzuhalten — sie sollten noch auf das Schafssignal warten.

Währenddessen versetzte mir die Tante eine Frage nach der anderen, und ich zitterte am ganzen Körper und hätte jeden Augenblick aus den Schuhen kippen können, so bange war ich. Und es wurde so schrecklich heiß im Zimmer, und die Butter fing an zu schmelzen und lief mir den Nacken runter und hinter die Ohren.

Tante Sally sah es, wurde kreidebleich und schrie:

„Um Gottes willen, was ist los mit dir? Er hat Gehirnfieber, ich schwör's, und es läuft ihm aus!"

Und alle rennen sie, um es zu sehen, und sie nimmt meinen Hut ab, und da kommt das Brot raus und was von der Butter noch übrig war. Da schnappt sie mich und drückt mich und sagt:

„Oh, wie hast du mich aufgeregt! Und wie froh und dankbar bin ich jetzt, daß es nichts Schlimmeres war. Das Schicksal ist nämlich gegen uns, und als ich das Zeug eben gesehen hab', da dachte ich, du wärst verloren, denn an der Farbe und all dem konnte ich sehen, daß es nur dein Gehirn sein konnte, wenn . . . O Junge, Junge, warum hast du mir das nicht gleich gesagt, was du da unten gemacht hast, mir hätt's nichts ausgemacht. Nun aber schleunigst ins Bett, und laß dich nicht mehr sehen bis morgen früh!"

In einer Sekunde war ich oben und in der nächsten Sekunde schon wieder am Blitzableiter runtergerutscht. Und schon glitt ich durch die Dunkelheit nach dem Anbau vor Jims Hütte. Ich konnte vor lauter Eifer kaum ein Wort rauskriegen, aber ich hab' Tom doch so schnell wie möglich gesagt, daß wir's jetzt wagen müßten und daß keine Minute zu verlieren wär' — das ganze Haus wär' voll von Männern mit Gewehren.

Seine Augen leuchteten förmlich auf, und er sagte: „Wirklich? Nicht möglich! Ist das nicht gewaltig? O Huck, wenn ich's noch mal tun müßte, ich wette, ich würd' zweihundert zusammenkriegen. Wenn wir's aufschieben könnten bis . . ."

„Beeil dich, komm!" sagte ich. „Wo ist Jim?"

„Gleich beißt er dich; wenn du deinen Arm ausstreckst, kannst du ihn berühren. Er ist angezogen, und alles ist fertig. Wir schleichen jetzt raus und geben das Schafssignal."

Aber dann hörten wir das Trampeln von Männerfüßen, die zur Tür kamen, wir hörten, wie sie mit dem Vorhängeschloß rumhantierten, und hörten, wie ein Mann sagte:

„Ich hab' doch gleich gesagt, wir kämen zu früh; sie sind noch nicht hier — die Tür ist verschlossen. Paßt auf, ich schließe 'n paar von euch in der Hütte ein, und ihr lauert ihnen im Dunkeln auf und legt sie um, wenn sie reinkommen. Ihr übrigen verteilt euch in der Umgebung und horcht, ob ihr sie kommen hört."

Sie kamen also rein, konnten uns aber im Dunkeln nicht sehen und traten fast auf uns, während wir machten, daß wir unter das Bett kamen. Aber wir schafften es, und wir krochen aus dem Loch, schnell, aber vorsichtig — zuerst Jim, dann ich und als letzter Tom. So hatte Tom es befohlen.

Eine tolle Flucht

Wir waren jetzt im Anbau und hörten Schritte draußen ganz in der Nähe. Wir krochen also zur Tür, und da hielt Tom uns an und lugte aus dem Spalt, konnte jedoch nichts entdecken, es war zu dunkel. Endlich stieß er uns an, und wir huschten nach draußen und bückten uns und atmeten nicht und gaben überhaupt keinen Laut von uns.

Dann glitten wir vorsichtig wie Indianer nach dem Zaun. Wir kamen auch hin, und Jim und ich kletterten drüber. Aber Toms Hose blieb an einem Splitter der oberen Latte hängen, und da hörte er schon die Schritte kommen. Er mußte sich also losreißen, und dadurch brach der Splitter ganz ab und machte 'n Geräusch. Als er runtersprang und hinter uns herlief, da brüllt jemand:

„Wer ist da? Antwort, oder ich schieße!"

Aber wir gaben keine Antwort, wir machten uns auf die Socken und hauten ab. Dann entstand 'n Aufruhr, und die Kugeln sausten — peng, peng, peng — ganz hübsch an uns vorbei. Wir hörten sie brüllen:

„Hier sind sie! Sie wollen nach dem Fluß. Hinterher! Macht die Hunde los!"

Und da kommen sie an mit 'nem Affenzahn! Wir konnten sie hören, weil sie Stiefel trugen und schrien; aber wir trugen keine Stiefel, und wir schrien auch nicht. Wir waren auf dem Pfad zur Mühle, und als sie ziemlich nah an uns rangekommen waren, schlugen wir uns in die Büsche, ließen sie vorbeirennen und liefen dann hinter ihnen her. Und da kamen auch schon die Hunde und machten 'n Höllenspektakel.

Aber 's waren ja unsere Hunde, und darum blieben wir auf der Stelle stehen, bis sie uns eingeholt hatten. Als sie sahen, daß niemand da war außer uns und es nichts Aufregendes für sie gab, sagten sie bloß guten Tag und zuckelten gleich weiter, dem Geschrei und Geknatter nach. Und wir — wieder Volldampf voraus — hinterher, bis wir fast bei der Mühle waren. Dann schlugen wir uns durch die Büsche und gelangten schnell zu meinem Boot.

Wir sprangen rein und ruderten, was wir konnten, zur Flußmitte hin, aber wir machten nicht mehr Lärm, als unbedingt nötig. Dann machten wir uns in aller Ruhe und Gemütlichkeit auf den Weg nach der Insel, wo mein Floß war. Und währenddessen konnten wir hören, wie sie sich gegenseitig anschrien und anbellten, überall am ganzen Ufer — bis wir schließlich so weit weg waren, daß der Lärm schwächer wurde und aufhörte. Als wir aufs Floß klettern, sage ich:

„Endlich, alter Jim! Jetzt bist du wieder 'n freier Mann, und ich wette, du wirst nie wieder 'n Sklave sein."

„Und es waren auch sehr gute Arbeit, Huck. Es waren geplant schön, und es waren getan schön. Und es geben niemand, wo können machen eine Plan mehr kunterbunt und wunderbar als diese."

Wir waren alle ganz mächtig froh, aber Tom war am frohesten — er hatte nämlich 'ne Kugel in der Wade.

Die Wunde tat ihm beträchtlich weh, und sie blutete stark. Wir legten ihn also in den Wigwam und rissen eins von des Herzogs Hemden kaputt, um ihn damit zu verbinden. Aber er sagte:

„Gib mir die Lumpen; ich kann das selbst. Jetzt nur keinen
Aufenthalt, keine Verzögerung, wo die Flucht so großartig
geht."

Aber Jim und ich hielten Rat und dachten nach, und nachdem
wir für 'ne Minute überlegt hatten, sagte ich: „Raus mit der
Sprache, Jim!"

Da sagte er: „Hm, ich die Sache sehen so, Huck. Wenn Tom
wären der, den wir hätten befreit, und Kugel getroffen eine von
die Jungen, würden er dann sagen: ‚O bitte mich retten, er
nicht brauchen Doktor, Hauptsache, wir retten mich'? Wären
das wie Master Tom Sawyer? Würden er das sagen? Ich wetten,
er nicht täte das. Und meinen du nun, Jim würden das sagen?
Nein, ich nicht weichen zurück einen Schritt, bevor nicht kommen Doktor, und wenn es dauern vierzig Jahre."

Ich wußte immer, daß Jim innen weiß war und nur außen 'n
Nigger, und ich nahm an, daß er's ganz ernst meinte. Es war
also alles geregelt, und ich sagte Tom, ich würde 'n Doktor

holen. Er hat mächtig dagegen getönt, aber Jim und ich blieben dabei und gaben nicht nach.

Als er schließlich sah, daß ich das Boot fertig machte, sagte er: „Nun, wenn's denn sein muß! Aber verbinde dem Doktor vorher die Augen und laß ihn schwören, daß er nichts verrät! So machen sie's alle."

Ich sagte, ich würd's so machen, und haute ab. Jim wollte sich im Wald verstecken, sobald er den Doktor kommen sähe, und da bleiben, bis er wieder weg wäre.

Der Doktor war 'n alter Mann; ein sehr netter, freundlich aussehender alter Mann. Ich sagte ihm, mein Bruder und ich wären gestern nachmittag auf 'ner Insel jagen gegangen und hätten auf 'nem Floß übernachtet, das wir gefunden hätten. Um Mitternacht ungefähr hätte er wohl im Traum an sein Gewehr gestoßen — es wär' nämlich losgegangen und hätte ihn ins Bein getroffen. Und nun bäten wir ihn, rüberzukommen und es zu behandeln, aber nichts davon zu erzählen, weil wir heute abend nach Hause kommen und unsere Familie überraschen wollten.

„Wer ist eure Familie?" fragte er.

„Die Phelpse, da unten."

„Oh", sagte er, und 'ne Minute drauf: „Wie ist es nochmal gekommen, daß er angeschossen wurde?"

„Er hat geträumt", sagte ich, „und da hat's ihn erwischt."

„Einmaliger Traum!" sagte er.

Er steckte also seine Laterne an, holte seine Satteltaschen, und wir machten uns auf den Weg. Als er aber das Boot sah, gefiel's ihm nicht. Er sagte, es wär' groß genug für einen, schien ihm aber nicht sicher genug für zwei.

Da sagte ich: „Oh, Sie brauchen keine Bange zu haben, Herr Doktor, es hat uns drei ganz gut getragen."

„Welche drei?"

„Wieso? Mich, Sid und — und — die Gewehre. Ja, die meinte ich."

„Oh!" sagte er.

Aber er schaukelte das Boot 'n bißchen mit dem Fuß und schüttelte dann den Kopf und sagte, es wär' wohl besser, wenn er nach 'nem größeren suchte. Aber sie waren alle angekettet und angeschlossen. Darum nahm er mein Boot und sagte, ich sollte warten, bis er zurückkäme, oder ich könnte auch weiter rumsuchen, oder vielleicht wär's noch besser, ich ginge nach Hause und bereitete sie auf die Überraschung vor, wenn ich das wollte. Aber ich sagte, ich wollte's nicht, und so habe ich ihm nur gesagt, wo er das Floß finden könnte, und er hat sich auf den Weg gemacht.

Mit einmal kam mir 'n Gedanke. Ich überlegte mir: wenn er nun das Bein nicht mir nichts, dir nichts in Ordnung bringen kann? Angenommen, es dauert drei oder vier Tage? Was machen wir dann? Abwarten, bis er die Katze aus dem Sack läßt? Kommt nicht in Frage; ich weiß, was ich tue! Ich warte, und wenn er zurückkommt und sagt, er muß noch mal hin, dann

gehe ich auch rüber, und wenn ich schwimmen muß! Und dann schnappen wir ihn, binden ihn und halten ihn fest und fahren flußabwärts. Wenn Tom ihn nicht mehr braucht, bezahlen wir ihm seine Arbeit und bringen ihn an Land.

Ich kroch in einen Holzhaufen, um 'n bißchen zu schlafen. Als ich wieder aufwachte, war die Sonne hoch über mir. Ich rannte nach dem Haus des Doktors, aber sie sagten mir, er wäre in der Nacht weggegangen und noch nicht zurück. Hm, denke ich, das sieht ja mächtig übel aus für Tom, und ich haue gleich ab zur Insel. Ich flitze also um die Ecke rum, und da renne ich doch fast mit dem Kopf gegen Onkel Silas' Bauch. Da sagt er:

„Nanu, Tom, wo hast du denn die ganze Zeit gesteckt, du Taugenichts?"

„Nirgends", sagte ich. „Ich hab' Jagd gemacht auf den weggelaufenen Nigger — ich und Sid."

„Wieso, wo in aller Welt hast du gesteckt? Deine Tante hat furchtbare Angst um dich."

„Braucht sie nicht", sage ich, „uns hat nichts gefehlt. Wir sind den Männern und Hunden nachgelaufen, aber sie waren schneller als wir, und wir haben sie verloren. Aber wir meinten, wir hätten sie auf dem Wasser gehört, und darum haben wir unser Boot genommen und sind ihnen gefolgt, und dann sind wir rübergefahren, aber wir haben sie nicht finden können. So sind wir am Ufer umhergekreuzt, bis wir müde und erledigt waren. Dann haben wir's Boot festgebunden und sind eingeschlafen und erst vor 'ner Stunde wieder wachgeworden. Danach sind wir hier rübergepaddelt, um zu hören, was es Neues gibt. Sid ist drüben in der Post, um 'n bißchen rumzuhorchen, und ich bin unterwegs, um was zu essen für uns zu besorgen. Anschließend wollen wir nach Haus."

Wir gingen also zur Post, um „Sid" zu holen. Aber wie ich natürlich wußte: er war nicht da. Der Alte holte also nur 'n Brief von der Post ab, und wir warteten noch 'ne Weile, aber „Sid" kam nicht. Schließlich sagt der Alte, ich sollte nur mitkommen, Sid könne zu Fuß nach Hause gehen, wenn er mit seiner Rumstrolcherei fertig wäre.

Als wir nach Hause kamen, war Tante Sally so froh, mich wiederzusehen, daß sie zugleich gelacht und geweint hat. Dann hat sie mich gedrückt und mir 'ne Tracht Prügel verpaßt, eine von denen, die man schnell wieder vergißt, und sie sagte, Sid würde sie auch kriegen, sobald er käme.

Übrigens war das ganze Haus voll von Farmern und Farmersfrauen, die zum Essen eingeladen waren, und es war ein Geschwätz, wie man's noch nie gehört hat.

Tante Sally sagte gerade: „Ich hatte solche Angst, ich hab' kaum gewagt, ins Bett zu gehen oder aufzustehen oder mich hinzulegen oder hinzusetzen, Schwester Ridgeway. Weshalb wollten sie ausgerechnet — warum, um Himmels willen, Sie können sich vorstellen, in was für einer Aufregung ich war, als Mitternacht herankam. Meine Güte, ich war so bange, sie würden mir jemand aus der Familie stehlen. Ich war soweit, daß ich nicht mehr nachdenken konnte. Hört sich jetzt, bei Tage, dumm genug an, aber ich sagte mir, da schlafen meine armen beiden Jungen oben in dem einsamen Zimmer, und ich war so nervös, daß ich raufgeschlichen bin und sie eingeschlossen habe. Wirklich! Jeder hätte das getan. Wissen Sie, wenn man nämlich so bange ist und es schlimmer und schlimmer wird und man ganz aus der Fassung gerät und man alle möglichen dummen Dinge tut — kommt einem so nach und nach der Gedanke: Stell dir vor, du selbst wärst ein Junge und wärst da oben, und die Tür wär nicht verschlossen, und du . . ." Sie brach ab, sah ein bißchen verwundert aus, drehte langsam den Kopf rum, und als ihre Augen auf mir landeten — stand ich auf und ging.

Ich sagte mir, wenn ich rausginge und 'n bißchen darüber nachdächte, könnte ich's besser erklären, wie es kam, daß wir an diesem Morgen nicht im Zimmer waren. Ich tat's also, wagte aber nicht, weit zu gehen.

Ziemlich spät am Tage gingen die Leute alle weg, und da bin ich reingegangen und habe ihr erzählt, der Lärm und das

Schießen hätten mich und „Sid" wachgemacht, und die Tür wär' abgeschlossen gewesen, aber wir hätten den ganzen Zauber doch sehen wollen. Darum wären wir den Blitzableiter runtergeklettert und hätten uns beide dabei 'n bißchen wehgetan. Darum wollten wir das nicht noch mal versuchen.

Dann habe ich ihr noch all das erzählt, was ich Onkel Silas schon vorher erzählt hatte. Sie sagte, sie vergäbe uns, vielleicht könnte man von Jungs nix anderes erwarten, denn alle Jungs wären 'ne Flegelbande, soweit sie's beurteilen könnte. Und dann hat sie mich geküßt, mir über den Kopf gestrichen und hat mich in 'nen braunen Sessel gesetzt. Aber auf einmal springt sie auf und sagt:

„Um Gottes willen, es ist fast Nacht, und Sid ist noch nicht hier. Was mag dem Jungen wohl passiert sein?"

Das war die Gelegenheit für mich. Ich springe also auf und sage: „Ich lauf' schnell zur Stadt und hole ihn."

„Nein, kommt nicht in Frage", sagte sie, „du bleibst, wo du bist. Es ist genug, wenn einer fehlt. Wenn er zum Abendessen noch nicht hier ist, geht dein Onkel ihn suchen."

Nun, „Sid" war zum Abendessen noch nicht da. Also ging Onkel gleich nach dem Essen los.

So gegen zehn kam er wieder, 'n bißchen verstört; er hatte Tom nicht finden können. Tante Sally war sehr aufgebracht, aber Onkel Silas sagte, es wär' kein Grund dazu vorhanden — Jungens wären nun mal Jungens.

Als ich dann ins Bett ging, nahm sie ihre Kerze, kam mit mir rauf und packte mich ein und bemutterte mich so sehr, daß ich mir richtig gemein vorkam, und ich konnte ihr nicht ins Gesicht sehen. Und dann setzte sie sich aufs Bett und sprach 'ne ganze Zeitlang mit mir und sagte, was für 'n wundervoller Junge Sid wäre, und sie schien nicht aufhören zu können, über ihn zu sprechen. Schließlich fing sie an zu weinen, und ich sagte ihr, Sid wär' bestimmt nichts passiert, und er wär' sicher am Morgen wieder da, und als sie endlich ging, da sah sie mir fest und gut in die Augen und sagte:

„Ich lasse die Tür auf, Tom, und der Weg durchs Fenster und am Blitzableiter steht dir offen. Aber du bist ein guter Junge, nicht? Du läufst nicht weg, tu mir den Gefallen!"

Ich wollte weiß Gott wie gern gehen, um zu sehen, wie's Tom ging, und hatte fest vorgehabt abzuhauen, aber hiernach wär' ich nicht mal fürn Königreich abgehauen.

Der Schwindel wird aufgedeckt

Der Alte war schon vor dem Frühstück wieder in der Stadt, hatte aber keine Spur von Tom finden können. Und dann saßen sie beide am Tisch, dachten nach und sagten kein Wort und sahen traurig drein, und ihr Kaffee wurde kalt, und sie aßen nichts. Nach 'ner Weile sagt der Alte:

„Habe ich dir gestern den Brief gegeben?"

„Was für einen Brief?"

„Der, den ich gestern von der Post abgeholt habe."

„Nee, du hast nir keinen Brief gegeben."

„Hm, dann habe ich es wohl vergessen."

Er wühlte also in seinen Taschen rum und ging dann woanders hin, wo er ihn hingelegt hatte, und holte ihn und gab ihn ihr. Da sagte sie:

„Ach, der ist ja von St. Petersburg, von meiner Schwester!"

Ich meinte, es täte ganz gut, wenn ich noch 'n Spaziergang machte, aber ich konnte mich nicht rühren. Noch bevor sie ihn aufmachen konnte, ließ sie ihn fallen und rannte los. Sie hatte nämlich was gesehen, und ich auch. Es waren Tom Sawyer auf 'ner Matratze und der olle Doktor und Jim in Tantes Baumwollkleid mit auf dem Rücken gebundenen Händen und 'ne Masse

Leute. Ich versteckte den Brief an der nächstbesten Stelle und lief raus. Sie warf sich über Tom und weinte und klagte:

„Oh, er ist tot. Ich weiß, er ist tot!"

Tom bewegte den Kopf 'n bißchen und murmelte irgendwas, und man konnte sehen, daß er nicht bei Bewußtsein war. Da warf sie ihre Hände in die Luft und schrie:

„Er lebt, Gott sei Dank! Mehr will ich gar nicht!" Und sie gab ihm 'n Kuß und flog aufs Haus zu, um das Bett fertigzumachen. Sie gab Befehle nach allen Seiten, den Niggern und allen anderen, so schnell ihre Zunge nur konnte.

Ich folgte den Männern, um zu sehen, was sie mit Jim tun würden; und der alte Doktor und Onkel Silas gingen hinter Tom her ins Haus. Die Männer waren recht barsch, und einige wollten Jim hängen als abschreckendes Beispiel für alle Nigger in der Umgegend, damit sie nicht versuchten wegzulaufen. Aber die andern sagten, das sollten sie nicht tun. Erstens würde es auch nichts ändern, und zweitens wär' er nicht unser Nigger, und sein Besitzer käme gewiß, und dann müßten wir für ihn bezahlen.

Sie schimpften Jim mächtig aus und gaben ihm hin und wieder eins hinter die Ohren, aber Jim sagte keinen Ton. Er ließ es sich auch nicht anmerken, daß er mich kannte. Sie brachten ihn in dieselbe Hütte, zogen ihm sein eigenes Zeug wieder an und ketteten ihn wieder fest, diesmal aber nicht an den Bettpfosten, sondern an eine große eiserne Krampe, die sie in den Fußbodenbalken gehauen hatten. Und sie ketteten auch seine Hände an und beide Beine und sagten, er kriegte nichts anderes als Brot und Wasser. Und dann kam der alte Doktor, guckte sich das an und sagte:

„Seid nicht wüster mit ihm als nötig, er ist nämlich kein schlechter Nigger. Als ich den Jungen da draußen gefunden habe, sah ich, daß ich die Kugel nicht ohne Hilfe rausschneiden konnte, und sein Zustand war nicht danach, daß ich ihn alleinlassen konnte, wenn ich Hilfe holte. Es ging ihm allmählich immer schlechter, und schließlich verlor er den Verstand und ließ mich nicht an sich rankommen. Er sagte, wenn ich ihm das Floß stähle, dann würde er mich umbringen, und all so ein dummes Zeug, und ich sah, ich konnte nichts mit ihm anfangen. Darum sagte ich, ich muß Hilfe haben, ganz gleich, wie.

Im Augenblick, wo ich das sagte, kommt dieser Nigger von irgendwoher gekrochen und sagt, er würde helfen. Und das hat er auch getan, und er hat es sehr gut getan. Natürlich habe ich mir gedacht, daß er ein weggelaufener Nigger ist, aber da steckte ich nun, und da mußte ich den ganzen Tag über bleiben und die Nacht noch dazu. Es war eine unangenehme Situation, sage ich euch.

Endlich kamen ein paar Männer in einem Boot vorbei, und ich hatte Glück. Der Nigger saß am Krankenlager, seinen Kopf auf den Knien, und war fest eingeschlafen. So habe ich sie reingewinkt, ganz sachte, und sie huschten an Land und packten

ihn, bevor er wußte, wie ihm geschah, und wir hatten keine Schwierigkeiten. Weil der Junge endlich halbwegs eingeschlafen war, haben wir die Ruder umwickelt und das Floß angehängt und es ganz ruhig und sachte rübergerudert. Der Nigger hat überhaupt nicht gemuckt und kein Wort gesagt. Er ist kein schlechter Nigger, meine Herren, das ist meine Meinung."

Da sagte irgendwer: „Hm, hört sich ganz gut an, Doktor, das muß ich sagen."

Da wurden auch die anderen 'n bißchen milder, und ich war dem alten Doktor mächtig dankbar, daß er sich so für Jim eingesetzt hatte.

Ich hoffte, sie hätten ihm eine oder zwei Ketten abgenommen — die waren nämlich verflixt schwer —, oder sie hätten ihm Fleisch und Grünzeug zusammen mit seinem Brot und Wasser gegeben; aber sie dachten nicht daran, und es wäre für mich wohl nicht gerade das richtige gewesen, mich einzumischen. Aber nach meiner Meinung war es ganz gut, den Bericht des Doktors irgendwie Tante Sally zu Ohren zu bringen, sobald ich den Sturm, der mir bevorstand, überstanden hätte.

Aber ich hatte genügend Zeit. Tante Sally hielt sich Tag und Nacht im Krankenzimmer auf, und wenn ich Onkel Silas irgendwo rumstreichen sah, bin ich ihm jedesmal ausgewichen.

Am nächsten Morgen hörte ich, daß es Tom erheblich besser ging, und sie sagten, Tante Sally hätte sich hingelegt, um 'n bißchen zu schlafen. Ich huschte also in das Krankenzimmer. Ich war sicher: wenn er wach war, konnten wir uns 'n glaubhaftes Garn für die Familie zurechtlegen.

Aber er schlief gerade, und zwar sehr friedlich; er war blaß, nicht etwa feuerrot, wie er gewesen war, als er ankam. Ich setzte mich also zu ihm und wartete drauf, daß er aufwachte. Nach ungefähr 'ner halben Stunde kommt Tante Sally reingewetzt, und da war ich mal wieder aufgeschmissen. Sie machte mir 'ne Bewegung, daß ich still sein sollte, und setzte sich zu mir. Dann fing sie an zu flüstern und sagte, wir könnten uns jetzt alle freuen, denn Tom machte sich prima und er hätte schon seit 'ner Ewigkeit so fest geschlafen und er sähe immer besser und friedlicher aus.

Wir saßen also da und paßten auf, und nach 'ner Weile bewegte er sich 'n bißchen. Dann machte er ganz normal seine Augen auf, sah sich um und sagte:

„Nanu, wieso bin ich denn zu Hause? Wie kommt das bloß? Wo ist das Floß?"

„In bester Ordnung", sagte ich.

„Und Jim?"

„Ebenfalls", sagte ich, aber es klang nicht so ganz überzeugend. Er merkte das aber nicht, sondern sagte:

„Gut, ausgezeichnet, jetzt ist alles in Ordnung und in Sicherheit. Hast du's Tante schon erzählt?"

Ich wollte gerade ja sagen, aber sie redete dazwischen und sagte: „Was denn, Sid?"

„Wie wir das ganze Ding gedreht haben natürlich!"

„Was für ein ganzes Ding?"

„D a s ganze Ding selbstverständlich! Kann doch nur von dem einen die Rede sein! Wie wir den weggelaufenen Nigger befreit haben, ich und Tom."

„Guter Gott! Den weg ... Wovon spricht das Kind nur? O nein, schon wieder nicht recht bei Sinnen!"

„Nein, ich bin nicht von Sinnen, ich weiß genau, wovon ich spreche. Wir haben ihn wirklich befreit, ich und Tom! Wir haben's vorbereitet, und wir haben's getan, und wir haben's sogar erstklassig gemacht!"

Jetzt war er im richtigen Fahrwasser, und sie unterbrach ihn nicht einmal. Sie saß nur da, starrte und starrte und ließ ihn plappern. Ich konnte sehen, daß es auch für mich keinen Zweck hatte, ihm in die Rede zu fallen.

„Du glaubst kaum, Tante", sagte er weiter, „wieviel Arbeit uns das gekostet hat! Wochen, jede Nacht, Stunde um Stunde, während ihr alle geschlafen habt. Und wir mußten Kerzen klauen und das Bettlaken und das Hemd und dein Kleid und Löffel und Zinnteller und Messer und viele andere Dinge. Du kannst dir einfach nicht vorstellen, was für 'ne Arbeit es war, die Sägen und Federn zu machen und die ganzen anderen Dinge! Du kannst dir aber auch nicht im entferntesten ausdenken, wieviel Spaß das gemacht hat. Wir mußten auch das Bild malen mit dem Totenschädel und so weiter, und den annonymischen Brief von den Räubern mußten wir schreiben und mußten den Blitzableiter runterrutschen und das Loch unter der Hütte graben und die Strickleiter machen und sie in 'n Brot eingebacken reinschicken. Dann mußten wir ihm auch Löffel und Werkzeuge schicken, und in deiner Schürzentasche . . ."

„Um Himmels willen!"

„. . . und Ratten und Schnecken und all so'n Zeugs in die Hütte bringen als Gesellschaft für Jim. Und dann hast du Tom hier so lange mit der Butter in seinem Hut festgehalten, daß du uns fast das Unternehmen völlig verdorben hättest. Die Männer kamen nämlich schon, bevor wir aus der Hütte raus waren, und wir mußten uns beeilen, und dabei haben sie uns gehört und uns verfolgt. Ja, und dabei habe ich dann mein Andenken abgekriegt. Danach kamen die Hunde, aber sie hatten kein Interesse an uns und liefen nur dem Lärm nach. Schließlich nahmen wir unser Boot und fuhren nach dem Floß. Da war denn alles sicher, und Jim war'n freier Mann, und wir haben das alles selbst gemacht. War das nicht Klasse, Tante?"

. „So was habe ich in meinem ganzen Leben noch nicht gehört. Ihr wart das also, ihr Tunichtgute! Ihr habt das alles angestiftet und jeden hier fast verrückt gemacht! Oh, am liebsten würde ich euch gleich jetzt dafür büßen lassen. Wenn ich bedenke, daß ich nächtelang . . . Oh, warte nur, bis du gesund bist, du Taugenichts, dann werde ich euch beiden das Fell gerben!"

Aber Tom war so stolz und froh, er konnte nicht den Mund halten, er plapperte in einem fort. Sie redete immer dazwischen, fuchsteufelswild, und so redeten sie beide zugleich; 's hörte sich an wie 'ne Katzenversammlung. Da sagte sie: „Ja, jetzt hast du allen nur möglichen Spaß an der Sache, aber warte nur, wenn ich dich jemals wieder dabei erwische, daß du dich mit ihm abgibst . . ."

„Mit wem abgibst?" fragte Tom. Er hörte auf zu grinsen und machte 'n ganz erstauntes Gesicht.

„Mit wem? Mit dem weggelaufenen Nigger natürlich, mit wem sonst?"

Da sieht Tom mich ganz ernst an und sagt: „Tom, hast du mir nicht gerade gesagt, es wär' alles in Ordnung mit ihm? Ist er denn nicht weggekommen?"

„Er?" fragte Tante Sally. „Der weggelaufene Nigger? Natürlich nicht! Sie haben ihn wieder, und er steckt wieder in der Hütte bei Brot und Wasser, und sie haben ihn mit Ketten behängt, und so wird es bleiben, bis sein Eigentümer kommt und er verkauft wird."

Tom richtet sich kerzengerade im Bett auf, und mit glühenden Augen und geblähten Nasenlöchern schreit er mich an:

„Sie haben kein Recht, ihn einzulochen! Hau ab und verlier keine Minute, laß ihn frei, er ist kein Sklave. Er ist frei wie irgendwer auf dieser Erde!"

„Was meint das Kind nur?"

„Ich meine genau das, was ich sage, Tante Sally, und wenn nicht bald einer geht, dann gehe ich selbst. Ich hab' ihn mein ganzes Leben lang gekannt, und Tom auch. Das alte Fräulein Watson ist vor zwei Monaten gestorben, und sie hat sich so geschämt, daß sie ihn hatte nach Süden verkaufen wollen. Und darum hat sie ihn in ihrem Testament freigelassen."

„Warum in aller Welt wolltest du ihn dann befreien, wo du doch wußtest, daß er schon frei war?"

„Das ist vielleicht 'ne Frage! Muß schon sagen, so was kann auch nur 'ne Frau fragen! Natürlich wollte ich Abenteuer erleben und hätte Kopf und Kragen dafür riskiert . . . Du lieber Himmel — Tante Polly!"

Wenn das nicht Tante Polly war, die da in der Tür stand, so süß und zufrieden wie'n Weihnachtsengel, dann will ich tot umfallen.

Tante Sally sprang auf sie zu und hätte sie fast totgedrückt. Und sie weinte und all so was. Ich suchte mir inzwischen 'n brauchbaren Platz unterm Bett, denn für uns wurde es jetzt recht mulmig, schien mir. Ich schielte aus meinem Versteck heraus und sah, wie Toms Tante Polly sich gerade losmachte und Tom über ihre Brille weg anguckte, als wollte sie ihn in den Erdboden versinken lassen. Und dann sagt sie:

„Ja, du tust ganz recht, wenn du deinen Kopf abwendest, ich an deiner Stelle tät's jedenfalls, Tom!"

„Ach, du meine Güte!" sagte Tante Sally. „Hat er sich so verändert? Das ist doch gar nicht Tom, das ist Sid. Tom ist ·— Tom ist — ja, wo ist Tom eigentlich? Vor einer Minute war er noch hier."

„Du meinst wohl: wo ist Huck Finn, nicht? Sollte ich vielleicht so einen Tunichtgut wie meinen Tom nicht erkennen, nachdem ich ihn so lange Jahre großgezogen hab'? Das wäre schlimm! Komm unter dem Bett hervor, Huck Finn!"

Das hab' ich denn auch getan.

Toms Tante Polly hat dann alles über mich erzählt, wer ich war und so weiter. Und ich mußte Rede und Antwort stehen. Als ich an die Stelle kam, wo Frau Phelps mich für Tom Sawyer gehalten hatte, da unterbrach sie mich und sagte: „Ach, sag doch weiter Tante Sally zu mir, ich habe mich jetzt daran gewöhnt, und es ist nicht nötig, es zu ändern!"

Ich erzählte also, daß ich, als Tante Sally mich für Tom Sawyer gehalten hatte, es einfach hinnehmen mußte, 's gab einfach keine andere Möglichkeit. Und ich hätte auch gewußt, daß Tom nichts dagegen hatte und daß es für ihn 'ne ganz enorme Sache sein würde, 'n tolles Geheimnis. Er würde 'n Abenteuer daraus machen, und damit wäre er dann völlig zufrieden. Und so ist's ja auch gekommen; er hat dann so getan, als wäre er Sid und hat mir damit meine Lage so leicht gemacht wie möglich.

Tante Polly sagte, was Tom über das alte Fräulein Watson gesagt hätte, stimmte — sie hätte Jim tatsächlich in ihrem

Testament freigelassen; Tom Sawyer hatte also wirklich die ganzen Schwierigkeiten und den ganzen Umstand auf sich genommen, um 'nen f r e i e n Nigger zu befreien.

Tante Polly sagte, als Tante Sally ihr geschrieben hätte, daß Tom und Sid gut und sicher bei ihr angekommen wären, hätte sie gemeint: Da sieh doch mal einer an! Damit hätte ich eigentlich rechnen sollen, als ich ihn ohne Begleitung reisen ließ.

„Weil du, Sally, mir allem Anschein nach keine Antwort auf meine Briefe geben wolltest, mußte ich also den ganzen Weg, elfhundert Meilen, flußabwärts fahren, um rauszufinden, was er diesmal im Schilde führt."

„Wieso, ich habe kein Wort von dir gehört!" sagte Tante Sally.

„Das ist aber erstaunlich, ich hab' dir doch zweimal geschrieben und dich gefragt, was du damit gemeint hättest, daß Sid hier wäre."

„Ich habe keinen Brief gekriegt, Schwester."

Da dreht Tante Polly sich um, ganz langsam und würdevoll, und sagt: „Du, Tom!"

„Ja, was denn?" fragt er.

„Frag nicht so frech, du unverschämter Bengel. Gib die Briefe raus!"

„Was für Briefe?"

„D i e Briefe! Paß bloß auf, daß ich dich nicht . . .!"

„Sie sind im Koffer. Da, jetzt weißt du's! Und sie sind noch genauso wie an dem Tage, als ich sie von der Post geholt habe. Ich habe nicht reingesehen, und ich hab' sie nicht angerührt. Aber ich wußte, daß nichts Gutes darinstand, und ich dachte, wenn du's nicht eilig hättest, wollte ich . . ."

„Na, du hast aber wirklich verdient, daß man dir das Fell über die Ohren zieht! Und dann habe ich noch einen Brief geschrieben, in dem habe ich meinen Besuch angekündigt. Ich nehme an, der ist noch nicht . . ."

„Doch, der ist gestern angekommen. Ich habe ihn noch nicht gelesen, aber der ist in Sicherheit, ich habe ihn."

Ich hätte um zwei Dollar gewettet, daß sie ihn nicht hatte. Aber ich dachte mir, 's wär' vielleicht genauso sicher, wenn ich auf die Wette verzichtete. Ich habe also nichts gesagt.

Als ich Tom zum erstenmal allein zu fassen kriegte, habe ich ihn gefragt, was er sich eigentlich bei der Flucht so gedacht hat. Was er wohl getan hätte, wenn er's fertiggebracht hätte, den Nigger zu befreien, der schon frei war?

Er sagte, von Anfang an hätte er sich in den Kopf gesetzt, sobald wir Jim befreit hätten, gemeinsam mit uns den Fluß runterzufahren. Die Reise sollte auf'm Floß vor sich gehen, und wir wollten 'ne Masse Abenteuer erleben, bis runter zur Flußmündung. Und dann erst hatte er Jim sagen wollen, daß er frei wäre. Er hätte ihn dann auf'm Dampfer wieder mit nach Hause nehmen wollen, in ganz großem Stil, und hätte ihm die verlorene Zeit bezahlen wollen. Außerdem hätte er die Absicht gehabt, vorher nach Hause zu schreiben, sie sollten alle Nigger in der ganzen Umgegend auffordern, in die Stadt zu kommen und 'nen Fackelzug zu veranstalten und 'ne Blaskapelle mitzubringen. Dann hätte er als Held dagestanden und wir auch. Nach meiner Meinung war es so, wie's gekommen war, ungefähr genauso gut.

Im Handumdrehen hatten wir Jim von seinen Ketten befreit, und als Tante Polly und Onkel Silas und Tante Sally erfuhren, wie gut er dem Doktor geholfen hatte, Tom zu pflegen, da haben sie sich wer weiß wie um ihn betan. Sie haben ihn prima ausgestattet, ihm alles zu essen gegeben, was er haben wollte, und er brauchte nichts zu tun. Wir holten ihn rauf ins Krankenzimmer, und er hat 'ne große Rede gehalten. Und Tom hat ihm vierzig Dollar dafür gegeben, daß er so geduldig den Gefangenen gespielt hatte. Jim fühlte sich ganz mächtig geschmeichelt, und dann kam er damit raus und sagte:

„Du sehen jetzt, Huck, was ich dir haben erzählen, damals auf Jackson-Insel? Ich dir gesagt haben, Jim wären gewesen mal reich und Jim werden wieder reich. Und das ist geworden wahr."

Und dann redete Tom in einem fort, und er redete und meinte, wir sollten alle drei in 'ner Nacht hier auskratzen, sollten uns 'ne Ausrüstung anschaffen und bei den Indianern auf Abenteuersuche gehen. Ich sagte: „In Ordnung, ist mir recht, aber ich hab' kein Geld, die Ausrüstung zu kaufen, und ich könnte wohl auch keins von zu Hause kriegen. Wahrscheinlich ist nämlich mein Alter jetzt beim Notar Thatcher gewesen und hat sich's geholt und versoffen."

„Nee, das hat er nicht", sagt Tom, „das ist noch alles da, über sechstausend Dollar! Und dein Alter hat sich seit damals nicht mehr sehen lassen, jedenfalls nicht, solange ich da war."

Da sagte Jim 'n bißchen feierlich: „Ihm nie wiederkommen, Huck."

„Wieso, Jim?" fragte ich.

„Du nicht fragen, Huck, er nie kommen wieder, und damit gut."

Aber ich ließ nicht locker, und da sagte er schließlich: „Du erinnern an Haus, wo geschwommen ist flußabwärts, damals? Darin doch gewesen ein Mann, zugedeckt! Und als ich Decke wegnehmen, da ich dich nicht lassen rankommen. Du sehen: deshalb du können kriegen deine Geld, wenn du wollen; das waren nämlich ihm!"

Tom ist jetzt wieder ganz gesund und trägt die Kugel an 'ner Uhrkette um seinen Hals, an Stelle von 'ner Uhr. Und alle naselang guckt er nach, wie spät es wohl ist. Da bleibt also nichts mehr, wovon ich noch schreiben könnte, und darüber bin ich verflixt froh; wenn ich nämlich vorher gewußt hätte, was für 'ne Arbeit es ist, 'n Buch zu schreiben, dann hätt' ich gar nicht erst dabei angefangen. Und ich werd's auch nie wieder versuchen. Ich glaube aber, ich muß früher als die anderen ins Indianergebiet abhauen; was nämlich Tante Sally ist, die will mich adoptieren und zivilisieren, und das kann ich nicht ausstehen. Hab's schon mal durchgemacht.

Herzlichst
Euer Huck Finn

Nachwort

Wer war der Mann, der die unsterblichen Bücher über die Abenteuer von *Tom Sawyer* und *Huckleberry Finn* geschrieben hat?

„Mark twain — Zwei Faden!" so riefen die Matrosen der großen Raddampfer auf dem Mississippi aus, wenn sie ihr Senkblei, ihr Lot, geworfen hatten. Diesen Ausruf hat *Samuel Langhorne Clemens*, noch heute der meistgelesene Schriftsteller Amerikas und einer der meistgelesenen in der ganzen Welt, als Schriftstellernamen, als Pseudonym, gewählt. Er hat, mit seinem eigenen Schicksal wie in seinen Büchern, das Leben weit tiefer ausgelotet als zwei Faden tief. Und so abenteuerlich bewegt seine Bücher auch sind — sein eigenes Leben war noch bewegter, noch abenteuerlicher. Das Leben *Mark Twains* ist ein großer Roman.

Wir kennen schon manches aus diesem Leben, aus der Kindheit: Der kleine Sam ist uns schon als *Tom Sawyer* vertraut geworden. Er ist es, der in der kleinen Provinzstadt *Hannibal* im Staate *Missouri* aufwächst und, ein zäher kleiner Kerl mit roten Locken und grauen Augen, auf Abenteuer ausgeht. Er selbst schwänzt die Schule, beschwindelt seine Mutter und näht seinen Kragen mit dem falschen Garn zusammen. Sam selbst muß zur Strafe den Zaun anpinseln und verkauft die Strafarbeit an seine Freunde. Er, Sam, stromert in der Umgebung und am großen Mississippi umher und verirrt sich mit einer Spielgefährtin in einer Höhle. Und auch sein bester Freund, der Sohn eines trunksüchtigen Vagabunden, ist unser alter Bekannter: *Tom Blankenship*, der keine Schule besucht, aber in den Wäldern und am Strom zu Hause ist, der Pfeife raucht und das Fluchen mehr als das Waschen liebt. So ist auch die Gestalt *Huckleberry Finns* schon im Leben Mark Twains vorgezeichnet. Und auf der Farm des Onkels, wo Tante Patsy das Regiment führt, faßt Sam tiefe Zuneigung zu dem Neger-sklaven *Onkel Dan'l,* den er als *Jim* in seinem Buch verewigt und — im Gegensatz zu dem leibhaftigen Vorbild — schließlich die Freiheit erlangen läßt.

Am 30. November 1835 wird Samuel Langhorne Clemens in *Florida/Missouri* geboren. Seine Kindheit verbringt er in Han-nibal. Als er elf Jahre alt ist, stirbt sein Vater, ein Anwalt, dem das Städtchen den eher wohlwollenden als zutreffenden Titel „Richter" gegeben hat. Er hinterläßt Frau und vier Kinder. Nun muß Sam helfen, den kärglichen Lebensunterhalt der Familie zu verdienen. Er arbeitet zunächst halbtägig als Laufbursche bei einer Zeitung. Mit zwölf Jahren darf er die Schule verlassen und wird Setzerlehrling beim *Missouri Courier.* Dann tritt er als Setzer bei seinem älteren Bruder *Orion* ein, der eine eigene Zeitung gründet, aber wenig Glück damit hat. Mit siebzehn Jahren kehrt Sam seiner Vaterstadt den Rücken und geht nach *New York,* um die Weltausstellung zu sehen. Dort findet er Arbeit in einer Druckerei, folgt aber bald dem Bruder Orion, der in *Keokuk/Iowa* eine kleine Druckerei aufmacht.

Sein unruhiger Geist, die Abenteuerlust und der mangelnde Erfolg des Unternehmens lassen ihn schon nach wenigen Mona-ten wieder auf die Reise gehen. Diesmal sind es die Nachrichten über die abenteuerliche Erforschung des Amazonas, die ihn locken. Die lange Fahrt mit dem alten Dampfboot *Paul Jones* auf dem Mississippi nach *New Orleans,* wo er sich nach Bra-silien einschiffen will, wird ihm zum entscheidenden Erlebnis. Wie herrlich müßte es sein, einmal selbst am Steuerrad zu stehen! Sein Wunsch geht in Erfüllung: er gibt den brasiliani-schen Urwald auf und verschreibt sich dem „Vater der Ströme", dem Mississippi.

Der Steuermann der *Paul Jones* nimmt ihn in die Lehre, der Mississippi nimmt ihn in seine Welt auf. Sam hat dem großen

Strom — als Mark Twain — dafür gedankt, indem er ihn später immer wieder in seinen Büchern besungen hat. Einen schweren Schlag bedeutet es für ihn, als sein Bruder *Henry*, der ihm auf den Fluß gefolgt ist, bei einer der damals nicht seltenen Schiffskatastrophen ums Leben kommt. In seinem Buch *Leben auf dem Mississippi* hat Mark Twain diese Zeit mit all ihren bunten Farben geschildert.

1858 bekommt Sam, mit kaum dreiundzwanzig Jahren, das Steuermannspatent. Er wird mit „Sir" angeredet, verdient 250 Dollar im Monat und fühlt sich wie ein König. Als 1861 der *Sezessionskrieg* ausbricht — der Bürgerkrieg zwischen den Nord- und den Südstaaten der Union —, wird er für kurze Zeit Soldat, freilich in einem Haufen, der eher einer Räuberbande als einer Truppe ähnelt. Angewidert zieht er sich zurück und wird Privatsekretär des Bruders Orion, der zum stellvertretenden Gouverneur von Nevada bestellt ist. Dort packt ihn das Goldfieber — diesmal war es allerdings Silber, aber das zog nicht weniger Abenteurer an als die Goldminen von Kalifornien. Sam nimmt als „Prospektor" mit Schlapphut und struppigem Bart, den Revolver im Gürtel, daran teil. Zwar findet er kein Lot Silber, aber er entdeckt einen Schatz in sich selbst: die Lust und die Fähigkeit, zu schreiben. Seine Geschichten, die er an den *Daily Territorial Enterprise* schickt, gefallen, und eines Tages geht Sam als Reporter nach *Virginia City*. Seine Berichte über das wüste Leben in den Minenlagern sind gesalzen und voll komischer Übertreibungen. Aber gerade damit hat er Erfolg. Er schreibt unter dem Namen *Mark Twain*.

Fast wäre er, der nie einen Schuß abgab, einem Duell mit dem Besitzer der Konkurrenzzeitung zum Opfer gefallen. Aber der Gegner kneift im letzten Augenblick unter dem Eindruck eines Meisterschusses von Sams Sekundanten, den er fälschlich Sams Schießkünsten zuschreibt.

Duellforderungen aber waren verboten, und Sam flieht nach *San Franzisko*. Dort schreibt er nun über das Goldfieber und geht bald darauf als Sonderkorrespondent nach *Hawaii*. Kein

Wunder, daß seine vielen Erlebnisse nun aus ihm herausquellen. Von Hawaii zurück, hält er Vorträge in San Franzisko und nimmt jeden Abend 50 Dollar ein. Er hat Talent und Humor, er kann reden und ist der geborene Schauspieler. Endlich verdient er Geld, mehr als je zuvor.

Doch lockt ihn schon wieder ein neuer Plan: die „Vergnügungsreise nach dem Heiligen Land", die die Quäker auf einem Raddampfer veranstalten. Er nimmt als Korrespondent einer San Franziskoer Zeitung daran teil — und ist enttäuscht über die langweilige Gesellschaft frömmelnder alter Jungfern. In zahlreichen Artikeln, die er nach New York und San Franzisko schickt, gießt er seinen Spott darüber aus. In *Washington*, wo er nach der Heimkehr als Journalist arbeitet, schreibt er sich das Erlebnis in dem Buch *Das Abenteuer der Unschuldigen* von der Seele.

Inzwischen hat er die Schwester seines Freundes und Reisegefährten Langdon, *Livy*, gesehen und ist in tiefer Liebe zu diesem anmutigen Geschöpf entbrannt. Seine Werbung freilich wird mehrfach und ziemlich grob abgewiesen — sein Leumund ist für die puritanische Familie nicht der beste. Am Ende aber siegen seine Leidenschaft und seine Zähigkeit, und der wohlhabende, erfolgreiche Geschäftsmann Langdon wird sein Schwiegervater und Freund. Am 2. Februar 1870 ist die Hochzeit, Sam ist vierunddreißig Jahre alt.

Mit *Livy Langdon* hat Mark Twain, wie wir Sam jetzt nennen wollen, das Große Los gezogen. Sie ist sein großes Glück, die gute und zärtliche Gattin, mit der ihn zeitlebens eine innige Liebe verbindet. Sie schenkt ihm vier Kinder. Das älteste, der einzige Sohn, ist kränklich. Drei Töchter folgen, *Susy*, die er abgöttisch liebt, *Clara* und *Jean*. Die Familie wohnt zunächst in *Buffalo*, in einem vom· Schwiegervater geschenkten Haus. Bald darauf stirbt der Schwiegervater, kurze Zeit später der kleine Sohn Langdon. Das Haus wird verkauft, ein neues in *Hartford* gemietet, dem bald schon ein großes eigenes Haus folgt.

Das Buch *Abenteuer der Unschuldigen* ist ein Bestseller geworden. Inzwischen schreibt er ein neues über seine Erlebnisse im Wilden Westen, das noch erfolgreicher wird. Vier volle Monate ist er auf Vortragsreisen. *Mark Twain* ist in ganz Amerika als Schriftsteller bekannt und als humorvoller Redner begehrt.

In *Hartford* erlebt er ein ungetrübtes Familienglück. Zwölf Bücher entstehen hier, darunter *Die Abenteuer des Tom Sawyer* (1876) und *Huckleberry Finn* (1885). Stück für Stück, wie es ihm in die Feder kommt, liest er seinen Kindern vor. Sie also stehen am Anfang einer jugendlichen Lesergemeinde, die bis heute in aller Welt schon viele, viele Millionen zählt und weiter anwächst.

Mark Twain ist ein erfolgreicher Schriftsteller geworden, aber er hat in geschäftlichen Dingen keine glückliche Hand. Anstatt im Wohlstand zu leben — sechs Bücher sind schon in Hunderttausenden von Exemplaren verbreitet —, steht er oft am Rande des Ruins. Er gründet also einen eigenen Verlag und setzt einen Neffen als Geschäftsführer ein, nach dem er das Unternehmen *Charles Webster Co.* nennt. *Huckleberry Finn* erscheint als erstes Buch und wird ein großer Erfolg. Noch heute ist es sein am weitesten verbreitetes Werk. Riesengewinn werfen die Memoiren des Generals *Grant* ab — des berühmten Heerführers der Bürgerkriege und späteren Präsidenten der Union —, aber die Erben des Autors erhalten den Löwenanteil. Zwar ist nun genügend Geld da, aber Mark Twain wirft es mit vollen Händen hinaus, um zu helfen. Verwandte, Künstler, Studenten und alle möglichen Leute unterstützt er großzügig. Vor allem aber steckt er Unsummen — es werden im Laufe der Jahre 190 000 Dollar — in die Entwicklung einer Setzmaschine, die niemals fertig wird. Diese ständige verfehlte Geldanlage ist die Ursache wachsender finanzieller Schwierigkeiten, die schließlich 1894 zum Zusammenbruch des Verlagsunternehmens führen. Er entschließt sich freiwillig, alle Gläubiger voll auszuzahlen.

Mark Twain ist inzwischen, um die Lebenshaltungskosten zu vermindern, mit seiner Familie nach Europa gefahren, wo er nacheinander in Florenz, Paris, London und Wien wohnt. Eine einjährige Vortragsreise führt ihn buchstäblich um die ganze Erde — *Dem Äquator nach* lautet der Titel des Buches, das er darüber schreibt — und trägt fühlbar zur Tilgung der riesigen Schuldenlast bei. Er wird Ehrendoktor der Universität Oxford.

Aber das Schicksal schlägt hart zu: 1896 stirbt plötzlich seine Tochter Susy. Mark Twain vergräbt sich in seine Arbeit und schuftet verbissen, um den furchtbaren Verlust zu überwinden. Er schreibt an fünf Büchern gleichzeitig und schreibt — Humor!

Endlich, 1898, sind alle Schulden getilgt, eine großartige Leistung, und 1900 zieht er zurück in die Heimat Amerika. Die letzten Lebensjahre sind friedlich, aber nicht frei von Leid. 1904 stirbt die geliebte Frau, 1909 die Tochter Jean. Mark Twain legt die Feder aus der Hand und stirbt am 21. April 1910, vierundsiebzig Jahre alt, in seinem Haus *Stormfield* in *Redding/Connecticut*. Die ganze Welt trauert um den Tod des Mannes, der soviel Leid erfahren und ebensoviel Freude geschenkt hat.

Geschichte und Abenteuer leben in unseren Büchern

Ingeborg Engelhardt: Ein Schiff nach Grönland

280 Seiten, mit Zeichnungen von Kurt Schmischke

Ingeborg Engelhardt erzählt vom Untergang der letzten Wikingersiedlungen auf Grönland. Sie erzählt durch den Mund zweier Geschwister, Birgit und Baard, die in einer einzigen Nacht die wilde Bahn ihres Lebens nachzeichnen. Dabei gelingt es der Autorin, hinter den Umrissen der Geschichte die Menschen der Vergangenheit sichtbar zu machen, mit ihren Hoffnungen und Ängsten, im Kampf gegen ein unabwendbares Schicksal und eine übermächtige Natur.
Ausgezeichnet mit dem **Deutschen Jugendbuchpreis,** Sonderpreis „Geschichte im Jugendbuch".

Fritz Brustat-Naval: Die Kap Hoorn Saga

Auf Segelschiffen am Ende der Welt

240 Seiten, mit Zeichnungen von Kurt Schmischke, 5 Karten und 96 Fotos

Über vier Jahrhunderte lang, seit der Entdeckung der Neuen Welt bis in unser technisches Zeitalter hinein, war das berüchtigte Kap Hoorn der Prüfstein, die Schicksalsmarke der Segelschiffe, die auf dem Wege zur Westküste Amerikas oder in die Südsee gegen die heulenden und brüllenden Weststürme ankämpfen mußten.
Kapitän Fritz Brustat-Naval, der selbst noch vor dem Mast um das Kap der Stürme gesegelt ist, erzählt meisterhaft die Schicksale von Menschen und Schiffen am Ende der Welt.

W. FISCHER-VERLAG · GÖTTINGEN